第四册目录

第十四卷　唐五代乐府（三）

第十五卷　唐五代乐府(四)

近代曲辞(一)

近代曲辞(二)

第十六卷　唐五代乐府(五)

鼓吹曲辞

汉铙歌

第十七卷　唐五代乐府(六)

第十四卷　唐五代乐府（三）

杂歌谣辞

歌辞

薛将军歌①

将军三箭定天山，战士②长歌入汉关。

① 此首录自《乐府诗集》卷八六。郭茂倩引《唐书》曰："高宗时，薛仁贵领兵击九姓突厥于天山。时九姓有众十余万，令骁健数十人逆来挑战。仁贵发三矢，射杀三人，自余一时下马请降。仁贵恐为后患，并坑杀之。九姓自此衰弱，不复更为边患。于是军中歌之。"今按：薛将军，指薛仁贵，绛州龙门人，少贫贱。唐太宗征辽，应募从军，勇猛善战，屡建功勋。　② 战士：《新唐书·薛仁贵传》作"壮士"，《太平御览》卷二七六作"将士"。

颜有道歌①

廉州颜有道，性②行同庄、老。爱人如赤子，不杀非时草。

① 此首录自《乐府诗集》卷八六。郭茂倩解引《唐书》曰："颜游秦，师古叔父，武德初为廉州刺史。时刘黑闼初平，人多以强暴寡礼，风俗未安。游秦抚恤境内，敬让大行，邑里歌之，高祖玺书勉劳焉。"今按：游秦博学，尝撰《汉书决疑》。其侄师古注《汉书》，多资取其义。　② 性：《乐府诗集》作"姓"，据文意改。

新河歌①

新河得通舟楫利，直达沧海鱼盐至。昔日徒行今结②驷，美哉薛公德滂被。

① 此首录自《乐府诗集》卷八六。郭茂倩解引《唐书》曰："薛大鼎，贞观中为沧州刺史。州界有无棣河，隋末填废，大鼎奏开之，引鱼盐于海。百姓歌之。"今按：大鼎，汾阴人，字重臣。高祖时以功为山南道副大使，开屯田以实仓廪；永徽中为沧州刺史。　② 结：《旧唐书·薛大鼎传》作"騁"。

田使君歌①

父母育我田使君，精诚为人上天闻。田中致雨山出云，仓廪既实礼义申，但愿常在不忧②贫。

① 此首录自《乐府诗集》卷八六。郭茂倩解引《唐书》曰："田仁会，永徽中为郢州刺史。属时旱，仁会自曝祈祷，竟获甘泽。其年大稔，百姓歌之。"今按：仁会，长安人，累官左武侯中郎将，后迁胜州都督，转右卫将军。　② 忧：《旧唐书》作"患"。

黄台瓜辞①

李　贤②

种瓜黄台下，瓜熟子离离。一摘使瓜好，再摘令③瓜稀，三摘尚④自可，摘绝抱蔓归。

① 此首录自《乐府诗集》卷八六。郭茂倩解引《唐书》曰："高宗武后生四子，长曰孝敬皇帝弘，为太子监国，而仁明孝悌。武后方图临朝，乃杀孝敬，立雍王贤为太子。贤日怀忧惕，知必不保全，无由敢言。乃作《黄台瓜辞》，命乐工歌之，冀武后闻之感悟。后终为武后所逐，死于黔中。"今按：《乐府诗集》署名作"唐章怀太子"。　② 李贤（652—684）：即章怀太子。字明允，高宗第六子。上元二年（675）立为太子，调露二年（680）以忤武后，废为庶人。文明元年（684），则天临朝，迫令自杀。则天死，睿宗即位，追封雍王，赠太子，谥章怀。　③ 令：《全唐诗》卷六作"使"，又注"一作令"。　④ 尚：同上作"犹"，又注"一作尚"。

黄獐歌①

黄獐黄獐草里藏,弯弓射尔伤。

① 此首录自《乐府诗集》卷八六。郭茂倩解引《唐书·五行志》曰:"如意初,里中歌黄獐。后契丹李尽忠、孙万荣叛,陷营州。则天令总管曹仁师、王孝杰等将兵百万讨之,大败于硖石黄獐谷而死。"朝廷嘉其忠,为造此曲,后亦为舞曲。今按:如意,武则天年号。

古 歌①

沈佺期

落叶流风向玉台,夜寒秋思②洞房开。水精帘外金波下,云母窗前银汉回。玉阶阴阴苔藓色,君王履綦难再得。璇闺窈窕秋夜长,绣户徘徊秋③月光。燕姬彩帐芙蓉色,秦女④金炉兰麝香。北斗七星横夜半,清歌一曲断君肠。

① 此首录自《乐府诗集》卷八六。　② 夜寒秋思:《全唐诗》卷九五注"一作寒釭愁思"。　③ 秋:《全唐诗》作"明"。　④ 女:《乐府诗集》作"子",据《全唐诗》改。

古 歌①(二首)

薛维翰②

其 一

美人怨何深,含情倚金阁。不颦复不语,红泪双双落。

① 此二首录自《乐府诗集》卷八六。　② 薛维翰(生卒年不详):开元中进士及第。工绝句,擅写闺怨诗。《全唐诗》录其诗五首。

其 二

美人闭红烛,独坐裁心①锦。频放剪刀声,夜寒知未寝。

① 心：疑当作"新"。

郑樱桃歌①

李 颀

石季龙，僭天禄，擅雄豪，美人姓郑名樱桃。樱桃美颜香且泽，娥娥侍寝专宫掖。后庭卷衣三万人，翠眉清镜不得亲。官军女骑一千匹，繁花照耀漳河春。织成花映红纶巾②，红旗掣曳卤簿新。鸣鼙走马接飞鸟，铜钹③瑟瑟随去尘。凤阳重门如意馆，百尺金梯倚银汉。自言富贵不可量，女为公主男为王。赤花双簟珊瑚床，盘龙斗帐琥珀光。淫昏伪位神所恶，灭石者陵终不误。邺城苍苍白露微，世事④翻覆黄云飞。

① 此首录自《乐府诗集》卷八五。郭茂倩解引《晋书·载记》曰："石季龙，勒之从子也，性残忍。勒为聘将军郭荣之妹为妻，季龙宠惑优僮郑樱桃而杀郭氏，更纳清河崔氏，樱桃又谮而杀之。"樱桃美丽，擅宠宫掖，乐府由是有《郑樱桃歌》。今按：石季龙（295—349）：名虎，字季龙，为十六国时后赵国君。334—349 年在位。羯族，石勒侄。勒死，废勒子石弘自立，迁都于邺（今河北临漳西南）。在位时与东晋、前燕、前凉交战，穷兵黩武，强迫人民当兵，五丁取三。营建宫室，征调数十万人；废耕地为猎场，夺人妻女三万充后宫；刑罚苛暴，民不聊生。梁犊等起义，参加者达数十万人。季龙身死不久，后赵即亡。　②"织成"句：季龙以女骑一千为卤簿（仪仗队），皆著紫纶巾，五文织成靴。纶，《乐府诗集》作"轮"，据《全唐诗》卷一三三改。　③ 瑟：《乐府诗集》作"琴"，据《全唐诗》改。　④ 世事：《全唐诗》注"一作浮世"。

中山王孺子妾歌①

李 白

中山孺子妾，特以色见珍，虽不如延年妹②，亦是

当时绝世人。桃李出深井，花艳惊上春。一贵复一
贱，关天岂由身。芙蓉老秋霜，团扇羞网尘。戚姬髡
翦入春市③，万古共悲辛。

① 此首录自《乐府诗集》卷八四。今按：齐陆厥有《中山王孺子妾歌》。源自
《汉书》："诏赐中山靖王子哙及孺子妾冰、未央才人歌诗四篇。" ② 延年妹：《汉
书·外戚传》曰："孝武李夫人，本以倡进。初，武帝爱其兄延年。平阳公主因言，
延年有女弟，帝乃召见之，实妙丽善舞，由是得幸。" ③ "戚姬"句：戚姬，指戚夫
人，汉高祖爱姬。高祖崩，惠帝立，吕后为皇太后，乃令永巷囚戚夫人，髡钳，衣赭
衣，令春。戚夫人春且歌。髡翦，《李太白集》卷四作"髡发"。髡，古代剃去头发
的刑罚。

临江王节士歌①

李　白

洞庭白波木叶稀，燕鸿始入吴云飞。吴云寒，燕
鸿苦，风号沙宿潇湘浦。节士感②秋泪如雨。白日当
天心，照之可以事明主。壮士愤，雄风生。安得倚天
剑，跨海斩长鲸。

① 此首录自《乐府诗集》卷八四。 ② 感：《李太白诗》作"悲"。

司马将军歌①

李　白

狂风吹古月②，窃弄章华台。北落明星动光彩，南
征猛将如云雷③。手中电曳④倚天剑，直斩长鲸海水
开。我见楼船壮心目，颇似龙骧下三蜀。扬兵习战张
虎旗，江中白浪如银屋。身居玉帐临河魁，紫髯若戟
冠崔嵬。细柳开营揖天子，始知灞上为婴孩。羌笛横
吹《阿亸回》⑤，向月楼中吹《落梅》⑥。将军自起舞长

剑，壮士呼声动九垓。功成献凯见明主，丹青画像麒麟台。

① 此首录自《乐府诗集》卷八五。郭茂倩解云："《司马将军歌》，李白所作，以代陇上健儿陈安。" ② 古月："胡"之拆字。《十六国春秋》：新平王彤为太史令，言于符坚曰："谨按谶云：'古月之末乱中州，洪水大起健西流，惟有雄子定八州。'" ③ "南征"句：一作"南方有事将军来"。 ④ 电曳：一作"曳电"，一作"电击。" ⑤《阿嚲回》：《杨升庵外集》："《阿嚲回》，番曲名，即《阿滥堆》也。番曲本无字，止以声传，故随中国所书，人各不同，难以意求。"又，《唐诗纪事》："骊宫小禽名'阿滥堆'，明皇御玉笛，采其声翻为曲，且名焉，远近以笛争效之。" ⑥《落梅》：古曲名。

襄　阳　歌①

李　白

落日欲没岘山西，倒著接䍦②花下迷。襄阳小儿齐拍手，拦街争唱《白铜鞮》。傍人借问笑何事，笑杀山公③醉似泥。鸬鹚杓，鹦鹉杯，百年三万六千日，一日须倾三百杯。遥看汉水鸭头绿，恰似蒲桃初酦醅。此江若变作春酒，垒麹便筑糟丘台。千金骏马换少妾④，醉坐雕鞍歌《落梅》。车傍侧挂一壶酒，凤笙龙管行相催。咸阳市上叹黄犬⑤，何如月下倾金罍。君不见晋朝羊公⑥一片石⑦，龟龙剥落生莓苔。泪亦不能为之堕，心亦不能为之哀。谁能忧彼身后事，金凫银鸭葬死灰。清风朗月⑧不用一钱买，玉山自倒非人推。舒州杓，力士铛，李白与尔同死生。襄王云雨今安在，江水东流猿夜声。

① 此首录自《乐府诗集》卷八五。 ② 倒著接䍦：一作"行客辞归"。著，通"着"。 ③ 山公：一作"山翁"。皆指山简。《晋书》曰："山简，永嘉中镇襄阳……简优游卒岁，惟酒是耽。" ④ "千金"句：《独异志》载：后魏曹彰性偶傥，

偶逢骏马,爱之,其主所惜也。彰曰:"予有美妾,可换,惟君所选。"马主因指一妓,彰遂换之。少妾,一作"小妾"。　⑤"咸阳"句:《史记·李斯列传》:"二世二年七月,具斯五刑,论腰斩咸阳市。斯出狱,与其中子俱执,顾谓其中子曰:'吾欲与若复牵黄犬俱出上蔡东门逐狡兔,岂可得乎!'遂父子相哭,而夷三族。"
⑥ 羊公:《晋诸公赞》:"羊祜在南夏,吴人悦服,称曰'羊公',莫敢名者。"《晋书》:"祜乐山水,每风景,必造岘山,置酒言咏,终日不倦。"卒时年五十八,"襄阳百姓于岘山祜平生游憩之所建碑立庙,岁时飨祭焉。望其碑者,莫不流涕。杜预因名为'堕泪碑'。"　⑦ 一片石:《朝野金载》:"温子升作《韩陵山寺碑》,庾信见而写其本。南人问信曰:'此方文字何如?'信曰:'惟有韩陵山一片石堪共语。'"一片石,《乐府诗集》注"一作一片古碑材"。　⑧ 朗月:《李太白诗》作"明月"。

襄　阳　曲①(四首)

李　白

其　一

　　襄阳行乐处,歌舞《白铜鞮》,江城回渌水,花月使人迷。

① 此四首录自《乐府诗集》卷八五。今按:《襄阳曲》,即《襄阳乐》也。《旧唐书》:"《襄阳乐》,宋随王诞所作也。诞始为襄阳郡,元嘉二十六年乃为雍州,夜闻诸女歌谣,因作之。其歌曰:'朝发襄阳来,暮至大堤宿。大堤诸女儿,花艳惊郎目。'"

其　二

　　山公醉酒时,酩酊襄①阳下。头上白接篱,倒着②还骑马。

① 襄:《李太白诗》卷五作"高"。　② 着:一作"著"。

其　三

　　岘山临汉江,水渌沙如雪①。上有堕泪碑,青苔久磨灭。

① "水渌"句:《乐府诗集》注"一作水色如霜雪"。渌,《李太白诗》卷五作"绿"。

其 四

且醉习家池①，莫看堕泪碑。山公欲上马，笑杀襄阳儿。

① "且醉"句：《世说》注："《襄阳记》曰，汉侍中习郁于岘山南，依范蠡养鱼法作鱼池，池边有高堤，种竹及长楸，芙蓉菱芡覆水，是游宴名处也。山简每临此池，未尝不大醉而还，曰：'此是我高阳池也。'襄阳小儿歌之。"

渔 父 歌①（五首）

张志和②

其 一

西塞山边③白鹭飞，桃花流水鳜鱼肥。青箬笠，绿蓑衣，春江④细雨不须归。

① 此首录自《乐府诗集》卷八三。 ② 张志和(约730—约810)：字子同，初名龟龄，婺州(今浙江金华)人。年十六，举明经。肃宗时待诏翰林，后隐居江湖，自号烟波钓徒。善歌词，能书画、击鼓、吹笛。作品多写闲散生活。《全唐诗》录其诗九首。 ③ 边：《全唐诗》卷三八〇作"前"。《西吴记》云："湖州磁州镇道士矶，即志和所谓'西塞山前'也。" ④ 春江：《全唐诗》作"斜风"。

其 二

钓台渔父褐为裘，两两三三舴艋舟。能纵棹，惯乘流，长江白浪不曾忧。

其 三

霅溪湾里钓渔翁，舴艋为家西复东。江上雪，浦边风，笑着荷衣不叹穷。

其 四

松江蟹舍主人欢，菰饭莼羹亦共餐。枫叶落①，荻花干，醉宿渔舟不觉寒。

① 枫叶落：《全唐诗》注"一作梧叶落"。

其　五

青草湖中月正圆，巴陵渔父棹歌连。钓车子，掘头船，乐在风波不用仙。

得　体　歌①

得体纥那②也，纥囊得体耶③。潭里船车闹，扬州铜器多。三郎当殿坐，看④唱《得体歌》。

① 此首录自《乐府诗集》卷八六。郭茂倩解引《唐书》曰："天宝初，韦坚为陕郡太守、水陆转运使，于长安城东浐水旁，穿广运潭以通吴会数十郡舟楫。若广陵郡船，即堆积广陵所出锦镜铜器，余郡皆然。舟人大笠宽衫芒屦，如吴楚之制。先是，民间戏唱《得体歌》。至开元末，田同秀上言，见玄元皇帝，云有宝符在陕州桃林县古关令尹喜宅。遣中使求得之，以为殊祥，改县为灵宝。及坚凿新潭成，又致扬州铜器。陕县尉崔成甫乃翻此词为《得宝歌》，集两县官伎女子唱之。成甫又作歌词十章，自衣缺胯绿衫锦半臂偏袒膊红抹额，于第一船作号头唱之。和者女子百人，皆鲜服靓妆，齐声接影，鼓笛胡部以应之。"《乐府杂录》曰："《得宝歌》，一曰《得宝子》，又曰《得鞑子》。明皇初得太真妃，喜而谓后宫曰：'予得杨氏，如得至宝。'乐府遂作此曲。"二说不同。　② 纥那：踏曲的和声。唐刘禹锡《纥那曲》："周郎一回顾，听唱纥那声。"　③ 耶：中华书局本校记"毛本《乐府诗集》作那"。　④ 看：中华书局本校记"毛本《乐府诗集》作听"。

得　宝　歌①

得宝弘农野，弘农得宝耶②。潭里船车闹，扬州铜器多。三郎当殿坐，看③唱《得宝歌》。

① 此首录自《乐府诗集》卷八六。　② 耶：中华书局本校记"毛本《乐府诗集》作那"。　③ 看：中华书局本校记"毛本《乐府诗集》作听"。

吴楚歌①

张　籍

庭前春鸟啄林声，红夹罗襦缝未成。今朝社日停针线，起向朱樱树下行。

① 此首录自《乐府诗集》卷八三。

鸡鸣曲①

王　建

鸡初鸣，明星照东屋。鸡再鸣，红霞生海腹。百官待漏双阙前，圣人亦挂山龙服。宝钗命妇灯下起，环珮玲珑晓光里。直内初烧玉案②香，司更尚③滴铜壶水。金吾卫里直④郎妻，到明不睡听晨鸡。天头日月相送迎⑤，夜栖旦鸣人不迷。

① 此首录自《乐府诗集》卷八三。　② 案：《乐府诗集》作"按"，据《全唐诗》卷二九八改。　③ 尚：《全唐诗》注"一作常"。④ 直：《乐府诗集》注"一作更"。⑤ 迎：《乐府诗集》作"近"，据《全唐诗》改。

李夫人歌①

李　贺

紫皇宫殿重重开，夫人飞入琼瑶台。绿香绣帐何时歇，青云无光宫水咽。翩联桂花坠秋月，孤鸾惊啼商丝发。红壁阑珊悬佩珰，歌台小妓遥相望。玉蟾滴水鸡人唱，露华兰叶参差光。

① 此首录自《乐府诗集》卷八四。今按：《汉书·外戚传》曰："孝武李夫人，本以倡进。初，武帝爱其兄延年。平阳（公）主因言，延年有女弟，帝乃召见之，实妙丽善舞，由是得幸。夫人少而早卒，帝思念不已。方士齐人少翁言能致其神，乃夜张灯烛，设帷帐，陈酒肉。而令帝居他帐，遥望有好女如李夫人之貌，还幄坐

而步,又不得就视,帝愈益相思悲感,为作诗,令乐府诸音家弦歌之。"是诗即出于此也

苏小小歌[1]

李 贺

幽兰露,如啼眼。无物结同心,烟花不堪翦。草如茵,松如盖,风为裳,水为珮。油壁车[2],久相待。冷翠烛,劳光彩。西陵下,风吹雨[3]。

① 此首录自《乐府诗集》卷八五。今按:《乐府广题》曰:"苏小小,钱塘名倡也。盖南齐时人。"　② 油壁车:古人乘坐的一种车子。　③ 风吹雨:《李贺歌诗编》卷一作"风雨晦"。

李夫人歌[1]

张 祜

延年不语望三星,莫说夫人上涕零。争奈世间惆怅在,甘泉宫夜看图形。

① 此首录自《乐府诗集》卷八四。

苏小小歌[1](三首)

张 祜

其 一

车轮不可遮,马足不可绊。长怨十字街,使郎心四散。

① 此三首录自《乐府诗集》卷八五。

其 二

新人千里去,故人千里来。剪刀横眼底,方觉泪

难栽。

其 三

登山不愁峻，涉海不愁深。中擘庭前枣，教郎见赤心。

李夫人歌①

鲍 溶

璿闺羽帐华烛陈，方士夜降夫人神。葳蕤半露芙蓉色，窈窕将期环佩身。丽如三五月②，可望难亲近。嚬黛含犀③竟不言，春思秋怨谁能问。欲求巧笑如生时，歌尘在空瑟衔丝。神来未及梦相见，帝比初亡必更悲。爱之欲其生又死，东流万代无回水。宫漏丁丁夜向晨，烟消雾散愁方士。

①此首录自《乐府诗集》卷八四。 ②三五月：指十五的月亮。 ③犀：即瓠犀，葫芦的籽。《诗·卫风·硕人》："齿如瓠犀，螓首蛾眉。"朱熹集传："瓠犀，瓠中之子。"亦喻指女子洁白整齐的牙齿。

鸡 鸣 曲①

李 廓②

星稀月没上③五更，胶胶角角鸡初鸣。征人牵马出门立，辞妾欲向安西行。再鸣引颈檐头下，月④中角声催上马。才分地色第三鸣，旌旗⑤红尘已出城。妇人上城乱招手，夫婿不闻遥哭声。长恨鸡鸣别时苦，不遣鸡栖近窗户。

①此首录自《乐府诗集》卷八三。 ②李廓（生卒年不详）：《乐府诗集》卷六六作"李郭"。陇西成纪（今甘肃秦安）人。元和十三年（818）登进士第，授司经局正字，出为县尉。后累迁刑部侍郎，出守夏州。大中初年，拜武宁军节度使，后任

观察使。其诗词藻清丽,能出新意。《全唐诗》录其诗十八首。　③上:《全唐诗》卷四七九作"入"。　④月:《全唐诗》作"楼"。　⑤旗:《乐府诗集》注"一作旆"。《全唐诗》作"旆"。

苏小小歌①
温庭筠

买莲莫破券,买酒莫解金。酒里春容抱离恨,水中莲子怀芳心。吴宫女儿腰似束,家在钱塘小江曲。一自檀郎②逐便风,门前春水年年绿。

① 此首录自《乐府诗集》卷八五。　② 檀郎:指潘安。晋代潘安为美男子,小名檀奴,故旧时常以"檀郎"或"檀奴"为夫婿或所爱男子的美称。

黄昙子歌①
温庭筠

参差绿蒲短,摇艳云②塘满。红潋荡融融,莺翁鶒鹅暖。蒌芊小城路,马上修蛾③懒。罗衫袅向风④,点粉金鹂卵。

① 此首录自《乐府诗集》卷八七。郭茂倩解引《晋书·五行志》曰:"桓石民为荆州,百姓忽歌《黄昙子曲》。后石民死,王忱为荆州之应。黄昙子,王忱字也。"按横吹曲李延年二十八解有《黄覃子》,不知与此同否? 凡歌辞考之与事不合者,但因其声而作歌尔。　② 云:《乐府诗集》注"一作春"。　③ 蛾:《乐府诗集》作"娥",据《全唐诗》卷二九改。　④ 袅向风:《全唐诗》作"袅回风"。

邯郸郭公辞①
温庭筠

金笳悲故曲,玉座积深尘。言是邯郸伎,不见②邺城人。青苔竟埋骨，红粉自伤神。唯有漳河柳，还向旧营春。

① 此首录自《乐府诗集》卷八七。今按：北齐建都于邺。其后主高纬喜玩傀儡，称为郭公。后为北周所攻，携爱妃冯小怜逃至晋阳，覆灭。 ② 见：《乐府诗集》作"易"，据《温庭筠诗集》卷三改。

敕 勒 歌①

温庭筠

敕勒金帻②壁，阴山无岁华。帐外风飘雪，营前月照沙。羌儿吹玉管，胡姬③踏锦花。却笑江南客，梅落不归家。

① 此首录自《乐府诗集》卷八六。今按：《乐府广题》曰："北齐神武攻周玉壁，士卒死者十四五。神武恚愤，疾发。周王下令曰：'高欢鼠子，亲犯玉壁，剑弩一发，元凶有毙。'神武闻之，勉坐以安士众。悉引诸贵，使斛律金唱《敕勒》，神武自和之。" ② 帻：《乐府诗集》作"帱"，据《温庭筠诗集》卷三改。 ③ 胡姬：指异域少女。古诗中常泛指北方边地酒店中卖酒的年轻女子。

李夫人歌①（三首）

李商隐

其 一

一带不结心，两股方安髻。惭愧白茅人②，月没教星替。

① 此三首录自《乐府诗集》卷八四。 ② 白茅人：汉武帝时，方士栾大诡称："黄金可成，河决可塞，不死之药可得，仙人可致。"于是汉武帝拜其为"五利将军"，赐"天道将军"玉印。大衣羽衣，夜立白茅上受印。后事露被诛。见《史记·封禅书》。后因称栾大为"白茅人"，亦泛指术士。

其 二

剩结茱萸枝,多挛秋莲的。独自有波光,彩囊盛不得。

其 三

蛮丝系条脱①,妍眼②和香屑。寿宫不惜铸南人,柔肠早被秋波③割。清澄有余幽素香,鳏鱼渴凤真珠房。不知瘦骨类冰井,更许夜帘通晓霜。土花漠漠云茫茫④,黄河欲尽天苍黄⑤。

① 条脱:古代臂饰。《唐诗纪事》卷五四:"宣宗尝赋诗,上句有金步摇,未能对。遣求进士对之。庭筠乃以玉条脱续也。" ② 妍眼:《乐府诗集》阙,据《全唐诗》卷二九补。 ③ 波:《全唐诗》注"集作眸"。 ④ "土花"句:《乐府诗集》作"土花漠碧云忙忙",据《全唐诗》改。 ⑤ 黄:《乐府诗集》作"苍",据《全唐诗》改。

挟 瑟 歌①

陆龟蒙

挟瑟为君抚,君嫌声太古。寥寥倚浪丝,喽喽②沉湘语。赖有秋风知,清泠吹玉柱③。

① 此首录自《乐府诗集》卷八六。 ② 喽喽:低声小语。此句用湘灵鼓瑟故事,唐人诗中常采取之。 ③ 柱:《乐府诗集》作"桂",据毛刻本及《全唐诗》卷六一九改。

渔 父 歌①(三首)

李 珣②

其 一

水接衡门十里余,信船归去卧看书。轻爵禄,慕玄虚,莫道渔人只为鱼。

① 此三首录自《乐府诗集》卷八三。　② 李珣（约855—约930）：五代前蜀词人。字德润，梓州（今四川三台）人。其祖先为波斯人。妹舜弦，为前蜀主王衍昭仪。蜀亡不仕。词风清婉，也能诗，又通医理。《花间集》录其词三十七首，《全唐诗》录其诗五十四首。

其　二

避世垂纶不记年，官高争得似君闲。倾白酒，对青山，笑指柴门待月还。

其　三

棹警鸥飞水溅袍，影侵潭面柳垂绦。终日醉，绝尘劳，曾见钱塘八月涛。

渔　父　歌①（二首）

欧阳炯②

其　一

摆脱尘机③上钓船，免教荣辱有流年。无系绊，没愁煎，须信船中有散仙。

①《全唐诗》卷七六一辑录欧阳炯《渔父歌》二首。《乐府诗集》卷八三仅录一首，兹补成《渔父歌二首》。　② 欧阳炯（896—971）：五代后蜀词人。益州华阳（今四川成都）人。善吹长笛，工词。少事前蜀后主王衍，又仕后蜀，从孟昶降宋，曾任翰林学士。其词多写艳情。曾为《花间集》作序，表达了花间派词人对于词的一般看法。《花间集》录其词十七首，《全唐诗》录其诗四十八首。　③ 尘机：犹言尘俗的心计与意念。唐孟浩然《腊月八日于剡县石城寺礼拜》诗："愿承功德水，从此濯尘机。"

其　二

风浩寒溪照胆明，小君山上玉蟾生。荷露坠，翠烟轻，拨剌游鱼几处①惊。

① 处：《全唐诗》注"一作个"。

渔父歌①

和　凝②

白芷汀寒立鹭鸶，蘋风轻翦浪花时。烟羃羃，日迟迟，香引芙蓉惹钓丝。

① 此首录自《乐府诗集》卷八三。　② 和凝（898—955）：字成绩，后周郓州须昌（今山东东平）人。后梁时举进士。历仕后晋、后汉，官至左仆射、太子太傅，封鲁国公。后周显德年间卒。有《宫词》百首，多为粉饰太平之作，有《香奁集》等。《全唐诗》录其诗二十四首。

谣辞

唐武德初童谣①

豆入牛口，势不得久。

① 此首录自《乐府诗集》卷八九。郭茂倩解引《新唐书·五行志》曰："窦建德未败时，有此谣也。"今按：窦建德（573—621），隋漳南（今山东武城）人。初为里长，因家难被迫聚众起义，自称夏王。后李世民击王世充，窦往救之，战败被俘，被杀于长安。

唐贞观中高昌国童谣①

高昌兵马如霜雪，汉家兵马如日月②。日月照霜雪，回首自消灭③。

① 此首录自《乐府诗集》卷八九。郭茂倩解引《唐书》曰："贞观中，高昌国有此童谣。其国王文泰使人捕其初唱者，不能得。"《帝纪》曰："十三年，以侯君集为交河道行军大总管，帅师伐高昌。十四年平之，以其地置西州，又置安西都护府。"今按：唐贞观十四年（640），高昌国王鞠文泰延寿十七年也。西州，即高昌都城故址，在今新疆吐鲁番以东二十余公里处。　② "高昌"二句：《新唐书·高昌传》无"马"字。　③ "回首"句：《新唐书》作"几何自殄灭"。首，《新唐书·高昌传》作"手。"

唐永淳初童谣①

新禾不入箱,新麦不入场。迫及八九月,狗吠空垣墙。

① 此首录自《乐府诗集》卷八九。郭茂倩解引《新唐书·五行志》曰:"高宗永淳元年(682)童谣。是岁七月,东都大雨,人多殍殕。"

唐高宗永淳中童谣①

嵩山凡几层?不畏登不得,但恐不得登。三度征兵马,傍道打腾腾②。

① 此首录自《乐府诗集》卷八九。郭茂倩解引《新唐书·五行志》曰:"高宗自调露中欲封嵩山,属突厥叛而止。后又欲封,以吐蕃入寇遂停。时有童谣。"按《旧书》:"武后自封岱之后,劝帝封中岳。每下诏草仪注,即岁饥、边事警急而止。永淳中,既至山下,未及行礼,遘疾还宫而崩。" ② 打腾腾:迟延不进的样子。

唐武后时童谣①

红绿复裙长,千里万里闻香。

① 此首录自《乐府诗集》卷八九。

箜篌谣①

李 白

攀天莫登龙,走山莫骑虎。贵贱结交心不移,唯有严陵及光武②。周公称大圣,管蔡宁相容。汉谣一斗粟,不与淮南春③。兄弟尚路人,吾心安所从。它人方寸间,山海几千重。轻言托朋友,对面九疑峰。多花④必早落,桃李不如松。管鲍久已死,何人继其踪。

① 此首录自《乐府诗集》卷八七。今按:《箜篌谣》,不详所起,大略言结交当有始终,与《箜篌引》异。旧注以为即《箜篌引》,误。　② 严陵及光武:《后汉书》载:严光,字子陵,会稽余姚人。少有高名,与光武同游学。及光武即位,陵变名姓,隐身不见。耕于富春山,后人名其钓处为严陵濑。　③ "汉谣"二句:引《淮南王歌》:"一尺布,尚可缝;一斗粟,尚可春。兄弟二人不相容。"《汉书》曰:"淮南厉王长,高帝少子也。长废法不执,文帝不忍执于法,乃载以辎车,处蜀严道邛邮,遣其子,子母同居,长不食而死。"　④ 多花:《李太白集》作"开花"。

唐神龙中谣①

　　山南乌鹊窠,山北金骆驼。镰柯不凿孔,斧子不施柯。

　　① 此首录自《乐府诗集》卷八九。郭茂倩解引《新唐书·五行志》曰:"中宗神龙以后民谣。按'山南',唐也。'乌鹊窠'者,人居寡也。'山北',胡也。'金骆驼'者,虏获而重载也。"

唐景龙中谣①

　　可怜圣善寺,身著绿毛衣。牵来河里饮,踏杀鲤鱼儿。

　　① 此首录自《乐府诗集》卷八九。郭茂倩解引《新唐书·五行志》曰:"景龙中民谣也。"按《会要》:"东都圣善寺,神龙初,中宗为武太后追福所造,景龙中复增广焉。"今按:武则天之后,中宗李显在位五年,神龙二年,景龙三年。

唐中宗时童谣①

　　可怜安乐寺,了了树头悬。

　　① 此首录自《乐府诗集》卷八九。郭茂倩解引《新唐书·五行志》曰:"安乐公主于洺州造安乐寺,时有童谣。"按《旧书》:"安乐公主,中宗幼女,韦皇后所生。

初降武崇训,崇训死,降武延秀。所造安乐佛寺,拟于宫掖,巧妙过之。"今按:洺州,以洺水流经境内得名,故址在今河北省永年、曲周、武安一带。《新唐书》作"洛州",查无此地名,恐误。

大麦行①

杜 甫

大麦干枯小麦黄,妇女行泣夫走藏。东至集壁西梁洋,问谁腰镰胡与羌。岂无蜀兵三千人,部领辛苦江山长。安得如鸟有羽翅,托身白云还故乡。

① 此首录自《乐府诗集》卷八八。

邺城童子谣①

李 贺

邺城中,暮尘起。将②黑丸,斫文吏。棘为鞭,虎为马。团团走,邺城下。切玉剑③,射日弓,献何人,奉相公。扶毂来,阁④右儿,香扫涂,相公归。

① 此首录自《乐府诗集》卷八七。今按:《李贺歌诗编》卷三作《古邺城童子谣效王粲刺曹操》。　② 将:《全唐诗》卷三九二作"探"。　③ 切玉剑:《列子·汤问》:"周穆王大征西戎,西戎献锟铻之剑,火浣之布。其剑长尺有咫,练钢赤刃,用之切玉如切泥焉。"　④ 阁:《全唐诗》作"关"。

唐天宝中京师谣①

欲得米麦贱,无过追李岘②。

① 此首录自《乐府诗集》卷八七。郭茂倩解引《唐书》曰:"李岘为京兆尹,甚著声绩。天宝中,连雨六十余日。宰臣杨国忠恶其不附己,以雨灾归京兆尹,乃出为长沙太守。时京师米麦踊贵,百姓为之谣。其为政得人心如此。"今按:《乐

府诗集》作《唐天宝中京兆谣》，今据其目录和《唐书》改。　②"欲得"二句：《新唐书》作"欲粟贱，追李岘"。

唐天宝中童谣[①]

燕燕飞上天，天上女儿铺白毡，毡上有千钱。

①　此首录自《乐府诗集》卷八九。郭茂倩解引《新唐书·五行志》曰："天宝中，安禄山未反时童谣。"按《旧书》："天宝十四载，禄山以范阳叛。明年，窃号燕国。"

唐天宝中幽州谣[①]

旧来夸戴竿[②]，今日不堪看。但看五月里，清水河边见契丹。

①　此首录自《乐府诗集》卷八九。郭茂倩解引《新唐书·五行志》曰："天宝中，幽州有此谣也。"　②　戴竿：杂技之一种，亦称顶竿。

唐德宗时童谣[①]

一只箸，两头朱。五六月，化为蛆[②]。

①　此首录自《乐府诗集》卷八九。郭茂倩解引《新唐书·五行志》曰："朱泚未败前两月有童谣。"按《旧书》："建中四年，朱泚以泾原兵叛，僭号曰大秦，明年改号曰汉。是岁六月，兵败而死。"今按：朱泚，幽州昌平人，德宗初任卢龙节度使。建中三年(782)其弟朱滔叛，泚被免职赴长安。次年，泾原节度使姚令言军哗变，长安大乱，德宗出奔。姚军拥泚为帝。又次年，德宗兴元元年(784)，唐将李晟收复长安，朱泚逃出被杀。　②　蛆：《新唐书·五行志》作"胆"。《广韵》："胆，虫在肉中。"

白鼍鸣①

张 籍

天欲雨,有东风,南溪白鼍②鸣窟中。六月人家井无水,夜闻白鼍人尽起。

① 此首录自《乐府诗集》卷八八。　② 鼍:亦称"扬子鳄"。白鼍,当为白色的鼍。

唐元和初童谣①

打麦,麦打。三三三,舞了也!

① 此首录自《乐府诗集》卷八九。郭茂倩解引《新唐书·五行志》曰:"元和初童谣,既毕,乃转身曰:'舞了也!'"按《旧书·志》云:"为十年六月三日,武元衡为盗所害之应。"本传云:"'打麦',谓打麦时也。'麦打',谓暗中突击也。'三三三'谓六月三日也。既而旋其袖曰'舞了也',谓元衡之卒也。"今按:武元衡,字伯苍,举进士,德宗朝官御史中丞。宪宗时典朝政,议讨藩镇吴元济未果。元和十年(815)为贼刺害,谥忠愍。

唐咸通中童谣①

草青青,被严霜。鹊始后,看颠狂。

① 此首录自《乐府诗集》卷八九。郭茂倩解引《新唐书·五行志》曰:"懿宗咸通七年童谣也。"

唐咸通末成都童谣①

咸通癸巳,出无所之。蛇去马来,道路稍开。头无片瓦,地有残灰。

① 此首录自《乐府诗集》卷八九。郭茂倩解引《新唐书·五行志》曰:"咸通

十四年成都有童谣。是岁,岁阴在巳,明年在午。巳,蛇也;午,马也。"今按:咸通十一年(870),南诏进攻成都。此谣所述,劫后荒凉景色也。

唐僖宗时童谣^①

金色虾蟆争努眼,翻却曹州天下反。

① 此首录自《乐府诗集》卷八九。郭茂倩解引《新唐书·五行志》曰:"僖宗时有此童谣。"按《旧书》云:"乾符中仍岁凶荒,人饥为盗,河南尤甚。曹州人王仙芝、尚君长,聚盗起于濮阳,攻剽城邑,陷曹、濮、郓等州。五年,仙芝败,而黄巢之众攻江西云。"今按:乾符五年(878)王仙芝阵亡,众推曹州冤句人黄巢为首,称冲天大将军。攻洛阳,入长安,建大齐政权,年号金统。后因与李克用战败,退至泰山狼虎谷,被围,死之。余众降。

唐乾符中童谣^①

八月无霜塞草青,将军骑马出^②空城。汉家天子西巡狩,犹向江东更索兵。

① 此首录自《乐府诗集》卷八九。郭茂倩解引《新唐书·五行志》曰:"乾符六年童谣也。"今按:僖宗乾符六年(879),正值黄巢兴盛时期,攻长安。帝走兴元(今陕西汉中一带)以避之,故谣曰西狩。唐室兵力不足,故向江南征兵也。
② 出:《乐府诗集》作"步",据《新唐书·五行志》改。

唐中和初童谣^①

黄巢走,泰山东,死在翁家翁。

① 此首录自《乐府诗集》卷八九。郭茂倩解引《新唐书·五行志》曰:"中和初有此童谣。"按《旧书》:"中和四年(884),黄巢既败,以其残众东走。李克用追击,至济阴而还。贼散于兖、郓,黄巢入泰山,至狼虎谷,为其将林言所杀。"

梁太祖时蜀中谣^①

　　黑牛出圈棕绳断。

　　① 此首录自《乐府诗集》卷八九。郭茂倩解引《五代史》曰："刘知俊初事梁太祖，后奔蜀。王建虽加宠待，然亦忌之。常谓近侍曰：'刘知俊非尔辈能驾驭，不如早为之所。'有嫉之者，于里巷间作此谣。知俊色黔，丑生。棕绳者，王氏子孙皆以宗承为名，故以此猜疑之。遂见杀于成都。"今按：梁太祖，唐末五代十国时后梁朱晃（即朱温）也。王建，前蜀主也。

史歌谣辞

歌辞

长庆中举人歌①

欲趋举场，问苏张；苏张犹可，三杨②杀我。

① 此首录自《新唐书·杨虞卿传》：虞卿佞柔，善谐丽权幸，倚为奸利。岁举选者，皆走门下，署第注员，无不得所欲，升沉在牙颊间。当时有苏景胤、张元夫，而虞卿兄弟汝士、汉公为人所奔向，故语曰："欲趋举场……"今按：唐穆宗长庆中，李宗闵、牛僧孺任相，杨虞卿等主持选举，举子们竞相到他的门下托请，当时参与此事的还有苏景胤、张元夫，但作不了主，所以问到选举子事时，张、苏回答尚可以，然而一到"三杨"手里，没打通关系就被勾销了。 ② 三杨：指杨虞卿及其兄弟汝士、汉公。

莫 愁 歌①

莫愁在何处？莫愁石城西。艇子打两桨，催送莫愁来。

① 此首录自《旧唐书·音乐志二》：《莫愁乐》，出于《石城乐》。石城有女子名莫愁，善歌谣。《石城乐》和中复有"莫愁"声，故歌云"莫愁在何处……"

谣辞

正 邪 谣①

姚、宋②为相，邪不如正；太平③用事，正不如邪。

① 此首录自《旧唐书·柳泽传》：先是姚元之、宋璟知政事，奏请停中宗朝斜封官数千员。及元之等出为刺史，太平公主又特为之言，有敕总令复旧职。泽上疏谏曰："……今海内咸称太平公主令胡僧慧范曲引此辈，将有误于陛下矣。谤议盈耳，咨嗟满衢，故语曰："姚、宋为相……" ② 姚、宋：即姚元之、宋璟。"元之"为姚崇的字。 ③ 太平：指太平公主。其为高宗女，武后所生，因拥立中宗有功，开府置官属，权倾朝内外。当时贿赂成风，用钱三十万即可斜封，付中书省授官，时号"斜封官"。景云元年(710)姚崇、宋璟先后为相，停斜封官数千人。后太平公主借故贬姚崇为申州刺史，宋璟为楚州刺史，"斜封官"又重加录用，人们遂有此谣。

唐 里 谚①

千人所指，无病自死。

① 此首录自《旧唐书·柳泽传》：泽后参选，会有敕令选人上书陈事，将加收擢，泽又上书曰："……臣又闻富不与骄期而骄自至，骄不与罪期而罪自至，罪不与死期而死自至。信矣斯语，明哉至诚。顷韦庶人、安乐公主、武延秀等可谓贵矣，可谓宠矣，权侔人主，威震天下。然怙侈灭德，神怒人弃。岂不谓爱之太极，富之太多，不节之以礼，不防之以法，终转吉为凶，变福为祸。谚曰：'千人所指……'不其然欤？……""睿宗览而善之，令中书省重详议，擢拜监察御史。开元中，累迁太子右庶子。出为郑州刺史，未行病卒，赠兵部侍郎。"

沈 宋 谣①

苏李居前，沈宋比肩。

① 此首录自《新唐书·宋之问传》：魏建安后迄江左，诗律屡变，至沈约、庾信，以音韵相婉附，属对精密。及之问、沈佺期，加又靡丽，回忌声病，约句准篇，如锦绣成文，学者宗之，号为"沈宋"，语曰："苏李居前……"谓苏武、李陵也。今按：此为唐代学者对沈佺期、宋之问诗歌的称赞。

看天穿地谣①

傅孝忠两眼看天，姜师度一心穿地。

① 此首录自《旧唐书·良吏下·姜师度传》：师度以（开元）十一年病卒，年七十余。师度既好沟洫，所在必发众穿凿，虽时有不利，而成功亦多。先是，太史令傅孝忠善占星纬，时人为之语曰："傅孝忠……"传之以为口实。

贺 家 谣①

学行可师贺德基，文质彬彬贺德仁。

① 此首录自《旧唐书·文苑上·贺德仁传》：贺德仁，越州山阴人也。父朗，陈散骑常侍。德仁少与从兄基俱事国子祭酒周弘正，咸以词学见称，时人语曰："学行……"

四 人 谣①

郑杨段薛，炙手可热；欲得命通，鲁绍瑰蒙。

① 此首录自《新唐书·崔铉传》：铉所善者郑鲁、杨绍复、段瑰、薛蒙，颇参议论，时语曰："郑杨……"今按：崔铉于唐武宗、宣宗两朝官至宰相，其手下郑、杨、段、薛四人，参议政事并左右时政，权势气焰极盛。

杂曲歌辞（一）

杂曲者,内容广泛,有写心志,抒情思,叙宴游,发怨愤,言征战行役,或缘于佛老,或出于夷虏,可谓兼收并载。

自秦汉已来,凡文人学士,杂曲作者非一。干戈丧乱,其声辞多有亡失。其名存义亡,不见所起,而有古辞可考者,则若《伤歌行》《生别离》《长相思》《枣下何纂纂》之类是也。复有不见古辞,而后人继有拟述,可以概见其义者,则若《出自蓟北门》《结客少年场》《秦王卷衣》《半渡溪》《空城雀》《齐讴》《吴趋》《会鸣》《悲哉》之类是也。

唐乐府之杂曲歌辞甚丰富,收入《乐府诗集》者,凡三百余首。

妾　薄　命①

李百药②

团扇秋风起,长门夜月明。羞闻拊背入,恨说舞腰轻。太常应③已醉,刘君恒带醒④。横陈每虚设,吉梦竟何成。

① 此首录自《乐府诗集》卷六二。今按:此题始见于魏曹植。其诗云"日月既逝西藏",盖恨燕私之欢不久。后有梁简文帝萧纲之作,伤良人不返,王嫱远嫁也。　② 李百药(565—648):字重规,安平(今属河北)人。隋朝时,曾任桂州司马、建安郡丞。入唐,为泾州司户,召为中书舍人。撰《北齐书》,加散骑常侍,行太子右庶子。诗长于五言,为太宗赏识。《全唐诗》录其诗一卷。　③ 应:《全唐诗》卷四三作"先"。　④ 醒:《乐府诗集》作"醒",据《全唐诗》改。

妾薄命①

杜审言②

草绿长门闭③,苔青永巷④幽。宠移新爱夺,泣下⑤故情留。啼鸟惊残梦,飞花搅独愁。自怜春色罢,团扇复迎秋。

① 此首录自《乐府诗集》卷六二。　② 杜审言(约645—708):字必简,祖籍襄阳,迁居巩县(今属河南)。杜甫祖父。咸亨进士,授隰城尉。累转洛阳丞。仕途坎坷,曾被贬,或下狱,或被召,官至国子监主簿,加修文馆直学士。与李峤、崔融、苏味道齐名,为"文章四友",世称"崔李苏杜"。《全唐诗》录其诗四十三首。
③ 闭:《全唐诗》卷六二作"掩"。　④ 永巷:皇宫中妃嫔住地,即后宫。　⑤ 下:《全唐诗》作"落"。

妾薄命①

崔国辅

虽入秦帝宫,不上秦帝床。夜夜玉窗里,与他卷罗②裳。

① 此首录自《乐府诗集》卷六二。今按:此题《全唐诗》卷一一九作《秦女卷衣》。　② 罗:《全唐诗》作"衣"。

妾薄命①

武平一②

有女妖且丽,徘徊湘水湄。水湄兰杜芳,采之将寄谁。瓠犀发皓齿,双蛾颦翠眉。红脸如开莲,素肤若凝脂。绰约多逸态,轻盈不自持。常矜绝代色,复恃倾城姿。子夫前入侍,飞燕复当时。正悦掌中舞,宁哀团扇诗。洛川昔云遇,高唐今尚违。幽阁禽雀噪,闲阶草露滋。流景一何速,年华不可追。解珮安所赠,怨咽空自悲。

① 此首录自《乐府诗集》卷六二。 ② 武平一(生卒年不详):名甄,并州文水(今山西文水东)人。武后时隐居。中宗复位,召为起居舍人。景龙二年(708),兼修文馆直学士,迁考功员外郎。玄宗时,贬为苏州参军,徙金坛县令。开元末卒。《全唐诗》录其诗一卷。

缓 歌 行①

李 颀

小来托身攀贵游,倾财破产无所忧。暮拟②经过石渠署,朝将出入铜龙楼。结交杜陵轻薄子,谓言可生复可死。一沉一浮会有时,弃我翻然如脱屣。男儿立身须自强,十五③闭户颍水阳。业就功成见明主,击钟鼎食坐华堂。二八蛾眉梳堕马,美酒清歌曲房下。文昌宫中赐锦衣,长安陌上退朝归。五侯④宾从莫敢视,三省官僚揖者稀。早知今日读书是,悔作从来⑤任侠非⑥。

① 此首录自《乐府诗集》卷六五。今按:有古辞《前缓声歌》。晋陆机《前缓声歌》,宋谢惠连《后缓声歌》,概言慕游仙,戒高位也。缓声言歌声之缓,非言命也。 ② 拟:《全唐诗》卷一三三注"一作夜"。 ③ 五:《河岳英灵集》卷上及《唐文粹》卷一二作"年"。 ④ 侯:《全唐诗》作"陵"。 ⑤ 来:《全唐诗》作"前"。 ⑥ 任侠非:《全唐诗》注"一作狂侠儿"。《河岳英灵集》卷上同。

蓟 门 行①(五首)

高 适

其 一

边城十一月,雨雪乱霏霏。元戎②号令严,人马亦轻肥。羌胡无尽日,征战几时归。

① 此五首录自《乐府诗集》卷六一。今按：先有古辞《驱车上东门行》，继有曹植《艳歌行》："出自蓟北门，遥望胡地桑。"又有鲍照《出自蓟北门行》，随后有高适《蓟门行》，此一脉相承也。　②元戎：主将。

其　二

幽州多骑射，结发①重横行。一朝事将军，出入有声名。纷纷猎秋草，相向角弓鸣。

① 结发：犹"束发"，指年轻的时候。《史记·平津侯主父列传》："臣结发游学，四十余年。"

其　三

蓟门逢古①老，独立思氛氲。一身既零丁，头鬓白纷纷。勋庸今已矣，不识霍将军。

① 古：《全唐诗》卷二一一注"一作故"。

其　四

茫茫①长城外，日没更烟尘。胡骑虽凭陵，汉兵不顾身。古树满空塞，黄云愁杀人。

① 茫茫：《全唐诗》作"黯黯"。

其　五

汉家能用武，开拓穷异域。戍卒厌糠核，降胡饱衣食。开①亭试一望，吾欲涕②沾臆。

① 开：《全唐诗》作"关"。　②涕：《全唐诗》作"泪"。

秦女休行①

李　白

西门秦氏女，秀色如琼花。手挥白杨刀，清昼杀仇家。罗袖洒赤血，英声②凌紫霞。直上西山去，关吏相邀遮。婿为燕国王，身被诏狱加。犯刑若履虎，不畏落爪牙。素颈未及断，摧眉伏泥沙。金鸡忽放赦③，大辟得宽赊。何惭聂政姊，万古共惊嗟。

① 此首录自《乐府诗集》卷六一。今按：此题源出汉左延年辞，大略言女休为燕王妇，为宗报仇，杀人都市，虽被囚系，终以赦宥，得免刑戮也。　② 英声：《李太白文集》卷五注"许本作英气"。　③ "金鸡"句：古人大赦时，举行一种仪式，竖长杆，顶立金鸡，后集罪犯，击鼓，宣读赦令。因古人迷信天鸡星动的时候，就会有大赦，所以有这种仪式。《新唐书·百官志》："赦日，树金鸡于仗南，竿长七丈，有鸡高四尺，黄金饰首，衔绛幡长七尺，承以彩盘，维以绛绳。"

出自蓟北门行①

李　白

虏阵横北荒，胡星曜精芒。羽书速惊电，烽火昼连光。虎竹救边急，戎车森已行。明主不安席，按剑心飞扬。推毂出猛将，连旗登战场。兵威冲绝漠，杀气凌穹苍。列卒②赤山下，开营紫塞③傍。途④冬沙风紧，旌旗飒凋伤。画角⑤悲海月，征衣卷天霜。挥刃斩楼兰，弯弓射贤王。单于一平荡，种落自奔亡。收功报天子，行歌⑥归咸阳。

① 此首录自《乐府诗集》卷六一。今按：魏曹植《艳歌行》曰："出自蓟北门，遥望胡地桑。"是题当出于此也。　② 卒：《乐府诗集》注"一作阵"。　③ 紫塞：指北方边塞。崔豹《古今注·都邑》："秦筑长城，土色皆紫，汉塞亦然，故称'紫塞'焉。"　④ 途：王琦注《李太白文集》卷五作"孟"。　⑤ 画角：古乐器名。⑥ 行歌：《乐府诗集》注"一作歌舞"。

君子有所思行①

李　白

紫阁连终南，青冥天倪色。凭崖望咸阳，宫阙罗北极。万井②惊画出，九衢如弦直。渭水清银河③，横天流不息。朝野盛文物，衣冠何贪④绝。厩马散连山，军容威绝域。伊皋运元化，卫霍输筋力。歌钟乐未休，荣去老还逼。圆光过满缺，太阳移中昃。不散东海金，何争西辉匿⑤。无作牛山悲，恻怆泪沾臆。

① 此首录自《乐府诗集》卷六一。今按：晋陆机、宋鲍照、梁沈约皆有此题，其旨言雕室丽色，不足为久欢，宴安鸩毒，满盈所宜敬忌，与《君子行》异也。② 井：相传古制八户一井。后引申为乡里、人口聚居地。　③ 清银河：王琦注《李太白文集》卷五作"银河清"。　④ 贪：《李太白文集》作"翕"。　⑤ "何争"句：《李太白文集》作"何曾西飞匿"。

悲 歌 行①

李 白

悲来乎，悲来乎，主人有酒且莫斟，听我一曲悲来吟。悲来不吟还不笑，天下无人知我心。君有数斗酒，我有三尺琴。琴鸣酒乐两相得，一杯不啻千钧金。悲来乎，悲来乎，天虽长，地虽久，金玉满堂应不守。富贵百年能几何，死生一度人皆有。孤猿坐啼坟上月，且须一尽杯中酒。悲来乎，悲来乎，凤鸟②不至河无图，微子③去之箕子④奴。汉帝不忆李将军，楚王放却屈大夫。悲来乎，悲来乎，秦家李斯早追悔，虚名拨向身之外。范子何曾爱五湖，功成名遂身自退。剑是一夫用，书能知姓名，惠施不肯干万乘，卜式未必穷一经。还须黑头取方伯，莫谩白首为儒生。

① 此首录自《乐府诗集》卷六二。今按：此题《全唐诗》卷二四无"行"字。② 鸟：《全唐诗》作"凰"。　③ 微子：商纣王庶兄，因多次向纣王进谏，不被采纳而离开纣王。　④ 箕子：纣王的叔父，官太师。封国于箕（今山西太谷东北），故称箕子。纣暴虐，箕子多次谏，纣王不听，箕子乃披发佯装为奴，被纣王囚禁。

妾薄命①

李白

　　汉帝重②阿娇,贮之黄金屋。咳唾落九天,随风生珠玉。宠极爱还歇,妒深情却疏。长门一步地,不肯暂回车。雨落不上天,水覆难再收③。君情与妾意,各自东西流。昔日芙蓉花,今成断根草④。以色事他人,能得几时好。

　　① 此首录自《乐府诗集》卷六二。　② 重:《乐府诗集》注"一作宠"。③ "水覆"句:《文苑英华》卷二〇七作"覆水最难收",《唐文粹》卷一二同此。《乐府诗集》注"一作重难受"。　④ 断根草:《文苑英华》作"素秋草"。

白马篇①

李白

　　龙马花雪毛,金鞍五陵豪。秋霜切玉剑,落日明珠袍。斗鸡事万乘,轩盖一何高。弓摧南②山虎,手接太山③猱。酒后竞风采,三杯弄宝刀。杀人如剪草,剧孟同游遨。发愤去函谷,从军向临洮。叱咤万战场④,匈奴尽奔逃⑤。归来使酒气,未肯拜⑥萧曹。羞入原宪室,荒径隐蓬蒿。

　　① 此首录自《乐府诗集》卷六三。郭茂倩解云:白马者,见乘白马而为此曲。言人当立功立事,尽力为国,不可念私也。　② 南:《乐府诗集》作"宜",据王琦注《李太白文集》卷五改。　③ 山:《李太白文集》作"行"。　④ 万战场:《文苑英华》卷二〇九作"经百战",王琦注《李太白文集》同。　⑤ 奔逃:《乐府诗集》作"波涛",据王琦注《李太白文集》改。　⑥ 拜:《文苑英华》注"一作下"。

北 风 行①

李 白

烛龙栖寒门,光曜犹旦开。日月照之何不及此②,唯有北风号怒天上来。燕山雪花大如席,片片吹落轩辕台。幽州思妇十二月,停歌罢笑双蛾摧。倚门望行人,念君长城苦寒良可哀。别时提剑救边去,遗此虎文金鞞釼③。中有一双④白羽箭,蜘蛛结网生尘埃。箭空在,人今战死不复回。不忍见此物,焚之已成灰。黄河捧土尚可塞,北风雨雪恨难裁⑤。

　① 此首录自《乐府诗集》卷六五。今按:《北风》,本卫诗也。宋鲍照有《北风凉》。李白《北风行》,伤北风雨雪,行人不归,与卫诗异也。　② "日月"句:王琦注《李太白文集》卷三注"一作日月之赐不及此"。　③ 鞞釼:王琦注《李太白文集》注"当作鞲釼"。　④ 一双:萧士赟本《李太白诗》作"二双"。　⑤ 裁:《乐府诗集》注"一作哉"。

春 日 行①

李 白

深宫高楼入紫清,金作蛟龙盘绣楹②。佳人当窗弄白日,弦将手语弹鸣筝。春风吹落君王耳,此曲乃是升天行③。因出天池泛蓬瀛,楼船蹙沓波浪惊。三千双蛾献歌笑,挝钟考鼓宫殿倾,万姓聚舞歌太平。我无为,人自宁,三十六帝欲相迎,仙人飘翻下云軿。帝不去,留镐京,安能为轩辕,独往入窅冥。小臣拜献南山寿,陛下万古垂鸿名。

　① 此首录自《乐府诗集》卷六五。　② 盘绣楹:《乐府诗集》注"一作绣作楹"。　③ 升天行:乐府曲名。

朗 月 行①

李 白

小时不识月，呼作白玉盘。又疑瑶台镜，飞在青②云端。仙人垂两足，桂树作团团。白兔捣药成，问言与谁餐。蟾蜍蚀圆影，大③明夜已残。羿昔落九乌，天人清且安。阴精此沦惑，去去不足观。忧来其如何，恻④怆摧心肝。

① 此首录自《乐府诗集》卷六五。今按：此题瞿蜕园、朱金城《李白集校注》卷四作《古朗月行》。　② 青：萧士赟本《李太白诗》作"白"。　③ 大：《乐府诗集》作"天"，据《李白集校注》改。《文选·海赋》李善注："大明，月也。"　④ 恻：《文选》作"凄"。

前有一樽酒行①（二首）

李 白

其 一

春风东来忽相过，金樽渌②酒生微波。落花纷纷稍觉多，美人欲醉朱颜酡。青轩桃李能几何，流光欺人忽蹉跎。君起舞，日西夕。当年意气不肯倾③，白发如丝叹何益。

① 此二首录自《乐府诗集》卷六五。今按：此题《李白集校注》卷三作《前有樽酒行二首》。　② 渌：《乐府诗集》作"绿"，据《李白集校注》改。王琦注："水清曰渌，所谓渌酒，即清酒之义也。"　③ 倾：萧本《李太白诗》作"平"。

其 二

琴奏龙门之绿桐，玉壶美酒清若空。催弦拂柱与君饮，看朱成碧颜始红。胡姬貌如花，当垆笑春风。笑春风，舞罗衣，君今不醉将①安归。

① 将：《乐府诗集》作"欲"，据《李白集校注》改。

苦 热 行①

王 维

赤日满天地,火云成山岳。草木尽焦卷,川泽皆竭涸。轻纨觉衣重,密树②苦阴薄。莞簟不可近,絺绤再三濯。思出宇宙外,旷然在寥廓。长风万里来,江海荡烦浊。却顾身为患,始知心未觉。忽入甘露门,宛然清凉乐。

① 此首录自《乐府诗集》卷六五。　② 密树:中华书局本《乐府诗集》校记:《王右丞集》卷四注"刘本、顾元纬本俱作树密"。按作"树密"则上句当作"纨轻"。

妾 薄 命①

刘元淑②

自从离别守空闺,遥闻征战起③云梯。夜夜愁君④辽海外⑤,年年弃⑥妾渭桥西。阳春白日照空暖,紫燕衔⑦花向庭满。彩鸾琴里怨声多,飞鹊镜前妆梳断。谁家夫婿不⑧从征,应是渔阳别有情。莫道红颜燕地少,家家还似洛阳城。且逐新人殊未归,还令秋至夜霜飞。北斗星前横度⑨雁,南楼月下捣寒衣。夜⑩深闻雁肠欲绝,独坐缝衣灯又灭⑪。暗啼罗帐空自怜,梦度阳关向谁说。每怜⑫容貌宛如神,如何⑬薄命不胜⑭人。愿⑮君朝夕燕山至,好作明年杨柳春。

① 此首录自《乐府诗集》卷六二。　② 刘元淑(生卒年不详):唐天宝以前人。生平里籍无考。《全唐诗》录其诗一首。　③ 起:《文苑英华》卷二〇七作"赴"。　④ 愁君:《文苑英华》注"一作相思,一作思君"。　⑤ 外:《文苑英华》作"北"。　⑥ 弃:《文苑英华》作"抛"。　⑦ 衔:《文苑英华》作"红"。　⑧ 不:《文苑英华》作"久"。　⑨ 度:《文苑英华》作"旅"。　⑩ 夜:《文苑英华》作"更"。　⑪ "独坐"句:《文苑英华》作"独夜挑灯灯复灭"。　⑫ 怜:《文苑英华》作"吟"。　⑬ 如何:《文苑英华》作"何其"。　⑭ 胜:《文苑英华》作"如"。　⑮ 愿:《文苑英

华》作"待"。

妾薄命①

卢纶

妾年初二八，两度嫁狂夫。薄命今犹在，坚贞扫地无。

① 此首录自《乐府诗集》卷六二。

悲哉行①

孟云卿

孤儿去慈亲，远客丧主人。莫吟苦辛曲，此曲②谁忍闻③。可闻不可说，去去无期别④，行人念前程，不待参辰没⑤。朝亦常苦饥，暮亦常苦饥。飘飘万余里，贫贱多是非。少年莫远游，远游多不归。

① 此首录自《乐府诗集》卷六二。今按：《悲哉行》，魏明帝始作。晋陆机、宋谢惠连同题，皆言客游感物忧思也。　② 此曲：《乐府诗集》阙，据《全唐诗》卷一五七补。　③ 忍闻：《乐府诗集》此二字后有"可闻"二字，据《全唐诗》删。④ 期别：《全唐诗》注"一作形迹。"　⑤ 辰没：《全唐诗》注"一作辰设"。

太行苦热行①

独孤及②

驷马上太行，修途亘辽碣。王程③无留驾，日昃未遑歇。请问此何时，炎台朱明月。长蛇稽天讨，上将方北伐。明主命使臣，皇华④得时杰。已忘羊肠险，岂惮温⑤风热⑥。摇策汗滂沱，登崖⑦思纡结。炎云如烟火，溪谷将恐竭。昼景赩可畏，凉飙何由发。山长飞鸟堕，目极行车绝。赵、魏方俶扰，安危俟明哲。归路岂不怀，饮冰有苦节。会同传檄至，疑议立谈决。况有阮元瑜，翩翩秉书札。起予歌赤坂，永好逾《白雪》。谁念剖竹⑧人，无因执羁绁。

① 此首录自《乐府诗集》卷六五。　② 独孤及（725—777）：字至之，洛阳（今属河南）人。初授华阴尉，后避乱越州。累官左拾遗、礼部员外郎、吏部员外郎、常州刺史。为唐代古文运动先驱。以古文著名，长于议论。有《毗陵集》。《全唐诗》录其诗二卷。　③ 王程：奉公命差遣的旅程。　④ 皇华：《诗经·小雅》中有《皇皇者华》篇，诗序谓为君遣使臣之作。后遂用作使人或出使的典故。⑤ 温：《全唐诗》卷二四注"集作湿"。　⑥ 热：《全唐诗》作"入"。　⑦ 崖：《全唐诗》注"集作岸"。　⑧ 剖竹：古代授官封爵，以竹为凭证，一段竹剖而为二，一给本人，一留朝廷。因以剖竹为授官之称。

出 门 行①（二首）

孟　郊

其 一

长河悠悠去无极，百龄同此可叹息。秋风白露沾人衣，壮心凋落夺颜色。少年出门将诉谁，川无梁兮路无歧。一闻陌上苦寒奏，使我伫立惊且悲。君今得意厌粱肉，岂复念我贫贱时。

① 此二首录自《乐府诗集》卷六一。

其 二

海风萧萧天雨霜，穷愁独坐夜何长。驱车旧忆太行险，始知游子悲故乡。美人相思隔天阙，长望云端不可越。手持琅玕欲有赠，爱而不见心断绝。南山峨峨白石烂，碧海之波浩漫漫。参辰出没不相待，我欲横天无羽翰。

伤 哉 行①

孟 郊

众毒蔓贞松，一枝难久荣。岂知黄庭客，仙骨生不成。春色舍芳蕙，秋风绕枯茎。弹琴不成曲，始觉知音倾。馆月改旧照，吊宾写余情。还舟空江上，波浪送铭旌。

① 此首录自《乐府诗集》卷六二。今按：此题《乐府诗集》阙，据其目录及《全唐诗》卷三七二补。

妾 薄 命①

孟 郊

不惜十指弦，为君千万弹。常恐新声至②，坐使③故声④残。弃置今日悲，即是昨日欢。将新变故易，持⑤故为新难。青山有蘼芜，泪叶长不干。空令后代人，采掇幽思攒⑥。

① 此首录自《乐府诗集》卷六二。今按：此题《唐文粹》卷一二作《薄命妾》。② 至：《乐府诗集》注"一作发"。 ③ 坐使：《乐府诗集》注"一作使我"。④ 声：《乐府诗集》注"一作曲"。 ⑤ 持：《文苑英华》卷二〇七作"将"。 ⑥ 幽思攒：《乐府诗集》注"一作思幽兰"。

羽 林 行①

孟 郊

朔雪寒断指，朔风劲裂冰。胡中射雕者，此日犹不能。翩翩羽林儿，锦臂飞苍鹰。挥鞭决②白马，走出黄河凌。

① 此首录自《乐府诗集》卷六三。 ② 决：《孟东野诗集》卷一作"快"。

太行苦热行①

刘长卿

迢迢太行路，自古称险恶。千骑俨欲前，群峰望如削。火云从中起②，仰视飞鸟落。汗马卧高原，危旌倚长薄。清风何不至，赤日方煎烁。石露③山木焦，鳞穷水泉涸。九重今旰食，万里传明略。诸将候轩车，元凶愁鼎镬。何劳短兵接，自有长缨缚。通越事岂难，渡泸功未博。朝辞羊肠坂，夕望贝丘郭。漳水斜绕营，常山遥入幕。永怀姑苏下，因④寄建安作。白雪和诚难，沧波意空托。陈琳书记好，王粲从军乐。早晚归汉庭，随君⑤上麟阁。

① 此首录自《乐府诗集》卷六五。　② 起:《全唐诗》卷二四注"集作出"。③ 露:《全唐诗》注"集作枯"。　④ 因:《全唐诗》注"集作遥"。　⑤ 君:《全唐诗》注"集作公"。

蓟门行①（二首）

李希仲②

其　一

旄头有精芒，胡骑猎秋草。羽檄南渡河，边庭用兵早。汉家爱征战，宿将今已老。辛苦羽林儿，从戎榆关道。

① 此二首录自《乐府诗集》卷六一。今按:《乐府诗集》合二首为一首，今据《全唐诗》卷一五八改为二首。　② 李希仲(生卒年不详):赵郡(河北赵县)人。天宝初，任偃师令，后为吏部员外郎。《全唐诗》录其诗三首。

其　二

一身救边速，烽火连①蓟门。前军鸟飞断，格斗尘沙昏。寒日鼓声急，单于夜火②奔。当须徇忠义，身死报国恩。

① 连:《全唐诗》作"通"。　② 火:《全唐诗》作"将"。

妾 薄 命①（三首）

李　端

其　一

忆妾初嫁君,花鬟如绿云。回灯入绮帐,对②面脱
罗裙。折步教人学,偷香与客熏。容颜南国重,名字
北方闻。一从失恩意,转觉身憔悴。对镜不梳头,倚
窗空落泪。新人莫恃新,秋至会无春。从来闭在长门
者,必是宫中第一人。

① 此三首录自《乐府诗集》卷六二。今按:《全唐诗》卷二八四列第一首,又
卷二八六列第三首,题均作《妾薄命》;同卷列第二首,题作《代弃妇答贾客》。今
按《乐府诗集》并列其三首。　② 对:《乐府诗集》注"一作转"。

其　二

玉垒城边争走马,铜鞮①市里共乘舟。鸣环动珮
思②无尽,掩袖低巾泪不流。畴昔将歌邀客醉,如今欲
舞对君羞。忍怀贱妾平生曲③,独上襄阳旧酒楼。

① 铜鞮:《乐府诗集》作"铜蹄",据《全唐诗》改。今按:铜鞮,这里指襄阳。
乐府清商曲有《白铜鞮歌》,也称《襄阳踏铜蹄》。　② 思:《全唐诗》作"恩"。
③ 曲:《全唐诗》作"好"。

其　三

自从君弃妾,憔悴不羞人。唯余坏粉泪,未免映
衫匀。

春 日 行①

张　籍

春日融融池上暖,竹牙出土兰心短。草堂晨起酒

半醒,家僮报我园花②满。头上皮冠未曾整,直入花间不寻径。树树殷勤尽绕行,攀③枝未遍春日暝。不用积金著青天,不用服药求神仙。但愿园里花长好,一生饮酒花前老。

① 此首录自《乐府诗集》卷六五。　② 花:《乐府诗集》作"已",据《全唐诗》卷二四改。　③ 攀:《乐府诗集》作"举",据《全唐诗》改。

伤 歌 行①

张　籍

黄门诏下促收捕,京兆尹②系御史府。出门无复部曲随,亲戚相逢不容语。辞成谪尉南海州,受命不得须臾留。身著青衫骑恶马,东门之东③无送者。邮夫防吏急喧驱,往往惊堕马蹄下。长安里中荒大宅,朱门已除十二戟。高堂舞榭锁管弦,美人遥望西南天。

① 此首录自《乐府诗集》卷六二。今按:《全唐诗》卷三八二此题下注:"元和中,杨凭贬临贺尉。"　② 尹:《乐府诗集》作"君",据《全唐诗》及《唐文粹》卷一五下改。　③ 东门之东:《全唐诗》作"中门之外"。

妾 薄 命①

张　籍

薄命妇②,良家子,无事从军去万里。汉家天子平四夷,护羌都尉裹尸归。念君此行为死别,对君裁缝泉下衣。与君一日为夫妇,千年万岁亦相守。君爱龙城征战功,妾愿青楼欢③乐同。人生各各有所欲,讵得将心入君腹。

① 此首录自《乐府诗集》卷六二。今按:此题《唐文粹》卷一二作《古薄命

妾》。　②薄命妇：《全唐诗》卷三八二注"一作薄命嫁得"。　③欢：《全唐诗》作"歌"。

苦 热 行①

皎 然

六月金数伏，兹辰日在庚。炎曦曝②肌肤，毒雾昏檐楹③。安得奋翅④翮，超⑤遥出云征。不知天地心，如何匠生成。火德烧百卉，瑶草不及荣。省客⑥当此时，忽贻怀中琼。捧玩烦袂⑦涤，啸歌美⑧风生。迟君佐元气，调使四序平。中令霜不祅⑨，火⑩余气常贞。江南诗骚客，休吟苦热行。

① 此首录自《乐府诗集》卷六五。今按：此题《全唐诗》卷八一六作《酬薛员外谊苦风一行见寄》。　② 曝：《全唐诗》作"烁"。　③ 檐楹：《全唐诗》作"性情"。　④ 翅：《全唐诗》作"轻"。　⑤ 超：《全唐诗》注"一作迢"。　⑥ 省：《全唐诗》注"一作有"。　⑦ 袂：《全唐诗》注"一作衿"。　⑧ 美：《全唐诗》注"一作善"。　⑨ 祅：《全唐诗》作"祓"。　⑩ 火：《全唐诗》作"大"。

羽 林 行①

王 建

长安恶少出名字，楼下劫商楼上醉。天明下直明光宫，散入五陵松柏中。百回杀人身合死，赦书尚有收城功。九衢一日消息定，乡吏籍中重改姓。出来依旧属羽林，立在殿前射飞禽。

① 此首录自《乐府诗集》卷六三。

伤 哉 行①

庄南杰

兔走乌飞不相见,人事依稀速如电。王母夭桃一度开,玉楼红粉千回变。车驰马走咸阳道,石家旧宅空荒草。秋雨无情不惜花,芙蓉一一惊香倒。劝君莫谩栽荆棘,秦皇虚费②驱山力。英风一去更无言,白骨沉埋暮山碧。

① 此首录自《乐府诗集》卷六二。　② 费:《乐府诗集》注"一作负"。

悲 哉 行①

白居易

悲哉为儒者,力学不能②疲。读书眼欲③暗,秉笔手生胝。十上方一第,成名常苦迟。纵有宦达者,两鬓已成丝。可怜少壮日,适在穷贱时。丈夫老且病,焉用富贵为。沉沉朱门宅,中有乳臭儿。状貌如妇人,光明膏粱肌。手不把书卷,身不擐戎衣。二十袭封爵,门承勋戚资。春来日日出,服御何轻肥。朝从博徒饮,暮有倡楼期。评④封还酒债,堆金选蛾眉。声色狗马外,其余一无知。山苗与涧松,地势随高卑。古来无奈何,非君独⑤伤悲。

① 此首录自《乐府诗集》卷六二。今按:晋陆机、宋谢惠连均有此题,皆言客游感物而忧思也。　② 能:《全唐诗》卷四二四作"知"。　③ 欲:《全唐诗》注"一作前"。　④ 评:《全唐诗》作"平"。　⑤ 君独:《全唐诗》注"一作独君"。

出 门 行①

元 稹

兄弟同出门,同行不同志。凄凄分歧路,各各营所为。兄上荆山巅，翻石辨虹气。弟沉沧海底，偷珠待龙睡。出门不数年，同归亦同遂。俱用私所珍，升沉自兹异。献珠龙王宫，值龙觅珠次。但喜复得珠，不求珠所自。酬客双龙女，授客六龙辔。遣充行雨神，雨泽随客意。雩夏钟鼓繁，祭秩玉帛积。彩色画廊庙，奴僮被珠翠。骥骡千万双，鸳鸯七十二。言者禾稼枯②，无人敢轻议。其兄因献璞，再刖不履地。门户亲戚疏，匡床妻妾弃。铭心有所待，视足无所愧。持璞自枕头，泪痕双血渍。一朝龙醒寤，本问偷珠事。因知行雨偏，妻子五刑备。仁兄捧尸哭，势友掉头讳。丧车黔首葬，吊客青蝇至。楚有望气人，王前忽长跪。贺王得贵宝，不远王所莅。求之果如言，剖则浮筠腻。白珩无颜色，垂棘有瑕累。在楚列地封，入赵连城贵。秦遣李斯书，书为传国瑞。秦亡汉、魏传，传者得神器。卞和名永永，与宝不相坠。劝尔出门行，行难莫行易。易得还易失，难同亦难离。善贾识贪廉，良田无植稚。磨剑莫磨锥，磨锥成小利。

① 此首录自《乐府诗集》卷六一。　② 禾稼枯：《元氏长庆集》卷二三作"未摇舌"。

神 仙 曲①

李 贺

碧峰海面藏灵书，上帝拣作神仙②居。晴时③笑语闻空虚，斗乘巨浪骑鲸鱼。春罗剪④字邀王母，共宴红楼最深处。鹤羽冲风过海迟，不如却使青龙去⑤。犹疑王母不相许，垂露⑥娃⑦鬟更传⑧语。

① 此首录自《乐府诗集》卷六四。　② 神仙：《李长吉歌诗汇解·外集》作"仙人"。　③ 晴时：《李长吉歌诗汇解·外集》作"清明"。　④ 剪：《李长吉歌诗

汇解·外集》作"书"。　⑤ "鹤羽"二句:中华书局本校记,二姚本《李长吉歌诗》无此二句。　⑥ 露:《李长吉歌诗汇解·外集》作"雾"。　⑦ 娃:《李长吉歌诗汇解·外集》作"妖"。　⑧ 传:《李长吉歌诗汇解·外集》作"转"。

悲 哉 行①

鲍 溶

促促晨复昏,死生同一源。贵年不惧老,贱老②伤久存。朗朗哭前歌,绛旌引幽魂。来为千金子,去卧百草根。黄土塞生路,悲风送回辕③。金鞍旧良马,四顾不入④门。生结千岁⑤念,荣及百代孙⑥。黄金买性命,白刃仇⑦一言。宁知北山上⑧,松柏侵田园。

① 此首录自《乐府诗集》卷六二。　② 老:《全唐诗》卷四八五注"一作者"。③ 辕:《全唐诗》注"一作轮"。　④ 入:《乐府诗集》作"出",据《全唐诗》改。⑤ 岁:《全唐诗》注"一作载"。　⑥ "荣及"句:《全唐诗》注"一作荣及万代孙"。⑦ 仇:《全唐诗》作"酬"。　⑧ 上:《全唐诗》作"下"。

羽 林 行①

鲍 溶

朝出羽林宫,入参云台议。独请万里行,不奏和亲事。君王重年少,深纳开边利。宝马雕玉鞍,一朝从万骑。煌煌都门外,祖帐光七贵②。歌钟乐行军,云物惨别地。箫笳整部曲,幢盖动郊次。临风亲戚怀,满袖儿女泪。行行复何赠,长剑报恩字。

① 此首录自《乐府诗集》卷六三。　② 七贵:西汉时,七个以外戚关系把持政权的家族。

君子有所思行①（二首）

贯　休

其　一

　　我爱正考甫，思贤作《商颂》。我爱扬子云，理乱皆如凤。振衣中夜起，露花香旖旎。扑碎骊龙明月珠，敲出凤凰五色髓。陋巷萧萧风浙浙②，缅想斯人胜珪璧。寂寥千载不相逢，无限区区尽虚掷。君不见沈约道："佳人不在兹，春光为谁惜？"

　　① 此二首录自《乐府诗集》卷六一。今按：此题《全唐诗》卷八二七作《拟君子有所思》。　② 浙浙：《全唐诗》作"析析"。

其　二

　　安得龙猛笔，点石为黄金①。散向②酷吏家，使无贪残心。甘棠密叶成翠幄，颖③凤不来天地塞。所以倾城④人，如今⑤不可得。

　　① "安得"二句：《全唐诗》注："西岳龙猛大士，于砚中磨药，点笔成金。西天有龙猛金，其色紫。"　② 向：《乐府诗集》作"问"，中华书局本校据文意改。③ 颖：《全唐诗》作"欼"。　④ 倾城：《全唐诗》作"倾国倾城"。　⑤ 如今：《全唐诗》作"如今如今"。

升 天 行①

齐　己

　　身不沉，骨不重。驱青鸾，驾白凤。幢盖飘飘②入冷空，天风瑟瑟星河动。瑶阙参差阿母家，楼台戏闭凝彤霞。五三③仙子乘龙车，堂前碾烂蟠桃花。回头却顾蓬山④顶，一点浓岚在深井。

　　① 此首录自《乐府诗集》卷六三。　② 飘飘：《全唐诗》卷八四七作"飘摇"。③ 五三：《全唐诗》作"三五"。　④ 蓬山：《全唐诗》作"蓬莱"。

苦 热 行①

齐 己

离宫划开赤帝怒,喝起②六龙奔日驭。下土熬熬若③煎煮,苍生惶惶无处处。火云峥嵘焚沈寥,东皋老农肠欲焦。何当一雨苏我苗,为君击壤歌帝尧。

① 此首录自《乐府诗集》卷六五。　② 起:《全唐诗》卷八四七作"出"。
③ 若:《全唐诗》注"一作苦"。

妾 薄 命①

胡 曾②

阿娇初失汉皇恩,旧赐罗衣亦罢薰。敧枕夜悲金屋雨,卷帘朝泣玉楼云。宫前叶落鸳鸯瓦,架上尘生翡翠裙。龙骑不巡时渐久,长门长掩绿苔文③。

① 此首录自《乐府诗集》卷六二。今按:此题《才调集》卷九作"薄命妾"。
② 胡曾(生卒年不详):号秋田,长沙(今属湖南)人,一说邵阳(今湖南邵阳)人。咸通中,屡举不第,愤而以诗寄慨。后入蜀,曾任节度使幕书记。后终老故乡。其诗以咏史诗著称,通俗明快,富褒贬。有《安定集》十卷,已佚。《咏史诗》三卷。《全唐诗》录其诗一卷。　③ 长掩绿苔文:《全唐诗》卷六四七作"空掩绿苔纹"。长掩,《才调集》卷九六作"空掩"。

妾 薄 命①

王贞白②

薄命头欲白,频年嫁不成。秦娥未十五,昨夜事公卿。岂有机杼力,空传歌舞名。妾专修妇德,媒氏却相轻。

① 此首录自《乐府诗集》卷六二。今按:此诗作者《乐府诗集》作"王贞",据《全唐诗》卷七〇一改。　② 王贞白(生卒年不详):字有道,信州永丰(今江西广

丰)人。乾宁二年(895)进士,曾任校书郎。有《灵溪集》。《全唐诗》录其诗一卷。

苦 热 行①

王 毅②

祝融南来鞭火龙,火旗焰焰烧天红。日轮当午凝不去,万国如在洪炉中。五岳翠干云彩灭,阳侯海底愁波竭。何当一夕金风发,为我扫却天下热。

① 此首录自《乐府诗集》卷六五。　② 王毅(生卒年不详):字虚中,袁州宜春(今属江西)人。乾宁五年(898)进士,历国子博士,后以郎官致仕。以诗歌擅名,尤长于乐府。《全唐诗》录其诗十八首。

妾 薄 命①

卢汝弼②

君恩已断尽成空,追想娇欢恨莫穷。长为薤华光晓日,谁知团扇送秋风。黄金买赋心徒切,清路飞尘信莫通。闲凭玉栏思旧事,几回春暮泣残红。

① 此首录自《乐府诗集》卷六二。今按:此诗作者《乐府诗集》作"卢弼",误。当为卢汝弼。　② 卢汝弼(? —921):字子谐,一作字子诰。范阳(今河北涿县)人。景福中进士及第,累迁祠部员外郎、知制诰。龙德元年卒。《全唐诗》录其诗八首。

杂曲歌辞（二）

结客少年场行①

虞世南

　　韩魏②多奇节，倜傥遗名③利。共矜然诺心④，各负纵横志⑤。结友⑥一言重，相思⑦千里至。绿沉明月弦，金络浮云辔。吹箫入吴市⑧，击筑游燕肆⑨。寻源博望侯，结客远相求。少年重⑩一顾，长驱背陇头。焰焰霜戈⑪动，耿耿剑虹浮。天山冬夏雪⑫，交河南北流。云起龙沙暗，木落雁门⑬秋。轻生殉知己，非是为身谋。

　　① 此首录自《乐府诗集》卷六六。今按：《乐府诗集》曰："《结客少年场行》，言轻生重义，慷慨以立功名也。"曹植《结客篇》曰："结客少年场，报怨洛北邙。"郭茂倩解云，结客少年场，言少年时结任侠之客，为游乐之场，终而无成，故作此曲也。　② 韩魏：春秋时，韩氏、魏氏为晋六卿中的巨富，后以韩魏指富贵之家。③ 名：《全唐诗》卷三六作"声"。　④ 心：《文苑英华》卷一九五作"情"。⑤ 志：《全唐诗》注"一作意"。　⑥ 友：《全唐诗》作"交"。　⑦ 思：《全唐诗》作"期"。　⑧ "吹箫"句：《史记·范雎蔡泽列传》："伍子胥……鼓腹吹篪，乞食于吴市。"《集解》引徐广曰："篪，一作箫。"　⑨ "击筑"句：《史记·刺客列传·荆轲传》："荆轲嗜酒，日与狗屠及高渐离饮于燕市，酒酣以往，高渐离击筑……"⑩ 重：《全唐诗》作"怀"，注："一作垂"。　⑪ 霜戈：《全唐诗》作"戈霜"，与"剑虹"对。《文苑英华》作"虹剑"，又与"霜戈"对。　⑫ "天山"以下四句：《文苑英华》作"风起龙沙暗，木落雁门秋。天山冬夏雪，交河南北流"。　⑬ 门：《乐府诗集》作"行"，据《文苑英华》改。

少 年 子①

李百药

少年飞翠盖，上路动②金镳。始酌文君酒，新吹弄玉箫。少年不欢乐，何以尽芳朝③。千金笑里面，一搦抱④中腰。挂冠⑤岂惮宿，迎拜⑥不胜娇。寄语⑦少年子，无辞归路遥。

① 此首录自《乐府诗集》卷六六。　② 动：《全唐诗》卷二四注"集作勒"。③ "少年"二句：《全唐诗》注"一作少年子，欢乐尽今朝"。　④ 抱：《全唐诗》作"掌"。　⑤ 冠：《全唐诗》作"缨"。　⑥ 迎拜：《全唐诗》作"落珥"。《乐府诗集》注"一作落珥"。　⑦ 寄语：《全唐诗》注"一本无此二字"。

东飞伯劳歌①

张柬之

青田白鹤丹山凤，婺女姮娥两相送。谁家绝世绮帐前，艳粉芳②脂映宝钿。窈窕玉堂褒翠幕，参差绣户悬珠箔。绝世三五爱红妆，冶袖长裾兰麝香。春去花枝俄易改，可叹年光不相待。

① 此首录自《乐府诗集》卷六八。　② 芳：《全唐诗》卷九九作"红"。

行 路 难①

卢照邻

君不见长安城北渭桥边，枯木横槎卧古田。昔日含红复含紫，常时留雾亦留烟。春景春风花似雪，香车玉舆恒阗咽。若个游人②不竞攀，若个倡家不来折。倡家宝袜蛟龙帔，公子银鞍千万骑。黄莺一向花娇春③，两两三三④将子戏。千尺长条百尺枝，丹⑤桂青⑥榆相蔽亏。珊瑚叶上鸳鸯鸟，凤凰巢里雏鹓儿。巢倾枝折凤归去,条枯叶落狂⑦风吹。一朝零落⑧无人问,万古摧残君讵知。人生贵贱无终始,倏忽须臾难久恃。谁家能驻西山日,谁家能偃东流水。汉家陵树满秦川,行来行去尽哀怜。自昔公卿二千石,咸拟荣华一万年。不见朱唇将白⑨貌,惟闻素⑩棘与黄泉。金貂有时须换酒⑪,玉麈但⑫摇莫计钱。寄言坐客神仙署,一生一死交情处。苍龙阙下君不来⑬,白鹤山前⑭我应去。云间海上⑮邈难期,赤心会合在何时。但愿尧年一百万,长作⑯巢由⑰也不辞。

① 此首录自《乐府诗集》卷七十。《乐府解题》曰:"《行路难》,备言世路艰难及离别悲伤之意,多以'君不见'为首。" ② 人:《文苑英华》卷二〇〇作"童"。 ③ 一向花娇春:《全唐诗》卷二五注"集作一向花娇"。 ④ 两两三三:《全唐诗》注:"集作青鸟双双"。 ⑤ 丹:《全唐诗》注"集作月"。 ⑥ 青:《全唐诗》注"集作星"。 ⑦ 狂:《文苑英华》作"任"。 ⑧ 零落:《文苑英华》作"憔悴"。 ⑨ 白:《文苑英华》注"一作玉"。 ⑩ 素:《文苑英华》注"一作青"。 ⑪ 须换酒:《文苑英华》注"一作换美酒"。 ⑫ 但:《文苑英华》注"一作恒"。 ⑬ 来:《文苑英华》作"留"。 ⑭ 前:《文苑英华》作"头"。 ⑮ 上:《文苑英华》作"山"。 ⑯ 作:《全唐诗》注"一作与"。 ⑰ 巢由:指巢父、许由,传说为上古尧时的两位隐士。

结客少年场行①

卢照邻

长安重游侠,洛阳富才②雄。玉剑浮云骑,金鞍③明月弓。斗鸡过渭北,走马向关东。孙宾遥见待,郭解暗相通。不受千金爵,谁论万里功。将军下天上,虏骑入云中。烽火夜似月,兵气晓成虹。横行徇知己,负羽远征④戎。龙旌昏朔雾,鸟阵卷寒⑤风。追奔瀚海咽,战罢阴山空。归来谢天子,何如马上翁。

① 此首录自《乐府诗集》卷六六。　② 才：《全唐诗》卷四一作"财"。
③ 鞍：《全唐诗》作"鞭"。　④ 征：《全唐诗》作"从"。　⑤ 寒：《全唐诗》作"胡"。

自君之出矣①

辛弘智②

自君之出矣，弦吹绝无声。思君如百草，撩乱逐春生。

① 此首录自《乐府诗集》卷六九。今按：此诗作者《全唐诗》卷二五作"李康成"。　② 辛弘智（生卒年不详）：里籍无考。高宗时进士，曾就任于国子监。《全唐诗》录其诗三首。

从军中行路难①（二首）

骆宾王

其　一

君不见封狐雄虺自成群，凭深负固结妖氛。玉玺分兵②征恶少，金坛受律动将军③。将军拥旄宣庙略，战士横行④静夷落。长驱一息背铜梁，直指三巴⑤逾剑阁。阁道岑嶬上⑥戍楼，剑门遥裔俯灵丘。邛关九折无平路，江水双源有急流。征役无期返，他乡岁华⑦晚。杳杳丘陵出，苍苍林薄远。途危紫盖峰，路涩青泥坂。去去指哀牢，行行入不毛。绝壁千里⑧险，连山四望高。中外分区宇，夷夏殊风土。交趾枕南荒，昆弥⑨临北户。川源⑩饶毒雾，溪谷多淫雨。行潦四时流，崩查千岁古。漂梗飞蓬不自⑪安，扪藤引葛⑫度危峦。昔时闻道从军乐，今日方知行路难。苍⑬江绿水东流驶，炎洲丹徼南中地。南中南斗映星河，秦川⑭秦塞阻烟波。三春边地风光少，五月泸中瘴疠多。朝驱疲斥候，夕息倦谁何⑮。向月弯繁弱，连星转太阿。重义轻生怀一顾，东伐西征凡几度。夜夜朝朝斑鬓新，年年岁岁戎衣故。灞城隅，滇池水。天涯望转积，地际行无已。徒觉炎凉节物非，不知关山千万里。弃置勿重陈，重陈⑯多苦辛。且悦清笳梅柳曲⑰，讵忆芳园桃李人。绛节朱旗分白羽，丹心白刃酬明主。但令一技⑱君王识⑲，谁惮三边征战苦。行路难，行路难，歧路几千端。无复归云凭短翰，空余⑳望日想长安。

① 此二首录自《乐府诗集》卷七一。今按：此题《文苑英华》卷二〇〇作《行路难》。第一首下注："一作《从军中行路难》二首"；第二首下注："同心常伯军中作。" ② 兵：《乐府诗集》作"别"，据《全唐诗》卷二五改。 ③ 受律动将军：《文苑英华》卷二〇〇作"授律劝将军"。 ④ 行：《文苑英华》作"戈"。 ⑤ 三巴：《文苑英华》作"三危"，山名。 ⑥ 上：《文苑英华》作"起"。 ⑦ 岁华：《文苑英华》作"年岁"。 ⑧ 里：《文苑英华》作"重"。 ⑨ 昆弥：汉时乌孙王的名号。乌孙为古西域国，在今新疆伊犁河流域。 ⑩ 川源：《文苑英华》作"川原"。 ⑪ 自：《文苑英华》作"暂"。 ⑫ 扪藤引葛：《文苑英华》作"扪萝陟葛"。 ⑬ 苍：《文苑英华》作"沧"。 ⑭ 川：《文苑英华》作"关"。 ⑮ 谁何：《文苑英华》作"樵歌"。 ⑯ 重陈：《全唐诗》注"集作征行"。 ⑰ 梅柳曲：《全唐诗》作"杨柳曲"，汉横吹曲辞中有"杨柳枝"。 ⑱ 技：《全唐诗》注"集作被"。 ⑲ 识：《文苑英华》作"知"。 ⑳ 空余：《乐府诗集》无此二字，据《文苑英华》补。

其 二

君不见玉关尘色暗边亭①，铜鞮杂虏寇长城。天子按剑征余勇，将军受脤②事横行。七德龙韬开玉帐，千里鼍鼓叠金钲③。阴山苦雾埋高垒，交河孤月照连营。连营④去去无穷极，拥旆遥遥过绝国。阵云朝结晦天山，寒沙夕涨迷疏勒。龙鳞水上开鱼贯，马首山前振雕⑤翼。长驱万里拿祁连，分麾三命⑥武功宣。百发乌号遥碎柳，七尺龙文⑦回照莲。春来秋去移灰琯，兰闺柳市芳尘断。雁门迢递尺书稀，鸳被相思双带

缓。行路难⑧，誓令氛祲静皋兰。但使封侯龙额贵，讵
随中妇凤楼寒。

① 亭:《文苑英华》作"庭"。　② 受脤:古代将帅出征前要举行祭祀活动,接
受祭社稷的生肉,称受脤。脤,祭社稷用的生肉。　③ "千里"句:《文苑英华》作
"千重龟叠动金钲"。　④ 连营:《乐府诗集》无此二字,据《文苑英华》补。
⑤ 雕:《文苑英华》作"鹏"。　⑥ 三命:《文苑英华》作"三令"。　⑦ 文:《乐府诗
集》作"交",据《文苑英华》改。　⑧ 行路难:《全唐诗》注"集重'行路难'三字"。

变行路难①

王昌龄

向晚横吹悲,风动马嘶合。前驱引旗②节,千里阵
云匝。单于下阴山,砂砾空飒飒。封侯取一战,岂复
念闺阁。

① 此首录自《乐府诗集》卷七一。今按:题属《行路难》一脉。　② 旗:《乐府
诗集》注"一作旌"。

古 离 别①

王 适②

昔岁惊杨柳,高楼悲独守。今年芳树枝,孤栖怨
别离。珠帘昼不卷,罗幔晓长垂。苦调琴先觉,愁容
镜独知。频来雁度无消息,罢去③鸳文何用织。夜还
罗帐空有情,春著裙腰自无力。青轩桃李落纷纷,紫
庭兰蕙日氛氲。已能憔悴今如此,更复含情一待君。

① 此首录自《乐府诗集》卷七二。今按:此题《乐府诗集》作《古别离》,据《乐
府诗集》目录及毛本改。　② 王适(生卒年不详):幽州人。武后时,命吏部糊名
考判,以求高才,王适入二等。官至雍州司功参军,晚年谪居蜀中。原有文集,已
佚。《全唐诗》录其诗五首。　③ 去:《全唐诗》卷二六注"集作却"。

东飞伯劳歌^①

李 峤^②

传书青鸟迎箫凤,巫岭荆台数通梦。谁家窈窕住
园楼,五马千金照陌头。罗裙^③玉珮当轩出,点翠施红
竞春日。佳人二八盛舞歌,羞将百万呈双蛾。庭前芳
树朝夕改,空驻妍^④华欲谁待。

① 此首录自《乐府诗集》卷六八。今按:此题《全唐诗》卷五七作《拟古东飞
伯劳西飞燕》。　② 李峤(644—713):字巨山,赵州赞皇(今河北赞皇)人。二十
岁中进士,授长安尉,迁监察御史、给事中。累官礼部尚书、兵部尚书。玄宗时遭
贬,官终庐州别驾。其诗多为五言近体,对律诗和歌行发展有一定影响。原有
集,已佚。《全唐诗》录其诗五卷。　③ 裙:《乐府诗集》注"一作裾"。　④ 妍:
《全唐诗》卷五七注"一作年"。

古 别 离^①

沈佺期

白水东悠悠,中有西行舟。舟行有返棹,水去无
还流。奈何生别者,戚戚怀远游。远游谁当惜,所悲
会难收。自君间^②芳蹿,青阳四五遒。皓月掩兰室,光
风虚蕙楼。相思无明晦,长叹累冬秋。离居分迟暮,
高驾何淹留。

① 此首录自《乐府诗集》卷七一。今按:《楚辞》曰"悲莫悲兮生别离",《古
诗》曰"行行重行行,与君生别离",故后人拟之为《古别离》。　② 间:《乐府诗
集》作"闻",据《全唐诗》卷二六改。

长 相 思^①

苏 颋^②

君不见天津桥下东流水,东望龙门北朝市。杨柳

青青宛地垂,桃红李白花参差。花参差,柳堪结,此时
忆君心断绝。

① 此首录自《乐府诗集》卷六九。　② 苏颋(670—727):字廷硕,京兆武功
(今陕西武功)人。十七岁中进士,授乌程尉,后袭父许国公封爵。受玄宗器重,
掌文诰,官中书侍郎、紫微侍郎等,以文章显名于世,与燕国公张说并称"燕许"。
朝廷制诰,多出其手。其诗多应制之作,间有佳构。原有集,已佚。《全唐诗》录
其诗二卷。

行　路　难①

张　纮②

君不见温家玉镜台,提携抱握九重来。君不见相
如绿绮琴,一抚一拍凤凰音。人生意气须及早,莫负
当年行乐心。荆王奏曲楚妃叹,曲尽欢终夜将半。朱
楼银阁正平生,碧草青苔坐芜漫。当春对酒不须疑,
视日相看能几时。春风吹尽燕初至,此时自为③称君
意。秋露萎草鸿始归,此时衰暮与君违。人生翻覆何
常定,谁保容颜无是非。

① 此首录自《乐府诗集》卷七十。　② 张纮(生卒年不详):里籍无考。久视
元年(700)登进士第。历任监察御史、会稽令、左拾遗、许州司户。《全唐诗》录其
诗三首。　③ 为:《全唐诗》卷二五作"谓"。

长　干　行①

张　潮②

婿贫如珠玉,婿富如埃尘。贫时不忘旧,富贵③多
宠新。妾本富家女,与君为偶匹。惠好一何深,中门
不曾出。妾有绣衣裳,葳蕤金镂光。念君贫且贱,易
此从远方。远方三千里,发去悔不已④。日暮情更来,

空望去时水。孟夏麦始秀，江上多南风。商贾归欲
尽，君今尚巴东。巴东有巫山，窈窕神女颜。常恐游
此山⑤，果然不知还。

① 此首录自《乐府诗集》卷七二。今按：此题《文苑英华》卷二一一作《江风行》，并注"一作《长江行》"。 ② 张潮（生卒年不详）：润州丹阳（今属江苏）人。《全唐诗》录其诗五首。 ③ 贵：《全唐诗》卷二六注"集作日"。 ④ "远方"二句：《文苑英华》作"三千路役思，发竟悔不已"。"发去"句，《全唐诗》注："集作思君心未已"。 ⑤ 山：《全唐书》注"集作方"。

行 路 难①

李 颀

汉家名臣杨德祖②，四代五公享茅土。父兄子弟③
绾银黄，跃马鸣珂朝建章。火浣单衣绣方领，茱萸锦
带玉盘囊。宾客填街复满座，片言出口生辉光。世人
逐势争奔走，沥胆隳肝唯恐后。当时一顾生青云，自
谓生死长随君。一朝谢病还乡里，穷巷苍茫④绝知己。
秋风落叶闭重门，昨日论交竟谁是。薄俗嗟嗟难重
陈，深山麋鹿下⑤为邻。鲁连所以蹈沧海，古往今来称
达人。

① 此首录自《乐府诗集》卷七一。 ② 杨德祖：指东汉杨震，官至太尉，其子孙世代为官，"弘农杨氏"成为东汉有名的世家大族。 ③ 父兄子弟：《全唐诗》卷二五注"集作父子兄弟"。 ④ 茫：《文苑英华》卷二〇〇作"苔"。 ⑤ 下：《文苑英华》作"可"。

长乐少年行①

崔国辅

遗却珊瑚鞭，白马骄②不行。章台折杨柳，春草③

路旁情。

① 此首录自《乐府诗集》卷六六。今按：此题《才调集》卷一及《唐文粹》卷一三均无"长乐"二字。《文苑英华》卷二○五作《古意》。　② 骄：《才调集》作"娇"。　③ 春草：《才调集》、《唐文粹》、《文苑英华》均作"春日"。

丽 人 曲①

崔国辅

红颜称绝代，欲并真无侣。独有镜中人，由来自相许。

① 此首录自《乐府诗集》卷六八。郭茂倩解引《乐府广题》："《刘向别录》云：'昔有丽人善雅歌，后因以名曲。'"

今 别 离①

崔国辅

送别未能旋，相望连水口。船行欲映舟②，几度急摇手。

① 此首录自《乐府诗集》卷七二。　② 舟：《全唐诗》卷二六作"洲"。

小长干曲①

崔国辅

月暗送湖②风，相寻路不通。菱歌唱不辍，知在此塘中。

① 此首录自《乐府诗集》卷七二。　② 湖：《全唐诗》卷二六注"集作潮"。

荆州泊[1]

李 端

南楼西下时，月里闻来棹。桂水舳舻回，荆州津济闹。移帷望星汉，引带思容貌。今夜一江人，唯应妾身觉。

[1] 此首录自《乐府诗集》卷七二。

古 离 别[1]（二首）

赵微明

其 一

离别无远近，事欢情亦悲。不闻车轮声，后会将何时。去日忘寄书，来日乖前期。纵知明当还，一夕千万思。

[1] 此二首录自《乐府诗集》卷七二。今按：此诗第一首"离别无远近"，《全唐诗》卷二六作张彪。第二首"违别未几日"作赵微明。

其 二

违[1]别未几日，一日如三秋。犹疑望可见，日日上高楼。唯见分手处，白苹满芳洲。寸心宁死别，不忍生离愁。

[1] 违：《全唐诗》卷二六注"集作为"。

长安少年行[1]

皎 然

翠楼春酒虾蟆陵[2]，长安少年皆共矜。纷纷半醉绿槐道，蹙蹀[3]花骢骄不胜。

[1] 此首录自《乐府诗集》卷六六。今按：题属《结客少年场》一脉。　[2] 虾蟆陵：古地名。在唐都长安城东南，为当时有名的游乐地。　[3] 蹙蹀：《全唐诗》卷

二四作"蹀躞"。

古 别 离[1]

皎 然

太湖三山口,吴王在时道。寂寞千载心,无人见春草。谁堪[2]缄怨者,持此伤怀抱。孤舟畏狂风,一点宿烟岛。望所思兮若何,月荡漾兮空波。云离离兮北断,雁眇眇兮南多。身去兮天畔,心折兮湖岸。春山胡为兮塞路,使我归梦兮撩乱。

① 此首录自《乐府诗集》卷七一。　② 堪:《全唐诗》卷二六作"识"。

古 离 别[1]

常 理[2]

君御狐白裘,妾居缃绮帱。粟钿金夹膝,花错玉搔头。离别生庭草,征行断戍楼。蟏蛸网清曙,菡萏落红秋。小胆空房怯,长眉满镜愁。为传儿女意,不用远封侯。

① 此首录自《乐府诗集》卷七二。今按:此题《乐府诗集》作《古别离》,据《乐府诗集》目录及毛本改。　② 常理(生卒年不详):生活于天宝以前。里籍无考。善作思妇诗。沈德潜在《唐诗别裁集》卷一七中称《古离别》诗"比薛道衡'空梁落燕泥'之作,似又过之"。《全唐诗》录其诗二首。

少 年 行[1](二首)

王昌龄

其 一

西陵侠年少[2],送客过长亭[3]。青槐夹两路[4],白马如流星。闻道羽书急，单于寇井陉。气高轻赴难，谁顾燕山铭。

① 此二首录自《乐府诗集》卷六六。　② 年少：《河岳英灵集》卷上作"少年"。　③ "送客"句：《河岳英灵集》卷上作"客过短长亭"。　④ 路：《全唐诗》卷二四注"集作道"。

其　二

走马还①相寻，西楼下夕阴。结交期一剑，留意赠千金。高阁歌声远，重关柳色深。夜间须尽醉，莫负百年心。

① 还：《全唐诗》注"集作远"。

少 年 行①（四首）

王　维

其　一

新丰美酒斗十千，咸阳游侠多少年。相逢意气为君饮②，系马高楼垂柳边。

① 此四首录自《乐府诗集》卷六六。　② 饮：《文苑英华》卷一九四注"一作死"。

其　二

汉家君臣欢宴终，高议①云台②论战功。天子临轩赐侯印，将军佩出明光宫。

① 议：《乐府诗集》作"义"，据《文苑英华》及《唐文粹》卷一三改。　② 云台：汉宫中高台名。东汉明帝画中兴功臣二十八人像于云台。后泛指纪念功臣名将之所。

其　三

出身仕汉羽林郎，初随骠骑战渔阳。孰知不向边庭苦，纵死犹闻侠骨香。

其　四

一身能擘①两雕弧，虏骑千群②只似无。偏坐金鞍调白羽,纷纷射杀五单于。

① 臂:《文苑英华》作"擘"。　② 群:《文苑英华》及《河岳英灵集》卷上均作"重"。

古 别 离①

王 缙②

下阶欲离别,相对映兰丛。含辞未及吐,泪落兰丛中。高堂静秋日,罗衣飘暮风。谁能待明月,回首见床空。

① 此首录自《乐府诗集》卷七一。　② 王缙(? —781):字夏卿,祖籍太原祁(今山西祁县),其父迁居蒲州(今山西永济县),遂为河东人。王维弟。登草泽自举科与文辞清丽科,授侍御史、武部员外郎。安史之乱后,曾任宰相。后贬括州刺史,仕终太子宾客。曾编王维文集。其诗文工丽,《全唐诗》录其诗八首,《全唐文》录其文七篇。

结客少年场行①

李 白

紫燕②黄金瞳,啾啾③摇绿鬃。平明相驰逐,结客洛门东。少年学剑术,凌轹白猿公。珠袍曳锦带,匕首插吴鸿。由来万夫勇,挟此生雄④风。托交从剧孟,买醉入新丰。笑尽一杯酒,杀人都市中。羞道易水寒,从⑤令日贯虹。燕丹事不立,虚没秦帝宫。武阳死灰人,安可与成功。

① 此首录自《乐府诗集》卷六六。　② 紫燕:相传汉文帝有骏马九匹,其一名紫燕骝。后通称骏马。燕,《文苑英华》卷一九五作"骝"。　③ 啾啾:《乐府诗集》注"一作稜稜"。　④ 雄:王琦本《李太白文集》卷四注"缪本作英"。　⑤ 从:王琦本《李太白文集》卷四注"一作徒"。

少 年 行①（三首）

李 白

其 一

击筑饮美酒，剑歌易水湄。经过燕太子，结托并州儿。少年负壮气，奋烈自有时。因声②鲁勾践，争博③勿相欺。

① 此三首录自《乐府诗集》卷六六。　② 声:《李白集校注》卷六校记,"萧本作击"。　③ 博:《乐府诗集》作"情",据《李白集校注》改。

其 二

五陵年少金市东，银鞍白马度春风。落花踏尽游何处，笑入胡姬酒肆中。

其 三

君不见淮南少年游侠客，白日球猎夜拥掷。呼卢①百万终不惜，报仇千里如咫尺。少年游侠好经过，浑身装束皆绮罗。兰蕙②相随喧妓女，风光去处满笙歌。骄矜自言不可有，侠士堂中养来久。好鞍好马乞与人，十千五千旋沽酒。赤心用尽为知己，黄金不惜栽桃李。桃李栽来几度春，一回花落一回新。府县尽为门下客，王侯皆是平交人。男儿百年且乐命，何须徇③书受贫病。男儿百年且荣身，何须徇节甘风尘。衣冠半是征战士，穷儒浪作林泉民。遮莫枝根长百丈，不如当代多还往。遮莫亲姻④连帝城，不如当身自簪缨。看取富贵眼前者，何用悠悠身后名。

① 呼卢:即呼卢喝雉,古代一种赌博,又叫樗蒲、五木,掷子时高声大呼。② 兰蕙:《全唐诗》卷一六五作"蕙兰"。　③ 徇:《全唐诗》注"一作读"。　④ 亲姻:王琦本《李太白文集》卷六作"姻亲"。

全乐府

远 别 离①

李 白

远别离,古有皇②英之二女,乃在洞庭之南,潇湘
之浦。海水直下万里深,谁人不言此离苦。日惨惨兮
云冥冥,猩猩啼烟兮鬼啸雨。我纵言之将何补,皇穹
窈恐不照余之忠诚。雷③凭凭兮欲吼怒,尧舜当之亦
禅禹。君失臣兮龙为鱼,权归臣兮鼠变虎。或云④尧
幽囚⑤,舜野死,九疑联绵皆相似,重瞳孤坟竟何是。
帝子泣兮绿云间,随风波兮去无还。恸哭兮远望,见
苍梧之深山。苍梧山崩湘水绝,竹上之泪乃可灭。

① 此首录自《乐府诗集》卷七二。　② 皇:《乐府诗集》作"黄",据《李白集校
注》卷三改。　③ 雷:萧本《李太白诗》作"云"。　④ 云:萧本《李太白诗》作
"言"。　⑤ 尧幽囚:《史记·五帝本纪》张守节《正义》引《竹书纪年》载:"昔尧德
衰,为舜所囚也。"

少 年 子①

李 白

青云年少②子,挟弹章台左。鞍马四边开,突如流
星过。金丸落飞鸟,夜入琼楼卧。夷、齐是何人,独守
西山饿。

① 此首录自《乐府诗集》卷六六。　② 年少:《唐文粹》卷一三作"少年"。

侠 客 行①

李 白

赵客缦胡缨,吴钩霜雪②明。银鞍照白马,飒沓如
流星。十步杀一人,千里不留行。事了拂衣去,深藏
身与名。闲过信陵饮,脱剑膝前③横。将炙啖朱亥,持

筋劝侯嬴。三杯吐然诺，五岳倒为轻。眼花耳热后，意气素霓生。救赵挥金槌，邯郸先震惊。千秋二壮士，烜赫大梁城。纵死侠骨香，不惭世上英。谁能书阁下，白首《太玄经》。

① 此首录自《乐府诗集》卷六七。　② 雪:《文苑英华》卷一九六作"月"。③ 前:《文苑英华》注"一作边"。

行行游且猎篇①

李　白

边城儿，生年不读一字书。但知游猎夸轻趫，胡马秋肥宜白草。骑来蹑影何矜②骄，金鞭拂云挥鸣鞘。半酣呼鹰出远郊。弓弯满月不虚发，双鸧迸落连飞髇。海边观者皆辟易，猛气英风振沙碛。儒生不及游侠人，白首下帷复何益。

① 此首录自《乐府诗集》卷六七。今按:题亦作《游猎篇》。备言游行射猎之事也。　② 何矜:《全唐诗》卷二五注"一作可怜"。《乐府诗集》注"一作可怜骄"。

千里思①

李　白

李陵没胡沙，苏武还汉家。迢迢五原关，朔雪乱边花②。一去隔绝域③，思归但长嗟。鸿雁向西北，飞④书报天涯。

① 此首录自《乐府诗集》卷六九。　② "朔雪"句:《乐府诗集》注"一作愁见雪如花"。　③ 域:王琦注《李太白文集》卷六作"国"。　④ 飞:王琦注《李太白文集》作"因"。《乐府诗集》注"一作因"。

鸣 雁 行①

李　白

胡雁鸣，辞燕山，昨发委羽朝度关。一一衔芦枝，南飞散落天地间，连行接翼往复还。客居烟波寄湘吴，凌霜触雪毛体枯，畏逢矰缴惊相呼。闻弦虚坠良可吁，君更弹射何为乎？

① 此首录自《乐府诗集》卷六八。

空 城 雀①

李　白

嗷嗷空城雀，身计何戚促。本与鹪鹩群，不随凤皇族。提携四黄口，饮乳未尝足。食君糠粃余，常恐乌鸢逐。耻涉太行险，羞营覆车粟。天命有定端，守分绝所欲。

① 此首录自《乐府诗集》卷六八。今按：《乐府诗集》曰："鲍照《空城雀》云：'雀乳四鷇，空城之阿。'言轻飞近集，茹腹辛伤，免网罗而已。"

长 相 思①（三首）

李　白

其 一

长相思，在长安。络纬秋啼金井栏②，微霜凄凄簟色寒。孤灯不明思欲绝，卷帷望月空长叹。美人如花隔云端③，上有青冥之长④天，下有绿水⑤之波澜。天长路远魂飞苦，梦魂不到关山难。长相思，摧心肝。

① 此三首录自《乐府诗集》卷六九。　② 栏：王琦注《李太白文集》卷三作"阑"。　③ "美人"句：《乐府诗集》注"一作佳期迢迢隔云端"。　④ 长：王琦注《李太白文集》卷三作"高"。　⑤ 绿水：王琦注《李太白文集》作"渌水"。

其 二

日色已①尽花含烟,月明欲②素愁不眠。赵瑟初停凤凰柱,蜀琴欲奏鸳鸯弦。此曲有意无人传,愿随春风寄燕然。忆君迢迢隔青天。昔日③横波目,今成④流泪泉。不信妾肠断,归来看取明镜前。

① 已:王琦注《李太白文集》卷六作"欲"。　② 欲:王琦注《李太白文集》作"如"。　③ 日:王琦注《李太白文集》作"时"。　④ 成:王琦注《李太白文集》作"作"。《才调集》卷六作"为"。

其 三

美人在时花满堂,美人去后空余床。床中绣被卷不寝,至今三载犹闻香。香亦竟不灭,人亦竟不来。相思黄叶落,白露点青苔。

行 路 难①(三首)

李 白

其 一

金樽清②酒斗十千,玉盘珍羞直万钱。停杯投箸不能食,拔剑四顾心茫然。欲渡黄河冰塞川,将登太行雪暗天③。闲来垂钓坐④溪上,忽复乘舟梦日边。行路难,行路难,多歧路,今⑤安在。长风破浪会有时,直挂云帆济沧海。

① 此三首录自《乐府诗集》卷七一。　② 清:《文苑英华》卷二〇〇作"美"。③ 暗天:王琦注《李太白文集》卷三作"满山"。　④ 坐:《李太白文集》作"碧"。⑤ 今:《文苑英华》作"道"。

其 二

大道如青天,我独不得出。羞逐长安社中儿,赤鸡白狗①赌梨栗。弹剑作歌奏苦声,曳裾王门不称情。淮阴市井笑韩信,汉朝公卿②忌贾生。君不见昔时燕家重郭隗，拥篲折腰③无嫌猜。剧辛乐毅感恩分，输肝剖胆效英才。昭王白骨萦蔓草，谁人更扫黄金台。行路难，归去来。

① 狗：《乐府诗集》注"一作雊"。　② 卿：《全唐诗》卷二五注"一作侯"。③ 腰：《文苑英华》作"节"。《乐府诗集》注"一作节"。

其　三

有耳莫洗颍川水，有口莫食首阳蕨。含光混世贵无名，何用孤高比云①月。吾观自古贤达人，功成不退皆殒身。子胥既弃吴江上，屈原终投②湘水滨。陆机才多③岂自保，李斯税驾④苦不早。华亭鹤唳⑤讵可闻，上蔡苍鹰何足道。君不见吴中张翰称⑥达生⑦，秋风忽忆江东行。且乐生前一杯酒，何须身后千载名。

① 云：《文苑英华》作"明"。　② 投：《文苑英华》作"沉"。　③ 才多：王琦注《李太白文集》作"雄才"。　④ 税驾：意为解驾、停车，引申为休息、退隐。税，通"挩"、"脱"。　⑤ 华亭鹤唳：《世说新语·尤悔》："陆平原（机）河桥败，为卢志所谮，被诛。临刑叹曰：'欲闻华亭鹤唳，可复得乎！'"后以华亭鹤唳喻人死前的感叹。　⑥ 称：《乐府诗集》注"一作真"。　⑦ 生：《乐府诗集》作"士"，据《李太白文集》改。

久　别　离①

李　白

别来几春未还家，玉窗五见樱桃花。况有锦字书，开缄使人嗟。至此肠断彼心绝②，云鬟绿③鬓罢揽④结，愁如回飙乱白雪。去年寄书报阳台⑤，今年寄书重相催。胡为东风⑥为我吹行云使西来。待来竟不来，落花寂寂⑦委青苔。

① 此首录自《乐府诗集》卷七二。　② "至此"句：《才调集》卷六作"此肠断，彼心绝"。　③ 绿：《全唐诗》卷二六注"一作雾"。　④ 揽：《才调集》作"梳"。

《乐府诗集》注："一作梳"。　⑤ 阳台：传说中的台名。宋玉《高唐赋》："妾在巫山之阳，高丘之岨，旦为朝云，暮为行雨，朝朝暮暮，阳台之下。"　⑥ 胡为东风：《才调集》及《全唐诗》注"集作东风兮东风"。　⑦ 寂寂：《全唐诗》注"一作寂寞"。

荆 州 歌①

李　白

　　白帝城边足风波，瞿塘五月谁敢过。荆州麦熟茧成蛾，缲丝忆君头绪多，拨谷飞鸣奈妾何。

　　① 此首录自《乐诗诗集》卷七二。今按：此题《乐府诗集》正文作"同前"（即荆州乐），据其目录及《李白集校注》改。

长 干 行①（二首）

李　白

其　一

　　妾发初覆额，折花门前剧。郎骑竹马来，绕床弄青梅。同居长干里，两小无嫌猜。十四为君妇，羞颜尚不②开。低头向暗壁，千唤不一回。十五始展眉，愿同尘与灰。常存抱柱信，岂③上望夫台。十六君远行，瞿塘滟预堆。五月不可触，猿鸣④天上哀。门前迟⑤行迹，一一生绿⑥苔。苔深不能扫，落叶秋风早。八月胡蝶来⑦，双飞西园草。感此伤妾心，坐愁⑧红颜老。早晚下三巴，预将书报家。相迎不道远，直至长风沙。

　　① 此二首录自《乐府诗集》卷七二。今按：中华书局本校记，第二首"忆妾深闺里"，亦见《全唐诗》卷一一四，作张潮诗。又卷二八三作李益诗，注："黄鲁直云：'李白集中《长干行》二篇，其后篇乃李益所作。'胡震亨从之，增入益集。"又此诗《唐诗纪事》卷二七作张朝。《文苑英华》卷二一一注："类诗作张潮。"　② 尚

不:《乐府诗集》注"一作未尝"。《才调集》卷六作"未尝"。《文苑英华》作"未曾"。
③ 岂:《乐府诗集》注"一作耻"。　④ 鸣:《乐府诗集》注"一作声"。《才调集》作
"声"。　⑤ 迟:《乐府诗集》注"一作旧"。　⑥ 绿:《乐府诗集》注"一作苍"。
⑦ 来:《文苑英华》注"一作黄"。　⑧ 愁:《才调集》作"见"。

其　二

　　忆妾①深闺里,烟尘不曾识。嫁与长干人,沙头候
风色。五月南风兴,思君在②巴陵。八月西③风起,想④
君发扬子。去来⑤悲如何,见少别离多。湘潭几日⑥
到,妾梦越⑦风波。昨夜狂风度⑧,吹折江头⑨树。淼淼
暗无边,行人在何处。北客真王公⑩,朱衣满江中。日
暮来投宿,数朝不肯东。好乘浮云骢,佳期兰渚东。
鸳鸯绿浦上,翡翠锦屏中。自怜十五余,颜色桃花
红⑪。那作商人妇,愁水复愁风。

　　① 妾:《乐府诗集》注"一作昔"。　② 在:《乐府诗集》注"一作下"。《全唐
诗》卷一一四作"下"。　③ 西:《文苑英华》作"秋"。　④ 想:《文苑英华》作
"看"。　⑤ 来:《文苑英华》注"一作时"。　⑥ 日:《文苑英华》作"人",又注"又
作月"。　⑦ 越:《文苑英华》作"常"。　⑧ "昨夜狂风度"以下《唐诗纪事》作另
一首。　⑨ 头:《才调集》作"皋"。　⑩ "北客真王公"以下四句,王琦注《李太白
文集》卷四及《才调集》、《文苑英华》均无,张潮诗中有。真,以上书注"一作至",
"王公"作"三公","日暮"作"薄暮"。　⑪ 桃花红:《乐府诗集》作"桃李红",据王
琦注《李太白文集》及张潮诗改。

邯郸少年行①

高　适

　　邯郸城南②游侠子,自矜生长邯郸里。千场纵博
家仍富,几度报仇身不死。宅中歌笑日纷纷,门外车
马如云屯③,未知肝胆向谁是,令人却忆平原君。君不
见今人交态薄,黄金用尽还疏索。以兹感激④辞旧游,

更于时事无所求。且与少年饮美酒，往来射猎西山头。

① 此首录自《乐府诗集》卷六六。　② 城南：《唐文粹》卷一三作"城西"。
③ 如云屯：《全唐诗》卷二四注"集作常如云"。《河岳英灵集》卷上作"屯如云"。
④ 激：《河岳英灵集》及《唐文粹》均作"叹"。

行 路 难^①（二首）

高 适

其 一

君不见富家翁，昔^②时贫贱谁比数。一朝金多结豪贵，万事^③胜人健如虎。子孙成长^④满眼前，妻能^⑤管弦妾能舞。自矜一朝^⑥忽如此，却笑傍人独悲^⑦苦。东邻少年安所如，席门穷巷出无车。有才不肯学干谒，何用年^⑧年空读书。

① 此二首录自《乐府诗集》卷七一。　② 昔：《文苑英华》卷二〇〇作"旧"。
③ 万事：《文苑英华》作"百年"。　④ 长：《全唐诗》卷二五注"集作行"。
⑤ 能：《全唐诗》注"一作解"。　⑥ 朝：《全唐诗》注"集作身"。　⑦ 悲：《乐府诗集》注"一作愁"。　⑧ 年：《文苑英华》作"长"。

其 二

长安少年不少钱，能骑骏马鸣金鞭。五侯相逢大道边，美人弦管争留连。黄金如斗不敢惜，片言如山莫弃捐。安知憔悴读书者，暮宿虚^①台私自怜。

① 虚：《全唐诗》注"集作灵"。

长 相 思^①

郎大家宋氏

长相思，久离别。关山阻，风烟绝。台上镜文销，袖中书字灭。不见君形影,何曾有欢悦。

① 此首录自《乐府诗集》卷六九。

少 年 行①（三首）

李 嶷②

其 一

十八羽林郎,戎衣事③汉王。臂鹰金殿侧,挟弹玉
舆旁。驰道春风起,陪游出建章。

① 此三首录自《乐府诗集》卷六六。　② 李嶷(生卒年不详):赵郡(今河北
赵县)人。开元十五年(727)进士。与王昌龄同榜。曾任右武卫录事,官终真定
令。其诗留存不多。《全唐诗》录其诗六首。　③ 事:《文苑英华》卷一九四,《河
岳英灵集》卷下作"侍"。

其 二

侍猎长杨下,承恩更射飞。尘生马影灭,箭落雁
行稀。薄暮①归随仗②,联翩入琐闱。

① 薄暮:《河岳英灵集》作"薄雾"。　② 归随仗:《河岳英灵集》卷下及《文苑
英华》均作"随天仗"。

其 三

玉剑膝边横,金杯马上倾,朝游茂陵道,暮①宿凤
凰城。豪吏多猜忌,无劳问姓名。

① 暮:《文苑英华》作"夜"。

行 路 难①（五首）

贺兰进明②

其 一

君不见岩下井,百尺不及泉。君不见山上蒿③,数
寸凌云烟。人生相④命亦如此,何苦太息自忧煎。但

愿亲友长含笑,相逢莫吝⑤杖头钱。寒夜邀欢须秉烛,
岂得空⑥思花柳年。

① 此五首录自《乐府诗集》卷七〇。　② 贺兰进明(生卒年不详):里籍无
考。开元十六年(728)进士。曾任北海太守、河南节度使兼御史大夫,镇临淮,安
史叛军围攻睢阳,他拥兵不救,后贬溱州司马。工诗能文,诗文多已佚。《全唐
文》录其文二篇,《全唐诗》录其诗七首。　③ 蒿:《全唐诗》卷二五注"集作苗"。
④ 相:《全唐诗》注"集作赋"。　⑤ 莫吝:《全唐诗》注"集作不乏",《河岳英灵集》
卷中作"莫乏"。　⑥ 空:《全唐诗》注"集作常"。

其　二

君不见门前柳,荣曜暂①时萧索久。君不见陌上
花,狂风吹去落谁家。谁②家思妇见之叹,蓬首不梳心
历乱。盛年夫婿长别离,岁暮相逢色凋③换。

① 暂:《文苑英华》卷二〇〇作"几"。　② 谁:《河岳英灵集》及《全唐诗》均
注作"邻"。　③ 凋:《全唐诗》注"集作已"。

其　三

君不见荒①树枝,春花落尽蜂不窥。君不见梁上
泥,秋风始高燕不栖。荡子从军事征战,娥眉②婵娟空
守闺。独宿自然堪下泪,况复时闻乌夜啼。

① 荒:《全唐诗》注"集作芳"。　② 娥眉:中华书局本校记"当作蛾眉。"

其　四

君不见云间①月,暂盈还复缺。君不见林下风,声
远意难穷。亲故平生或②聚散,欢娱未尽樽酒空。自
叹青青陵上柏,岁寒能与几人同。

① 间:《全唐诗》注"一作中"。　② 或:《乐府诗集》作"欲",据《河岳英灵集》
改。

其　五

君不见东流水,一去无穷已。君不见西郊云,日
夕空氛氲。群雁徘徊不能去,一雁悲鸣复失群。人生

结交在终始,莫为^①升沉中路分。

① 为:《全唐诗》注"集作以"。

渭城少年行^①
崔 颢

洛阳二^②月梨花飞,秦地行人春忆归。扬鞭走马城南陌,朝逢驿使秦川客。驿使前日发章台,传道长安春早来。棠梨宫中燕初至,葡萄馆里花正开。念此使人归更早,三月便达长安道。长安道上春可怜,摇风荡日曲河边。万户楼台临渭水,五陵花柳满秦川。秦川寒食盛繁华,游子春来喜见花^③。斗鸡下杜尘^④初合,走马章台日半斜。章台帝城称贵里,青楼日晚歌钟起。贵里豪家白马骄,五陵年少不相饶。双双挟弹来金市,两两鸣鞭上渭桥。渭城桥头酒新熟,金鞍白马谁家宿。可怜锦瑟筝琵琶,玉台清酒就君^⑤家。小妇春来不解羞,娇歌一曲杨柳花^⑥。

① 此首录自《乐府诗集》卷六六。今按:此题《文苑英华》卷一九四无"渭城"二字。 ② 二:《全唐诗》卷二四注"集作三"。 ③ 喜见花:《全唐诗》注"集作不见花"。 ④ 尘:《文苑英华》作"春"。 ⑤ 君:《全唐诗》注"集作倡"。 ⑥ 杨柳花:当为杨柳枝,古曲名。

游 侠 篇^①
崔 颢

少年负胆气,好勇复知机。仗剑出门去,孤城逢合围。杀人辽水上,走马渔阳归。错落金锁甲,蒙茸貂鼠衣。还家行且猎^②,弓矢速如飞。地迥鹰犬疾,草深狐兔肥。腰间悬^③两绶^④,转眄^⑤生光辉。顾谓今日战,何如随建威。

① 此首录自《乐府诗集》卷六七。今按:此题《河岳英灵集》卷上及《唐文粹》卷一三均作《古游侠呈军中诸将》。　② 行且猎:《河岳英灵集》卷上及《唐文粹》均作"且行猎"。　③ 悬:《河岳英灵集》卷上及《唐文粹》作"带"。　④ "腰间"句:《全唐诗》卷一三〇注"一作腰带垂两鞬"。　⑤ 转眄:《河岳英灵集》卷上及《唐文粹》均作"转盼"。

行 路 难①

崔 颢

君不见建章宫中金明枝,万万长条拂地垂。二月三月花如霰,九重幽深君不见。艳彩朝含四宝宫,香风吹入②朝云殿。汉家宫女春未阑,爱此芳香朝暮看。看去看来心不忘,攀折将安镜台上。双双素手翦不成,两两红妆笑相向。建章昨夜起春风,一花飞落长信宫③。长信丽人见花泣,忆此珍树何嗟及。我昔初在昭阳④时,朝折⑤暮折登玉墀。只言岁岁长相对,不寤今朝遥相思。

① 此首录自《乐府诗集》卷七〇。　② 香风吹入:《文苑英华》卷二〇〇作"春风且入"。　③ 宫:《乐府诗集》作"殿",据《全唐诗》卷二五改。　④ 昭阳:汉宫殿名。　⑤ 折:《全唐诗》注"集作攀"。

长 干 曲①（四首）

崔 颢

其 一

君家定何处②,妾住在横塘。停舟暂借问,或恐是同乡。

① 此四首录自《乐府诗集》卷七二。　② 定何处:《全唐诗》卷二六作"何

处住"。

其　二

家临九江水，去来九江侧。同是长干人，生小不相识。

其　三

下渚多风浪，莲舟渐觉稀。那能不相待，独自逆潮归。

其　四

三江①潮水急，五湖风浪涌。由来花性轻，莫畏莲舟重。

　　① 三江：原为三条江的合称，有多种说法。这里与下句"五湖"均为泛指江湖。

少 年 行①

刘长卿

射飞夸侍猎，行乐爱联镳。荐枕青娥艳，鸣鞭白马骄。曲房珠翠合，深巷管弦调。日晚春风里，衣香满路飘。

　　① 此首录自《乐府诗集》卷六六。

长 相 思①

张　继②

辽阳望河县，白首无由③见。海上珊瑚枝，年年寄春燕。

　　① 此首录自《乐府诗集》卷六九。　② 张继（？—约779）：字懿孙，襄州（今湖北襄樊）人。天宝十二年（753）进士，官任侍御史，大历年间以检校祠部员外郎分掌财赋于洪州。其诗明白自然，不加雕饰，多纪行游览、酬赠送别之作，以七绝

《枫桥夜泊》最为人称颂。《全唐诗》录其诗一卷。　　③ 由:《全唐诗》卷二五作"人"。

少 年 行①（三首）

杜 甫

其 一

莫笑田家老瓦盆,自从盛酒长②儿孙。倾银注瓦③惊人眼,共醉终同卧竹根。

① 此三首录自《乐府诗集》卷六六。　　② 长:《全唐诗》卷二二六注"一作养"。　　③ 瓦:《文苑英华》卷一九四作"玉"。

其 二

巢燕养①雏②浑去尽,红花结子已③无多。黄衫年少来宜④数,不见堂前东逝波。

① 养:《全唐诗》卷二二六注"一作引"。　　② 雏:《全唐诗》注"一作儿"。③ 已:《全唐诗》注"一作也"。　　④ 来宜:《全唐诗》注"一作宜来"。

其 三

马上①谁家白面②郎,临阶③下马坐④人床。不通姓字粗豪⑤甚,指点银瓶索酒尝⑥。

① 马上:《全唐诗》卷二二六注"一作骑马"。　　② 白面:《全唐诗》作"薄媚"。《乐府诗集》注"一作薄媚"。　　③ 阶:《文苑英华》作"轩"。　　④ 坐:《全唐诗》注"一作踏"。　　⑤ 豪:《全唐诗》注"一作疏"。　　⑥ 索酒尝:《全唐诗》注"一作酒未尝"。

丽 人 行①

杜 甫

三月三日天气新,长安水边多丽人。态浓意远淑且真,肌理细腻骨肉匀。绣②罗衣裳照暮春,蹙金孔雀银麒麟。头上何所有，翠微③匐叶④垂鬓唇。背后何所见，珠压腰衱⑤稳称身。就中云幕椒房亲，赐名大国虢与秦⑥。紫驼之峰⑦出翠釜，水精之盘行素鳞。犀箸厌饫久未下，鸾刀缕切空⑧纷纶。黄门飞鞚不动尘，御厨丝络⑨送八珍。箫鼓⑩哀吟感鬼神，宾从杂⑪遝实要津。后来鞍马何逡巡，当轩⑫下马立⑬锦茵。杨花雪落覆白苹，青鸟飞去衔红巾。炙手可热势⑭绝伦，慎莫近⑮前丞相嗔。

① 此首录自《乐府诗集》卷六八。　② 绣：《乐府诗集》注"一作画"。③ 微：《乐府诗集》注"一作为"。　④ 匐叶：《全唐诗》卷二一六注"一作匌匒"。匐，《乐府诗集》注"一作匌"。　⑤ 衱：《全唐诗》注"一作襻"。　⑥ "大国"句：杨贵妃有三个姐姐，大姐封韩国夫人，三姐封虢国夫人，八姐封秦国夫人。⑦ 峰：《乐府诗集》注"一作珍"。　⑧ 空：《全唐诗》注"一作坐"。　⑨ 丝络：《乐府诗集》注"一作骆驿"。《全唐诗》作"络绎"。　⑩ 鼓：《乐府诗集》注"一作管"。⑪ 杂：《全唐诗》注"一作合"。　⑫ 轩：《乐府诗集》注"一作道"。　⑬ 立：《乐府诗集》作"入"，据《杜少陵集》注改。　⑭ 势：《乐府诗集》注"一作世"。　⑮ 近：《乐府诗集》注"一作向"。

古 别 离①

孟云卿

朝日上高台，离人怨秋草。但见万里天，不见万里道。君行本遥②远，苦乐良难保。宿昔梦同衾，忧心梦颠③倒。含酸欲谁诉，转转伤怀抱。结发年已迟，征行去何早。寒暄有时谢，憔悴难再好。人皆算年寿，死者何曾老。少壮无见期，水深风浩浩。

① 此首录自《乐府诗集》卷七一。　② 遥：《全唐诗》卷二六注"集作迢"。③ 梦颠：《全唐诗》注"集作常倾"。

生 别 离①

孟云卿

结发生别离，相思复相保。何知②日已久③，五变庭中④草。眇眇天海途，悠悠吴江岛。但恐不出门，出门无远道。远道行既难，家贫衣服单。严风吹积雪，晨起鼻何酸。人生各有恋⑤，岂不怀所安。分明天上日，生死誓⑥同欢⑦。

① 此首录自《乐府诗集》卷七二。今按：此题《箧中集》作《今别离》。
② 何知：《箧中集》及《全唐诗》卷二四注均作"如何"。　③ 久：《箧中集》作"远"。
④ 庭中：《箧中集》作"中庭"。　⑤ 各有恋：《箧中集》作"为有志"。恋，《乐府诗集》注："一作志"。　⑥ 誓：《全唐诗》注"集作愿"。　⑦ 欢：《箧中集》作"观"。

东飞伯劳歌①

李　暇

秦王龙剑燕后琴，珊瑚宝匣镂双心。谁家女儿抱香枕，开衾灭烛愿侍寝。琼窗半上金缕帏，轻罗隐②面不障③羞。青绮帏中坐相忆，红罗镜里见愁色。檐花照月莺对栖，空将可怜暗中啼。

① 此首录自《乐府诗集》卷六八。　② 隐：《全唐诗》卷二五注"集作掩"。
③ 障：《全唐诗》注"集作遮"。

游 子 吟①

顾　况

故枥思疲马，故巢思迷禽。浮云蔽我乡，踯躅游子吟。游子悲久滞，浮云郁东岑。客堂无丝桐，落叶如秋霖。艰哉远游子，所以悲滞淫。一为浮云词，愤塞谁能禁。驰晖②百年内，唯愿展所钦。胡为不归欤，坐使年病侵。未老霜绕鬓，非狂火烧心。太行何艰哉，北斗不可斟。夜晴星河出，耿耿辰与参。佳人复青天，尺素重于金。沉寥群动异，眇默诸境森。苔衣上闲阶，蜻蛚③催寒砧。立身计几误，道险无容针。三年不还家，万里遗锦衾。梦魂无重阻，离忧因④古今。胡为不归欤，孤负丘中琴。腰下是何物，牵缠旷登寻。朝与名山期，夕宿楚水阴。楚水殊演漾，名山杳岖嵚。客从洞庭来，婉娈潇湘深。橘柚在南国，鸿雁遗秋音。下有碧草洲，上有青橘林。引烛窥洞穴，凌波眺天琛。蒲荷影参差，凫鹤雉淋涔。浩歌惜芳杜，散发轻华簪。胡为不归欤，泪下沾衣襟。鸢飞唳霄汉，蝼蚁制鳢鳣。赫赫大圣朝，日月光照临。圣主虽启迪，奇人分埋沉。层城发⑤云韶，玉府锵球琳。鹿鸣志丰草，况复虞人箴。

① 此首录自《乐府诗集》卷六七。　② 晖：《全唐诗》卷二五注"集作归"。
③ 蜻蛚：《全唐诗》注"集作蟋蟀"。　④ 因：《全唐诗》注"集作罔"。　⑤ 发：《全唐诗》注"集作登"。

行路难①（三首）

顾　况

其　一

　　君不见古来②烧水银③，变作北邙山上尘。藕丝挂身在虚空④，欲落不落愁杀人。睢水英雄多血刃，建章宫阙成灰⑤烬。淮王⑥身死桂枝⑦折，徐氏⑧一去音书绝。行路难，行路难，生死皆由天。秦皇汉武遭不⑨脱，汝独何人学神仙。

① 此三首录自《乐府诗集》卷七一。　② 来：《全唐诗》卷二五注"集作人"。
③ 烧水银：即炼丹。　④ 身在虚空：《全唐诗》注"集作在虚空中"。　⑤ 灰：《全

唐诗》注"集作煨"。　⑥ 淮王:指淮南王刘安。西汉思想家。汉高祖刘邦之孙，袭父封为淮南王。　⑦ 枝:《全唐诗》注"集作树"。　⑧ 氏:《全唐诗》注"集作福"。　⑨ 不:《乐府诗集》作"下"，据《全唐诗》注改。

其 二

君不见担雪塞井徒①用力，炊砂作饭岂堪吃②。一生肝胆向人尽，相识不如不相识。冬青树上挂凌霄，岁晏花凋树不凋。凡物各自有根本，种禾终不生豆苗。行路难，行路难，何处是平道。中心无事当富贵，今日觉③君颜色好。

① 徒:《全唐诗》卷二五注"集作空"。　② 吃:《全唐诗》注"集作食"。③ 觉:《全唐诗》注"集作看"。

其 三

君不见少年头上如云发，少壮如云老如雪。岂知灌顶有醍醐，能使清凉头不热。吕梁之水挂飞流，鼋鼍蛟蜃不敢游。少年特险若平地，独倚长剑凌清秋。行路难，行路难，昔少年，今已老。前朝竹帛事皆空，日暮牛羊古城草。

新 别 离①

戴叔伦

手把杏花枝，未曾经别离。黄昏掩闺后，寂寞自心②知。

① 此首录自《乐府诗集》卷七二。　② 自心:《全唐诗》卷二六作"心自"。

邯郸少年行①

郑 锡②

霞鞍金口骝，豹袖紫貂裘。家住丛台下③，门前漳

水流。唤人呈楚舞,借客试吴钩。见说秦兵至,甘心
赴国仇。

① 此首录自《乐府诗集》卷六六。 ② 郑锡(生卒年不详):宝应二年(763)
登进士第。与李端、司空曙过从甚密,互相均有赠诗。其诗以乐府为主,《全唐
诗》录其诗十首。 ③ 下:《全唐诗》卷二四注"集作近"。

少 年 行①

韩 翃

千点斓斒喷玉②骢,青丝结尾绣缠鬃。鸣鞭晚③出
章④台路,叶叶春依⑤杨柳风。

① 此首录自《乐府诗集》卷六六。 ② 喷玉:《全唐诗》卷二四注"集作玉
勒"。 ③ 晚:《全唐诗》注"集作晓"。《极玄集》卷下作"晓"。 ④ 章:《极玄集》
卷下作"铜"。 ⑤ 依:《极玄集》、《文苑英华》卷一九四及《全唐诗》均作"衣"。

行 路 难①

韦应物

荆山之白玉兮,良工雕琢双环连,月蚀中央镜心
穿。故人赠妾初相结,恩在环中寻不绝。人情厚薄苦
须臾,昔似连环今似玦。连环可碎不可离,如何物在
人自移。上客勿遽欢,听妾歌路难。旁人见环环可
怜,不知中有长恨端。

① 此首录自《乐府诗集》卷七一。今按:此题《文苑英华》卷二〇〇注"一作
《连环歌》"。

杂曲歌辞（三）

千 里 思①

李 端

凉州风月美，遥望居延路。泛泛下天云，青青缘塞树。燕山苏武上，海岛田横住。更是草生时，行人出门去。

① 此首录自《乐府诗集》卷六九。

古 别 离①（二首）

李 端

其 一

水国叶黄时，洞庭霜落夜。行舟闻商估，宿在枫林下。此地送君还，茫茫似梦间。后期知几日，前路转多山。巫峡通湘浦，迢迢隔云雨。天晴见海樯，月落闻津鼓。人老自多愁，水深难急流。清宵歌一曲，白首对汀洲。

① 此二首录自《乐府诗集》卷七一。

其 二

与君桂阳别，令君岳阳待。后事忽差池，前期日空在。木落雁嗷嗷，洞庭波浪高。远山云似盖，极浦树如毫。朝发能几里，暮来风又起。如何两处愁，皆在孤舟里。昨夜天月明，长川寒且清。菊花开欲尽，荠菜泊来生。下江帆势速，五两遥相逐。欲问去时人，知投何处宿。空令猿啸时，泣对湘潭竹。

汉宫少年行①

李 益

君不见上宫警夜营八屯,冬冬街鼓朝朱轩。玉阶霜仗拥未合,少年排入铜龙门②。暗闻弦管九天上,宫漏沉沉清吹繁。才明走马绝驰道,呼鹰挟弹通缭垣。玉笼金锁养黄口,探雏取卵伴王孙。分曹六博快一掷,迎欢先意笑语喧。巧为柔媚学优孟,儒衣嬉戏冠沐猿。晚来香街经柳市,行过倡市③宿桃根④。相逢杯酒⑤一言失,回朱点白闻至尊。金、张、许、史伺颜色,王侯将相莫敢论。岂知人事无定势,朝欢暮戚如掌翻。椒房宠移子爱夺,一夕秋风生庑园。徒用黄金将买赋,宁知白玉暗成痕。持杯收水水已覆,徙薪避火火更燔。欲求四老张丞相,南山如天不可上。

① 此首录自《乐府诗集》卷六六。 ② 铜龙门:汉太子宫门名,门楼上饰有铜龙,也借指帝王宫阙。 ③ 市:《全唐诗》卷二八二作"舍"。 ④ 桃根:晋王献之之妾桃叶之妹,后以泛指歌妓或爱恋的女子。 ⑤ 杯酒:《全唐诗》注"一作酒后"。

古 别 离①

李 益

双剑欲别风②凄然,雌沉水底雄上天。江回汉转两不见,云交雨合知何年。古来万事皆由命,何用临涕苦相连③。

① 此首录自《乐府诗集》卷七一。 ② 风:《乐府诗集》注"一作心"。
③ 临涕苦相连:《全唐诗》卷二六作"临岐苦涕连"。

轻 薄 篇①

李 益

豪不必驰千骑，雄不在垂双鞬②。天生俊气自相逐，出与雕鹗同飞翻。朝行九衢不得意，下鞭走马城西原。忽闻燕雁一声去，回鞭③挟弹平陵园。归来青楼曲未半④，美人玉色当金樽。淮阴少年不相下，酒酣半笑倚市门。安知我有不平色，白日欲顾⑤红尘昏。死生容易如反掌，得意失意由一言。少年但饮莫相问，此中报仇亦⑥报恩。

① 此首录自《乐府诗集》卷六七。《乐府解题》曰："《轻薄篇》，言乘肥马、衣轻裘，驰逐经过为乐，与《少年行》同意。"　② 鞬：《文苑英华》卷一九四作"鞭"。　③ 鞭：《文苑英华》作"鞍"。　④ 半：《全唐诗》卷二八二注"一作卒"。　⑤ 顾：《全唐诗》作"落"。　⑥ 亦：《文苑英华》注"一作兼"。

游 子 吟①

李 益

女羞夫婿荡②，客耻主人贱。遭遇同众流，低回愧相见。君非青铜镜，何事空照面。莫以衣上尘，不谓心如练。人生当荣盛，待士勿言倦。君看白日驰，何异弦上箭。

① 此首录自《乐府诗集》卷六七。　② 荡：《唐文粹》卷一三作"薄"。

灞上轻薄行①

孟 郊

长安无缓步，况值天景暮。相逢灞浐间，亲戚不相顾。自叹方拙身，忽随轻薄伦。常恐失所避，化为车辙尘。此中生白发，疾走亦未歇②。

① 此首录自《乐府诗集》卷六七。　② 亦未歇:《孟东野诗集》卷一注"一作不得歇"。

游 侠 行①

孟 郊

壮士性刚决,火中见石裂。杀人不回头,轻生如暂别。岂知眼有泪,肯白头上发。平生无恩酬,剑闲一百月。

① 此首录自《乐府诗集》卷六七。

车 遥 遥①

孟 郊

路喜到江尽,江上又通舟。舟车两无阻,何处不得游。丈夫四方志,女子安可留。郎自别日言,无令生远愁。旅雁忽叫月,断猿寒啼秋。此夕梦君梦,君在百城楼。寄②泪无因波,寄恨无因辀。愿为驭者手,与郎回马头。

① 此首录自《乐府诗集》卷六九。　② 寄:《乐府诗集》作"寒",据《全唐诗》卷二五改。

游 子 吟①

孟 郊

慈母手中线,游子身上衣。临行密密缝,意恐迟迟归。谁言寸草心,报得三春晖。

① 此首录自《乐府诗集》卷六七。郭茂倩解引汉苏武诗曰:"幸有弦歌曲,可以喻中怀。请为游子吟,泠泠一何悲。"又有《游子移》,亦类此也。

古 离 别①（二首）

孟 郊

其 一

松山云缭绕，萍路水分离。云去有归日，水分无合时。春芳役双眼，春色柔四支。杨柳织别愁，千条万条丝。

① 此首录自《乐府诗集》卷七二。

其 二

山川古今路，纵横无断绝。来往天地间，人皆有离别。行衣未束带，中肠已先结。不用看镜中，自知生白发。欲陈去留意，声向言前咽。愁结填心胸，茫茫若为说。荒郊烟莽苍，旷野风凄切。处处得相随，人那不如月。

古 离 别①

顾 况

西江上风动，麻姑嫁时浪。西山为水水为尘，不是人间离别人。

① 此首录自《乐府诗集》卷七二。

少 年 行①（四首）

令狐楚

其 一

少小边州惯放狂，骣骑蕃马射黄羊。如今年事无筋力，犹倚营门数雁行。

① 此四首录自《乐府诗集》卷六六。

其　二

家本清河住五城，须凭弓箭得功名。等闲飞鞚秋原上，独身寒云试射声。

其　三

弓背霞明剑照霜，秋风走马出咸阳。未收天子河湟①地，不拟回头望故乡。

① 湟：《乐府诗集》作"隍"，据《全唐诗》卷二四改。

其　四

霜满中庭月过①楼，金樽玉柱对清秋。当年称意须为乐，不到天明未肯休。

① 过：《全唐诗》注"集作满"。

长 相 思①（二首）

令狐楚

其　一

君行登陇上，妾梦在闺中。玉箸千行落，银床一半空。

① 此二首录自《乐府诗集》卷六九。

其　二

绮席春眠觉，纱窗晓望迷。朦胧残梦里，犹自在辽西。

远 别 离①（二首）

令狐楚

其　一

杨柳黄金穗，梧桐碧玉枝。春来消息断，早晚是归时②。

① 此二首录自《乐府诗集》卷七二。　② 时:《全唐诗》卷二六注"集作期"。

其　二

玳织鸳鸯履,金装翡翠篸①。畏人相问著②,不拟到城南。

① 篸:通"簪"。　② 问著:《全唐诗》注"集作借问"。

空　城　雀①

王　建

空城雀,何不飞来人家住? 空城无人种禾黍。土间生子草间长,满地蓬蒿幸无主。近村虽有高树枝,雨中无食长苦饥。八月小儿挟弓箭,家家畏我②田头飞。但能不出空城里,秋时百草皆有子。黄口黄口③莫啾啾,长尔得成无横死。

① 此首录自《乐府诗集》卷六八。　② 我:《全唐诗》卷二五注"集作向"。
③ 黄口黄口:《全唐诗》注"集作报言黄口"。

自君之出矣①

雍裕之②

自君之出矣,宝镜为谁明。思君如陇水,长闻呜咽声。

① 此首录自《乐府诗集》卷六九。　② 雍裕之(生卒年不详):蜀(今四川)人。数举进士不第,飘零四方。长于乐府,又多为绝句,写客愁、闺怨,《唐才子传》称其"为乐府,极有情致"。《全唐诗》卷四七一录其诗一卷。

少　年　行①

张　籍

少年从出猎②长杨③,禁中新拜羽林郎。独到④辇前射双虎,君王手赐黄金铛⑤。日⑥日斗鸡都市里,赢得宝刀重刻字。百里报仇夜出城,平明还在倡楼醉。遥闻虏到平陵下,不待诏⑦书行上马。斩得名王献桂宫,封侯起第一日中。不为⑧六郡⑨良家子,百战始取⑩边城功。

① 此首录自《乐府诗集》卷六六。 ② 出猎:《全唐诗》卷三八二作"猎出"。 ③ 长杨:指长杨宫,为秦汉游猎之所。 ④ 到:《全唐诗》作"对"。 ⑤ 铛:《全唐诗》及《唐文粹》卷一三均作"珰"。 ⑥ 日:《文苑英华》卷一九四作"白"。 ⑦ 诏:《文苑英华》作"敕"。 ⑧ 为:《全唐诗》注"一作同"。 ⑨ 六郡:《文苑英华》作"北郡"。 ⑩ 始取:《文苑英华》作"乃得"。

车 遥 遥①

张 籍

征人遥遥出古城,双轮齐动驷马鸣。山川无处无归②路,念君长作万里行。野田人稀秋草绿,日暮放马车中宿。惊麕游兔在我傍,独唱乡歌对童仆。君家大宅凤城隅,年年道上随行车。愿为玉銮系华轵,终日有声在君侧。门前旧辙久已平,无由复得君消息。

① 此首录自《乐府诗集》卷六九。 ② 无归:《全唐诗》卷二五注"集作不归"。

行 路 难①

张 籍

湘东行人长叹息,十年离家归未得。弊裘羸马苦难行,童仆饥寒②少筋力。君不见床头黄金尽,壮士无颜色。龙蟠泥中未有云,不能生彼升天翼。

① 此首录自《乐府诗集》卷七一。 ② 饥寒:《唐文粹》卷一二作"尽饥"。

远 别 离①

张 籍

　　莲叶团团杏花拆,长江鲤鱼鳍鬣赤。念君少年弃
亲戚,千里万里独为客。谁言远别心不易,天星坠地
能为石。几时断得城南陌,勿使居人有行役。

　　① 此首录自《乐府诗集》卷七二。

别 离 曲①

张 籍

　　行人结束出门去,马蹄几时踏门路②。忆昔君初
纳彩时,不言身属辽③阳戍。早知今日当别离,成君家
计良为谁。男儿生身自有役,那得误我少年时。不如
逐君征战死,谁能独老空闺里。

　　① 此首录自《乐府诗集》卷七二。　　② "马蹄"句:《全唐诗》卷二六注"集作
几时更踏门前路"。　　③ 辽:《乐府诗集》作"边",据《全唐诗》改。

鸣 雁 行①

韩 愈

　　嗷嗷鸣雁鸣且飞,穷秋南去春北归。去寒就暖识
所处②,天长地阔栖息稀。风霜酸苦稻粱微,羽毛③摧
落身不肥。徘徊反顾群侣违,哀鸣欲下洲④渚非。江
南水阔朝⑤云多,草长沙软无网罗。闲飞静集鸣相和,
违忧怀息⑥性匪他,凌风一举君谓何。

　　① 此首录自《乐府诗集》卷六八。今按:此题《韩昌黎集》卷三作《鸣雁》,无
"行"字。　　② 处:《韩昌黎集》作"依",注"或作处,非是"。　　③ 羽毛:《韩昌黎
集》作"毛羽"。　　④ 洲:《韩昌黎集》注"一作渊"。　　⑤ 朝:《乐府诗集》注"一作
朔"。　　⑥ 息:《韩昌黎集》作"惠"。《乐府诗集》注"一作惠"。

古 离 别①

姚 系②

凉风已袅袅,露重木兰枝。独上高楼望,行人远不知。轻寒入洞户,明月满秋池。燕去鸿方至,年年是别离。

① 此首录自《乐府诗集》卷七二。　② 姚系(生卒年不详):陕州硖石(今河南陕县南)人。贞元元年(785)进士。曾任门下典仪,淡泊名利,善弹琴,好游名山。其诗多以五古形式,抒写落寞情怀和对隐逸生活的向往。《全唐诗》录其诗十首。

壮 士 行①

刘禹锡

阴风振寒郊,猛虎正咆哮。徐行出烧地,连吼入黄茆。壮士走马去,镫前弯玉弰。叱之使人立,一发如铍②交。悍睛③忽星坠,飞血溅林梢。彪炳为我席,膻腥充我庖。里中欣害除,贺酒纷号呶④。明日长桥上,倾城看斩蛟。

① 此首录自《乐府诗集》卷六七。　② 铍:剑类兵器。　③ 睛:《乐府诗集》作“情”,据《全唐诗》卷二五改。　④ 号呶:《全唐诗》注“集作呶号”。

荆 州 歌①(二首)

刘禹锡

其 一

渚宫杨柳暗,麦城朝雉飞。可怜踏青伴,乘暖著轻衣。

① 此二首录自《乐府诗集》卷七二。今按:此题《乐府诗集》正文作“同前”(即荆州乐),据其目录改。

其 二

今日好南风,商旅相催发。沙头樯竿上,始见春江阔。

纪 南 歌①

刘禹锡

风烟纪南城,尘土荆门路。天寒多猎骑②,走上樊姬③墓。

① 此首录自《乐府诗集》卷七二。郭茂倩解引郦道元《水经注》曰:"楚之先僻处荆山,后迁纪郢,即纪南城也。"《十道志》曰:"昭王十年,吴通漳水灌纪南城,入赤湖,郢城遂破。"杜预《左传注》曰:"今南郡江陵县北纪南城,故楚国也。"　② 多猎骑:《全唐诗》卷二六作"猎兽者"。　③ 樊姬:春秋时楚庄王夫人,谏止庄王行猎,荐进孙叔敖为令尹,使楚庄王成为霸主。

宜 城 歌①

刘禹锡

野水绕空城,行尘起孤驿。花②台侧生树③,石碣阳镌额。靡靡度行人,温风吹宿麦。

① 此首录自《乐府诗集》卷七二。郭茂倩解引《通典》曰:"宜城,楚之鄢都,谓之郢。有蛮水,又有汉宜城县,在今县南。旧名率道,天宝中改焉。"《十道志》曰:"宜城,汉县。宋孝武大明元年,以胡人流寓者,立华山郡于大堤村。古名上供,梁为率道,俗呼大堤。其地出美酒,故曰宜城竹叶酒也。"今按:宜城,故址在今湖北宜城县南。　② 花:《全唐诗》卷二六注"集作荒"。　③ 树:《全唐诗》注"集作柏"。

浩 歌 行①

白居易

天长地久无终毕，昨夜今朝又明日。鬓发苍浪牙齿疏，不觉身年四十七。前去五十有几年，把镜照面心茫然。既无长绳系白日，又无大药驻朱颜。朱颜日渐②不如故，青史功名在何处。欲留年少待富贵，富贵不来年少去。去复去兮如长河，东流入海无回波。贤愚贵贱同归尽，北邙冢墓高嵯峨。古来③如此非独我，未死有酒且酤④歌。颜回短命伯夷饿，我今所得亦已多。功名富贵须待命，命若不来知⑤奈何。

① 此首录自《乐府诗集》卷六八。　② 渐：《唐文粹》卷一二作"夜"。
③ 古来：《乐府诗集》注"一作古今"。　④ 酤：《白氏长庆集》卷二及《唐文粹》均作"高"。　⑤ 知：《乐府诗集》注"一作争"。

长 相 思①

白居易

九月西风兴，月冷霜②华凝。思君秋夜长，一夜魂九升。二月东风来，草圻花心开。思君春日迟，一夜③肠九回。妾住洛桥北，君住洛桥南。十五即相识，今年二十三。有如女萝草，生在松之侧。蔓短枝苦高，萦回上不得。人言人有愿，愿至天必成。愿作远方兽，步步比肩行。愿作深山木，枝枝连理生。

① 此首录自《乐府诗集》卷六九。　② 霜：《乐府诗集》注"一作露"。
③ 夜：《全唐诗》卷二五作"日"。

生 别 离①

白居易

食蘖不易食梅难,蘖能苦兮梅能酸。未知生别之为难,苦在心兮酸在肝。晨鸡载②鸣残月没,征马重③嘶行人出。回看骨肉哭一声,梅酸蘖苦甘如蜜。黄河水白黄云秋,行人河边相对愁。天寒野④旷何处宿,棠梨叶战风飕飕。生离别,生离别,忧从中来无断绝。忧积⑤心劳血气衰,未年三十生白发。

① 此首录自《乐府诗集》卷七二。　② 载:《白氏长庆集》卷一二作"再"。③ 重:《白氏长庆集》作"连"。《乐府诗集》注"一作连"。　④ 野:《白氏长庆集》作"路"。　⑤ 积:《白氏长庆集》作"极"。《乐府诗集》注"一作极"。

潜 别 离①

白居易

不得哭,潜别离。不得语,暗相思。两心之外无人知。深笼夜锁独栖鸟,利剑春断连理枝。河水虽浊有清日,乌头虽黑有白时。唯有潜离与暗别,彼此甘心无后期。

① 此首录自《乐府诗集》卷七二。

侠 客 行①

元 稹

侠客不怕死,怕在事不成。事成不肯藏姓名,我非窃贼谁夜行。白日堂堂杀袁盎②,九衢草草人面青。此客此心师③海鲸,海鲸露背横沧溟,海波分作两处生。海鲸分海减海力④,侠客有谋人莫测⑤,三尺铁蛇延二国。

① 此首录自《乐府诗集》卷六七。　② 袁盎:汉文帝、景帝时人。曾为吴王、楚王相,劝景帝诛晁错。后为梁王所杀。　③ 师:《唐文粹》卷一三作"归"。④ "海鲸"句:《唐文粹》作"海波分,海减力"。《全唐诗》卷四一八作"分海减海力"。　⑤ "侠客"句:《全唐诗》作"侠客有谋,人不识测"。

壮 士 吟①

贾 岛②

壮士不③曾悲,悲④即无回期。如何易水上,未歌先泪垂。

① 此首录自《乐府诗集》卷六七。郭茂倩解云,燕荆轲歌曰"风萧萧兮易水寒,壮士一去兮不复还",《壮士篇》盖出于此。今按:中华书局本校记,此首作者《唐文粹》卷一三、《全唐诗》卷五五七作"孟迟"。《全唐诗》卷五七四作"贾岛"。② 贾岛(779—843):字浪仙,一作阆仙,范阳(今河北涿州)人。早年出家为僧,号无本,韩愈劝其还俗,屡试进士不第。任过长江县主簿、普州司仓参军。以诗闻名,是有名的苦吟诗人,以造语奇特、冷峭著称,与孟郊齐名,人称"郊寒贾瘦",在晚唐诗坛很有影响。有《长江集》。《全唐诗》录其诗四卷。　③ 不:《全唐诗》卷五五七作"何"。　④ 悲:《全唐诗》卷五七四注"一作去"。

自君之出矣①

李康成②

自君之出矣,梁尘静不飞。思君如满月,夜夜减容晖。

① 此首录自《乐府诗集》卷六九。今按:此诗作者,《全唐诗》卷二五作"辛弘智"。　② 李康成(生卒年不详):大历十二年(777)前后赴使江东,刘长卿有赠诗。曾编选《玉台后集》,并自载诗八首,今佚。《全唐诗》录其诗四首。

自君之出矣①

卢　仝②

自君之出矣，壁上蜘蛛织。近取见妾心，夜夜无休息。妾有双玉环，寄君表相忆。环是妾之心，玉是君之德。驰情增悴容，蓄思损精力。玉簟寒凄凄，延想心恻恻。风含霜月明，水泛碧天色。此水有尽时，此情无终极。

① 此首录自《乐府诗集》卷六九。　② 卢仝(？—835)：号玉川子，祖籍范阳（今河北涿州）。曾隐居济源、洛阳，与孟郊过从甚密。大和九年十一月，在"甘露之变"时，留宿宰相王涯家，与王涯同时被害。其诗力求创新，以险怪豪放著称。今存《玉川子诗集》、《外集》，《全唐诗》录其诗三卷。

行　路　难①（三首）

柳宗元

其　一

君不见夸父逐日窥虞渊，跳踉北海超昆仑。披霄决汉出沆漭，瞥裂左右遗星辰。须臾力尽道渴死，狐鼠蜂蚁争噬吞。北方靖人②长九寸，开口抵掌更笑喧。啾啾饮食滴与粒，生死亦足终天年。睢盱大志少成遂，坐使儿女相悲怜。

① 此三首录自《乐府诗集》卷七一。　② 靖人：古代神话传说中的小人国名。《山海经·大荒东经》："有小人国，名靖人。"注："(靖)或作竫，音同。"

其　二

虞衡①斤斧罗千山，工命采斫杙与椽。深林土剪十取一，百牛连鞅摧双辕。万围千寻妨道路，东西蹶倒山火焚。遗余毫末不见保，躏跞涧壑何当存。群材未成质已夭，突兀峥嵘空岩峦。柏梁②天灾武库火，匠石狼顾相愁冤。君不见南山栋梁益稀少，爱材养育谁复论。

①虞衡:古官名,同"虞人",掌管山泽。　②柏梁:柏梁台。汉武帝时建,以香柏为梁,武帝太初年间遭火灾。

其　三

飞雪断道冰成梁,侯家炽炭雕玉房。蟠龙吐耀虎喙张,熊蹲豹踯争低昂。攒峦丛嵚射朱光,丹霞翠雾飘奇香。美人四向回明珰,雪山冰谷晞太阳。星躔奔走不得止,奄忽双燕栖虹梁。风台露榭生光饰,死灰弃置参与商。盛时一去贵反贱,桃笙葵扇安可常①。

①常:《全唐诗》卷二五注"集作当"。

长安少年行①(十首)

李　廓

其　一

金紫少年郎,绕街鞍马光。身从左中尉,官属右春坊。划戴扬州帽,重薰异国香。垂鞭踏青草,来去杏园芳。

①此十首录自《乐府诗集》卷六六。

其　二

追逐轻薄伴,闲游不著绯。长拢出猎马,数换打球衣。晓日寻花去,春风带酒归。青楼无昼夜,歌舞歇时稀。

其　三

日高春睡足,帖①马赏年华。倒插银鱼袋,行随金犊车。还携新市酒,远醉曲江花。几度归侵黑,金吾送到家。

①帖:《才调集》卷二作"怙"。

其　四

好胜耽长行^①，天明烛满楼。留人看独脚，赌马换偏头。乐奏曾无歇，杯巡不暂休。时时遥冷笑，怪客有春愁。

①　行：《才调集》作"夜"。

其　五

遨游携艳妓，装束似^①男儿。杯酒逢花住，笙歌簇马吹。莺声催曲急，春色讶^②归迟。不以闻街鼓，华筵待月移。

①　似：《文苑英华》卷一九四作"是"。　②　讶：《全唐诗》卷二四注"集作送"。

其　六

赏春唯逐胜，大宅可曾归。不乐还逃席，多狂惯衩衣。歌人踏月起，语燕卷帘飞。好妇^①唯相妒，倡楼不醉稀。

①　好妇：《全唐诗》注"集作妇好"。

其　七

戟门连日闭，苦饮惜残春。开锁通新客，教姬屈醉人。请^①歌牵白马，自舞踏红茵。时辈皆相许，平生不负身。

①　请：《全唐诗》注"集作倩"。

其　八

新年高殿上，始见有光辉。玉雁排方带，金鹅立仗衣。酒深和碗赐，马疾打珂飞。朝下人争看，香街意气归。

其　九

游市慵骑马，随姬入坐车。楼边听歌吹，帘外市钗^①花。乐眼从人闹，归心畏日斜。苍头来去报，饮伴到倡家。

① 市钗:《全唐诗》注"集作见莺"。

其 十

小妇教鹦鹉，头边唤醉醒。犬娇眠玉簟①，鹰掣撼金铃。碧地攒花障，红泥待客亭。虽然长按曲，不饮不曾听。

① 簟:《乐府诗集》作"鼻"，据《全唐诗》及《才调集》改。

少 年 乐①

李 贺

芳草落花如锦地，二十长游醉乡里。红缨不重②白马骄，垂柳金丝香拂水。吴娥未笑花不开，绿鬓耸堕兰云起。陆郎倚醉牵罗袂，夺得宝钗金翡翠。

① 此首录自《乐府诗集》卷六六。 ② 重:《全唐诗》注"集作动"。

浩 歌①

李 贺

南风吹山作平地，帝遣天吴②移海水。王母桃花千遍红，彭祖、巫咸③几回死。青毛骢④马参差钱，娇春杨柳含细⑤烟。筝人劝我金屈卮，神血未凝身问⑥谁。不须浪饮⑦丁督护⑧，世上英雄本无主。买丝绣作平原君，有酒唯浇赵州土。漏催水咽玉蟾蜍，卫娘发⑨薄不胜梳。看⑩见秋眉换深绿，二十⑪男儿那刺促。

① 此首录自《乐府诗集》卷六八。郭茂倩解引《楚辞》屈原《九歌》曰:"望美人兮不来，临风悦而(今按:《九歌》作'兮')浩歌。" ② 天吴:古代神话中的水神。 ③ 彭祖、巫咸:皆神话中的仙人。 ④ 骢:《文苑英华》卷二〇三作"骏"。 ⑤ 细:《文苑英华》作"细"。 ⑥ 问:《文苑英华》作"是"。 ⑦ 浪饮:《文苑英华》作"乱舞"。 ⑧ 丁督护:南朝宋时一种吴声歌曲。 ⑨ 发:《文苑英华》作

"鬓"。　⑩ 看:《乐府诗集》注"一作差"。　⑪ 二十:《文苑英华》作"世上"。

壮 士 行①

鲍 溶

西方太白高，壮士羞病死。心知报恩处，对酒歌易水。砂鸿噪天末，横剑别妻子。苏武执节归，班超束书起。山河不足重，重在遇知己。

① 此首录自《乐府诗集》卷六七。

行 路 难①

鲍 溶

玉堂向夕如无人，丝竹俨然宫商死。细人何言入君耳，尘生金樽酒如水。君今不念岁蹉跎，雁天明明凉露多。华灯青凝久照夜，彩童窈窕虚垂罗。入宫见妒君不察，莫入此地出风波。此时不乐早休息，女颜易老君如何。

① 此首录自《乐府诗集》卷七一。

鸣 雁 行①

鲍 溶

七月朔方雁心苦，联影翻空落南土。八月江南阴复晴，浮云绕天难夜行。羽翼劳痛心虚惊，一声相呼百处鸣。楚童夜宿烟波侧，沙上布罗连草色。月暗风悲欲下天，不知何处容栖息。楚童胡为伤我神，尔不曾作远行人。江南羽族本不少，宁得网罗此客鸟。

① 此首录自《乐府诗集》卷六八。

壮 士 行①

施肩吾

一斗之胆撑脏腑，如碌之筋碍臂骨。有时误入千人丛，自觉一身横突兀。当今四海无烟尘，胸襟被压不得伸。冻枭残蛋我不取，污我匣里青蛇鳞。

① 此首录自《乐府诗集》卷六七。

少 年 行①

施肩吾

醉骑白马走空衢，恶少皆称电不如。五凤街头闲勒辔，半垂衫袖揎金吾。

① 此首录自《乐府诗集》卷六六。

古 别 离①（二首）

施肩吾

其 一

古人谩歌西飞燕，十年不见狂夫面。三更风作切梦刀，万转愁成系肠线。所嗟不及牛女星，一年一度得相见。

① 此二首录自《乐府诗集》卷七一。

其 二

老母别爱子，少妻送征郎。血流既四面，乃亦断二肠。不愁寒无衣，不怕饥无粮。惟恐征战不还乡，母化为鬼妻为孀。

少 年 行①（二首）

杜 牧

其 一

官为骏②马监,职帅羽林儿。两绶藏不见,落花何处期。猎敲白玉镫,怒袖紫金锤。田、窦③长留醉,苏、辛④曲护⑤歧。豪持出塞节,笑别远山眉。捷报云台贺,公卿拜寿卮。

① 此二首录自《乐府诗集》卷六六。　② 骏:《文苑英华》卷一九四作"骖"。③ 田、窦:指汉景帝时的田蚡、窦婴。　④ 苏、辛:指汉苏建、苏武和辛武贤、辛庆忌,都以父子勇武节烈著称。　⑤ 护:《文苑英华》作"让"。

其 二

连环羁玉声光碎,绿锦蔽泥虬卷高。春风细雨走马去,珠落①璀璀白鼮袍。

① 落:《全唐诗》卷五二一注"一作络"。

暗 别 离①

刘 瑶②

槐花结子桐叶焦,单飞越鸟啼青霄。翠轩辗云轻遥遥,燕脂泪进红线条。瑶草歇芳心耿耿,玉珮无声画屏冷。朱弦暗断不见人,风动花枝月中影。青鸾脉脉西飞去,海阔天高不知处。

① 此首录自《乐府诗集》卷七二。　② 刘瑶(生卒年不详):唐代女诗人。里籍无考。《乐府诗集》作"刘氏瑶"。《全唐诗》卷七七二录其诗三首。

归去来引①

张 炽②

归去来,归期不可违。相见故明月,浮云共我归。

① 此首录自《乐府诗集》卷六八。郭茂倩解引《晋书》曰："陶潜素简贵,不私事上官。义熙初为彭泽令,郡遣督邮至县,吏曰:'应束带见之。'潜叹曰:'吾不能为五斗米折腰,拳拳事乡里小儿。'即日解印绶去。乃赋《归去来》。其辞曰:'归去来兮,田园将芜胡不归。'言人生几时,不愿富贵,乐天知命,故去之无疑也。"
② 张炽(生卒年不详):里籍无考。《全唐诗》卷七七四录其诗一首。

少年乐①

张　祜

二十便封侯,名居第一流。绿鬟深小院,清管下高楼。醉把金船掷,闲敲玉镫游。带盘红鼹鼠,袍砑紫犀牛。锦袋归调箭,罗鞋起拨球。眼前长贵盛,那信世间愁。

① 此首录自《乐府诗集》卷六六。

自君之出矣①

张　祜

自君之出矣,万物看成古。千寻葶苈枝,争奈长长苦。

① 此首录自《乐府诗集》卷六九。

少年行①

张　祜

少年足②风情,垂鞭卖眼③行。带金师子小,裹锦骐驎狞。选④匠装金⑤镫,推⑥钱买细筝。李陵虽效死,时论得虚名。

① 此首录自《乐府诗集》卷六六。　② 少年足:《全唐诗》卷二四注"集作年

少好"。　③ 卖眼:《全唐诗》注"集作眦睚"。　④ 选:《全唐诗》注"集作拣"。
⑤ 金:《全唐诗》注"集作银"。　⑥ 推:《全唐诗》注"集作堆"。

车 遥 遥①

张 祜

东方眈眈车轧轧,地色不分新去辙。闺门半掩床
半空,斑斑枕花残泪红。君心若车千万转,妾身如辙
遗渐远。碧川迢迢②山宛宛,马蹄在耳轮在眼。桑间③
女儿情不浅,莫道野蚕能作茧。

① 此首录自《乐府诗集》卷六九。　② 迢迢:《乐府诗集》作"楼楼",据《全唐
诗》卷二五改。　③ 间:《乐府诗集》作"门",据《全唐诗》改。

空 城 雀①

刘 驾

饥啄空城土,莫近太仓粟。一粒未充肠,却入公
子腹。且吊城上骨,几曾害尔族。不闻庄辛语,今日
寒芜绿。

① 此首录自《乐府诗集》卷六八。

侠 客 行①

温庭筠

欲出鸿都②门,阴云蔽城阙。宝剑黯如水,微红湿
余血。白马夜频嘶③,三更灞陵雪。

① 此首录自《乐府诗集》卷六七。　② 鸿都:东汉有鸿都门,内有学校及藏
书处。后世亦指秘书省。　③ 嘶:《乐府诗集》注"一作惊"。

西 洲 曲^①

温庭筠

悠悠复悠悠,昨日下西洲。西洲^②风色好,遥见武昌楼。武昌何郁郁,侬家定无匹。小妇被流黄,登楼抚瑶瑟。朱弦繁复轻,素手直凄清。一弹三四解^③,掩抑似含情。南楼登且望,西江广复平。艇子摇两桨,催过石头城。门前乌白树,惨澹天将曙。鸥鹕^④飞复还,郎随早帆去。回头语同伴,定复负情侬。去帆不安幅,作抵使西风。他日相寻索,莫作西洲客。西洲人不归,春草年年碧。

① 此首录自《乐府诗集》卷七二。今按:此题下注"一作《西州调》"。
② 洲:《乐府诗集》注"一作州"。 ③ 解:乐曲的章节。 ④ 鸥鹕:《乐府诗集》注"一作鹨鷅"。

行 路 难^①

薛 能

何处力堪殚,人心险万端。藏山难测度,暗水自波澜。对面如千里,回肠似七盘。已经吴坂困,欲向雁门难。南北诚须泣,高深不可干。无因善行止,车辙得平安。

① 此首录自《乐府诗集》卷七一。

行 路 难^①

翁 绶

行路艰难不复歌,故人荣达我蹉跎。双轮晚上铜梁^②雪,一叶春浮瘴海波。自古要津皆若此,方今失路欲如何。君看西汉翟丞相,凤沼朝辞暮雀罗。

① 此首录自《乐府诗集》卷七一。　　② 梁:《全唐诗》卷二五注"一作台"。

鸣 雁 行①

陆龟蒙

朔风动地来,吹起沙上声。闺中有边思,玉箸此时横。莫怕儿女恨,主人烹不鸣。

① 此首录自《乐府诗集》卷六八。

别 离 曲①

陆龟蒙

丈夫非无泪,不洒离别间。仗剑对樽酒,耻为游子颜。蝮蛇一螫手,壮士疾②解腕。所思在功名,离别何足叹。

① 此首录自《乐府诗集》卷七二。　　② 疾:《全唐诗》卷二六注"集作即"。

结客少年场行①

虞羽客②

幽并侠少年,金络控③连钱。窃符方救赵④,击筑正怀燕。轻生辞凤阙,挥袂上祁连。陆离横宝剑,出没惊⑤徂旃。蒙轮恒顾敌,超乘忽⑥争先。摧枯逾百战,拓地远三千。骨都魂已散,楼兰首复传。龙城含晓⑦雾,瀚海隔⑧遥天。歌吹金微返,振旅玉门旋。烽火今已息,非复照甘泉。

① 此首录自《乐府诗集》卷六六。　　② 虞羽客(生卒年不详):羽客为道士别称,疑非真名。《全唐诗》录其诗一首。　　③ 控:《乐府诗集》作"空",据《文苑英华》卷一九五改。　　④ 赵:《乐府诗集》作"魏",据《文苑英华》改。　　⑤ 惊:《文苑

英华》作"鸷"。　⑥ 忽:《文苑英华》作"总"。　⑦ 晓:《文苑英华》注"一作宿"。
⑧ 隔:《文苑英华》注"一作接"。

少 年 行①（三首）

贯 休

其 一

锦衣鲜华手擎鹘,闲行气貌多轻忽。稼穑艰难总
不知,五帝三皇②是何物。

① 此三首录自《乐府诗集》卷六六。　② 五帝三皇:《文苑英华》卷一九四作
"三皇五帝"。

其 二

自拳五色球,迸入他人宅。却捉苍头奴,玉鞭打
一百。

其 三

面白如削玉,猖狂曲江曲。马上黄金鞍,适来新
赌得。

行 路 难①（五首）

贯 休

其 一

不会当时②作天地,刚有多般愚与智。到头还用
真宰心,何如上下皆清气。大道冥冥不知处,那堪顿
得羲和辔。义不义兮仁不仁,拟学长生更容易。负
心③为炉复为火,缘木求鱼应且止。君不见烧金炼石
古帝王,鬼火荧荧白杨里④。

① 此五首录自《乐府诗集》卷七一。　② 时:《乐府诗集》注"一作初"。
③ 心:《文苑英华》卷二〇〇作"薪"。　④ 白杨里:古帝陵多植白杨,因代称帝

王陵墓。

其　二

君不见道傍废井生古木，本是骄奢贵人屋。几度美人照影来，素绠银瓶濯纤玉。云飞雨散今如此，绣闼雕甍作荒谷。沸渭笙歌君莫夸，不应长是西家哭。休说遗编行者几，至竟终须合天理。败他成此亦何功，苏张终作多言鬼。行路难，行路难，不在羊肠里。

其　三

九有茫茫共尧日，浪死虚生亦非一。清净玄音竟不闻，花眼酒肠暗如漆。或偶因片言只字登第光二亲，又不能献可替否航要津。口谈羲、轩与周、孔，履行不及屠沽人。行路难，行路难，日暮途远空悲叹。

其　四

君不见道傍树有寄生枝，青青郁郁同荣衰。无情之物尚如此，为人不及还堪悲。父归坟兮未朝夕，已分黄金争田宅。高堂老母头似霜①，心作数支泪常滴。我闻忽如负芒刺，不独为君空叹息。古人尺布犹可缝，浔阳义大②令人忆。寄言世上为人子，孝义团圆莫如此。若如此，不遄死兮更何俟。

① 霜：《文苑英华》卷二〇〇作"雪"。　② 大：《全唐诗》卷二五作"犬"，《文苑英华》作"夫"。

其　五

君不见山高海深人不测，古往今来转青碧。浅近轻浮莫与交，地卑只解生荆棘。谁道黄金如粪土，张耳、陈余①断消息。行路②难，行路难，君自看。

① 张耳、陈余：均为秦末大梁人。初从陈胜起义，后从武臣北定赵地，怂恿武臣背陈胜自立为赵王，陈为大将军，张为右丞相。后张耳投汉，与韩信共破赵，杀陈余，汉封张耳为赵王。　② 路：《乐府诗集》缺，据《文苑英华》及《全唐

诗》补。

轻薄篇①（二首）

贯 休

其 一

绣林锦野，春态相压。谁家少年，马蹄蹋蹋。斗
鸡走狗夜不归，一掷赌却如花妾。唯②云不颠不狂，其
名不彰。悲夫！

① 此首录自《乐府诗集》卷六七。　② 唯：《全唐诗》卷二五作"惟"，注"集
作谁"。

其 二

木落萧萧，蛩鸣唧唧。不觉朱蔫脸红，霜劫鬓漆。
世途多事，泣向秋日。方吟少壮不努力，老大徒伤悲。
如何？

古 离 别①

贯 休

离恨如旨酒，古今饮皆醉。只恐长江水，尽是儿
女泪。伊余非此辈，送人空把臂。他日再相逢，清风
动天地。

① 此首录自《乐府诗集》卷七二。

轻 薄 行①

齐 己

玉鞭金镫骅骝蹄，横眉吐气如虹霓。五陵春暖芳
草齐，笙歌到处花成泥。日沉月上且斗鸡，醉来莫问

天高低。伯阳道德何唾咦②,仲尼礼乐徒卑栖。

① 此首录自《乐府诗集》卷六七。　② 唾咦:《乐府诗集》作"涕唾",据《全唐诗》卷八四七改。

少 年 行①

韦　庄②

五陵豪客多,买酒黄金贱。醉下酒家楼,美人双翠幰。挥剑邯郸市,走马梁王苑。乐事殊未央,年华已云晚。

① 此首录自《乐府诗集》卷六六。　② 韦庄(约836—910):字端己,长安杜陵(今陕西西安)人。乾宁元年(894)进士,任校书郎,左、右补阙等职。入蜀,官至吏部侍郎平章事。以近体诗见长,多反映唐末战乱的社会现实,是唐代重要的"花间派"词人。后人编有《韦庄集》,《全唐诗》录其诗六卷。

古 离 别①

韦　庄

晴烟漠漠柳毵毵,不那离情酒半酣。更把马鞭云外指,断肠春色在江南。

① 此首录自《乐府诗集》卷七二。

车 遥 遥①

胡　曾

自从车马出门朝,便入空房守寂寥。玉枕夜残鱼信绝,金钿秋尽雁书遥。脸边楚雨临风落,头上春云向日销。芳草又衰还不至,碧天霜冷转无憀。

① 此首录自《乐府诗集》卷六九。

全乐府

古别离①（二首）

于濆

其 一

入室少情意，出门多路歧。黄鹤有归日，荡子无还时。人谁无分命，妾身何太奇。君为东南风，妾作西北枝。青楼邻里妇，终年画长眉。自倚对良匹，笑妾空罗帏。

① 此二首录自《乐府诗集》卷七一。

其 二

郎本东家儿，妾本西家女。对门中道间，终谓无离阻。岂知中道间，遣作空闺主。自是爱封侯，非关备胡虏。知子去从军，何处无良人。

行路难①（二首）

齐己

其 一

行路难，君好看。惊波不在黤黫间，小人心里藏崩②湍。七盘九折寒崚嶒，翻车倒盖犹堪出。未似是非唇舌危，暗中潜毁平人骨。君不见楚灵均③，千古沉冤湘水滨。又不见李太白，一朝却作江南客。

① 此二首录自《乐府诗集》卷七一。　② 崩：《全唐诗》卷二五注"奔"。
③ 灵均：指屈原，字灵均。

其 二

下浸与高盘，不为行路难。是非真险恶，翻覆作峰峦。漆愧同时黑，朱惭巧处丹。令人畏相识，欲画白云看。

空城雀[①]

聂夷中

一雀入官仓,所食能损几?所虑往损频,官仓乃害尔。鱼网不在天,鸟网不在水。饮啄要自然,何必空城里。

① 此首录自《乐府诗集》卷六八。

古别离[①]

聂夷中

欲别牵郎衣,问郎游何处。不恨归日迟,莫向临邛去。

① 此首录自《乐府诗集》卷七一。

行路难[①]

聂夷中

莫言行路难,夷狄如中国。谓言骨肉亲,中门如异域。出处全在人,路亦无通塞。门前两条辙,何处去不得。

① 此首录自《乐府诗集》卷七一。

结客少年场行[①]

沈彬[②]

重义轻生一剑知,白虹贯日报仇归。片心惆怅清平世,酒市无人问布衣。

① 此首录自《乐府诗集》卷六六。　② 沈彬(约864—约961):字子文,高安(今属江西)人。唐末曾赴试不第。南游湖湘,隐于云阳山。后归乡里,访道学

仙。李升镇金陵,辟为秘书郎。早有诗名,曾与诗僧虚中、齐己、贯休等为诗友,与韦庄、杜光庭唱和。有《沈彬集》、《闲居集》等,均佚,《全唐诗》录其诗十九首。

古 别 离①

吴 融②

紫燕黄鹄虽别离,一举千里何难追。犹闻啼风与叫月,流连断续令人悲。赋情更有深缱绻,碧甃千寻尚为浅。蟾蜍正向清夜流,蛱蝶须教堕丝罥。莫道断丝不可续,丹穴凤皇胶不远。草草通流水不回③,海上两潮长自返。

① 此首录自《乐府诗集》卷七一。　② 吴融(？—903):字子华,越州山阴(今浙江绍兴)人。龙纪元年(889)进士,累迁侍御史。一度去官流落荆南,召入朝任中书舍人等职,官终翰林学士承旨。其诗多流连光景、酬唱应答之作,与李商隐、温庭筠诗风格相近,今存《唐英歌诗》三卷。《全唐诗》录其诗四卷。③ "草草"句:《全唐诗》卷二六注"集作莫道流水不回波"。

杂曲歌辞（四）

定 情 篇①

乔知之

共君结新婚，岁寒心②未卜。相与游春园，各随情③所逐。君念④菖蒲花，妾感苦寒竹。菖花多艳姿，寒竹有贞叶。此时妾比君，君心不如妾。簪玉步河堤，夭韶援绿荑⑤。凫雁将子游，莺燕从双栖。君念⑥春光好，妾向⑦春光啼。君时不得意，妾弃⑧还金闺。结言⑨本同心，悲欢何未齐。怨咽⑩前致辞，愿得申⑪所悲。人间丈夫易，世路妇难为。始经天月照⑫，终若流星驰。天月恒终始，流星无定期⑬。长信⑭佳丽人，失意非蛾眉。庐江小史⑮妇，非关织作迟。本愿长相对，今已长相思。复有游宦子，结援⑯从梁、陈。燕居崇三朝，去来历九春。誓心妾终始，蚕桑奉所亲。归愿未克从，黄金赠路人。洁妇怀明义，从沉⑰河之津。于今千万年，谁当问水滨。更忆倡家楼，夫婿事封侯。去时思灼灼⑱，去罢心悠悠。不怜⑲妾岁晏，十⑳载陇西头。以兹常惕惕，百虑恒盈积。由来共结襟，几人同匪石。故岁雕梁燕，双去今㉑来只。今日玉庭梅，朝红暮成碧。碧荣始芬敷，黄叶已淅沥。何用念芳春㉒，芳春㉓有流易。何用重欢娱，欢娱俄戚戚。家本巫山阳，归去路何长。叙言情未尽，采菉已盈筐。桑榆日反映㉔，物色㉕盈高冈。下有碧流水，上有丹桂香㉖。桂枝㉗不须折，碧流清且洁㉘。赠君比芳菲，受㉙惠常不灭㉚。赠君泪㉛潺湲，相思无断绝。妾有秦家境，宝匣装珠玑。鉴来年二八，不记易阴晖。妾无[32]光寂寂，委照影[33]依依。今日特为赠，相识莫相违。

① 此首录自《乐府诗集》卷七六。今按：此篇为拟《定情诗》，初为东汉繁钦所作，言妇人不能以礼从人，而自相悦媚，终有伤悔。　② 心：《乐府诗集》作"必"，据《文苑英华》卷二一一改。　③ 情：《文苑英华》作"性"。　④ 念：《文苑英华》作"爱"。　⑤ "天韶"句：《乐府诗集》作"交□援绿篾"，据《文苑英华》改。天韶，当为"天绍"。《诗·陈风·月出》："佼人燎兮，舒天绍兮。"汉张衡《七辩》："蝉蜎宜愧，天绍纡折，此女色之丽也。"天绍，轻盈多姿的样子。　⑥ 念：《文苑英华》作"向"。　⑦ 向：《文苑英华》作"对"。　⑧ 妾弃：《文苑英华》作"弃妾"。　⑨ 言：《乐府诗集》缺，并注"阙一字"。据《文苑英华》补。　⑩ 咽：《乐府诗集》作"明"，据《文苑英华》改。　⑪ 申：《乐府诗集》作"中"，据《文苑英华》改。　⑫ "始经"句：《文苑英华》作"始如经天月"。　⑬ "天月"二句：《乐府诗集》阙，据《文苑英华》补。　⑭ 信：《文苑英华》作"思"。　⑮ 史：《文苑英华》作"吏"。　⑯ 援：《文苑英华》作"绶"。　⑰ 沉：《乐府诗集》作"汎"，据《文苑英华》改。　⑱ 灼灼：《文苑英华》作"照灼"。　⑲ 怜：《文苑英华》作"矜"。　⑳ 十：《乐府诗集》作"千"，据《文苑英华》改。　㉑ 今：《文苑英华》作"归"。　㉒㉓ 芳春：《文苑英华》作"春芳"。　㉔ "桑榆"句：《乐府诗集》作"桑日（阙一字）映"，据《文苑英华》补。映，《文苑英华》作"景"。　㉕ 物色：《乐府诗集》于"物色"两字之间衍一"草"字，据《文苑英华》删。　㉖ 香：《文苑英华》作"芳"。　㉗ 枝：《文苑英华》作"花"。　㉘ "碧流"句：《文苑英华》作"碧水自清洁"。　㉙ 受：《文苑英华》作"爱"。　㉚ 灭：《文苑英华》作"歇"。　㉛ 泪：《文苑英华》作"比"。　㉜ 无：《乐府诗集》阙，并注"阙一字"，据《文苑英华》补。　㉝ 委照影：《文苑英华》作"妾至鄙"。

杂　曲[①]

王　勃

智琼[②]神女，来访文君。蛾眉始约，罗袖初薰。歌齐曲韵，舞乱行分[③]。若向阳台荐枕，何甯得胜朝云。

① 此首录自《乐府诗集》卷七七。　② 智琼：仙女名。晋干宝《搜神记》卷

一:"魏济北郡从事掾弦超,字义起,以嘉平中夜独宿,梦有神女来从之,自称天上玉女,东郡人,姓成公名智琼,早失父母,天帝哀其孤苦,遣令下嫁从夫。"
③ 分:《全唐诗》卷二六作"纷"。

秋 夜 长①

王 勃

秋夜长,殊未央。月明白露澄清光,层城绮阁遥相望。遥相望,川无梁。北风受节南雁②翔,崇兰委质时菊芳。鸣环曳履出长廊,为君秋夜捣衣裳,纤罗对凤凰,丹绮双鸳鸯,调砧乱杵思自伤。思自伤,征夫万里戍他乡。鹤关音信断,龙门道路长。所③在天一方,寒衣徒自香。

① 此首录自《乐府诗集》卷七六。　② 南雁:《全唐诗》卷二六作"雁南"。
③ 所:《王子安集》卷二作"君"。

春 江 曲①

郭 震②

江水春沉沉,上有双竹林。竹叶坏水色,郎亦坏人心。

① 此首录自《乐府诗集》卷七七。　② 郭震:《乐府诗集》作"郭元振"。元振是郭震的字。

独 不 见①

沈佺期

卢家小②妇郁金堂③,海燕双栖玳瑁梁。九月寒砧催下④叶,十年征戍忆辽阳。白狼河北音书断,丹凤城南秋夜长。谁谓⑤含愁独不见，使妾⑥明日照⑦流黄。

① 此首录自《乐府诗集》卷七五。今按：此题《全唐诗》卷九六作《古意呈补阙乔知之》，并注"一作《古意》，又作《独不见》"。　② 小：《全唐诗》作"少"。　③ 堂：《全唐诗》注"一作香"。　④ 下：《全唐诗》作"木"。　⑤ 谓：《乐府诗集》作"知"，据《全唐诗》改。　⑥ 使妾：《全唐诗》作"更教"。　⑦ 照：《全唐诗》作"对"。

王 孙 游①

崔国辅

自与王孙别，频看黄鸟飞。应由春草误，著处不成归。

① 此首录自《乐府诗集》卷七四。郭茂倩解引《楚辞招隐士》曰："王孙游兮不归，春草生兮萋萋。"《王孙游》盖出于此。

高 句 丽①

李 白

金花折风帽，白马小迟回。翩翩舞广袖，似鸟海东来。

① 此首录自《乐府诗集》卷七八。郭茂倩解引《通典》曰："高句丽，东夷之国也。其先曰朱蒙，本出于夫余。朱蒙善射，国人欲杀之，遂弃夫余，东南走，渡普述水，至纥升骨城居焉。号曰句丽，以高为氏。"

舍 利 弗①

李 白②

金绳界宝地，珍木荫瑶池。云间妙音奏，天际法螽吹。

① 此首录自《乐府诗集》卷七八。　② 此诗作者《乐府诗集》目录作"无名

氏",据《李白集校注》卷三〇补。

摩多楼子[1]

李　白[2]

从戎向边北,远行辞密亲。借问阴山候,还知塞上人。

① 此首录自《乐府诗集》卷七八。　②《乐府诗集》阙作者。据《李白集校注》卷三〇补。

独 不 见[1]

李　白

白马谁家子,黄龙[2]边塞儿。天山三丈雪,岂是远行时。春蕙[3]忽秋草,莎鸡[4]鸣曲[5]池。风催寒棕[6]响,月入霜闺悲。忆与君别年,种桃齐蛾眉。桃今百余尺,花落成枯枝。终然独不见,流泪空自知。

① 此首录自《乐府诗集》卷七五。　② 黄龙:王琦注引《水经注》曰:"白狼水又北径黄龙城东。"　③ 春蕙:王琦注引《尔雅翼》曰:"蕙大抵似兰,花亦春开,兰先而蕙继之。"　④ 莎鸡:王琦注引陆机《草木疏》:"莎鸡如蝗而斑色毛翅数重,其翅正赤,或谓之天鸡。"《古今注》曰:"莎鸡一名促织,一名络纬,一名蟋蟀。"　⑤ 曲:《全唐诗》卷二六注"集作西"。　⑥ 棕:《乐府诗集》作"梭",据《李太白文集》卷四及《全唐诗》卷二六改。

夜 坐 吟[1]

李　白

冬夜夜寒觉夜长,沉吟久坐坐北堂。冰合井泉月入闺,金钉[2]凝明照悲啼。金钉灭,啼转多。掩妾泪,听君歌。歌有声,妾有情。情声合,两无违。一语不入意,从君万曲梁尘飞。

① 此首录自《乐府诗集》卷七六。　② 金钉:《乐府诗集》作"青钉",据《李白集校注》卷三改。下文"金钉"同此。《乐府诗集》注"一作金钉青凝"。

沐 浴 子[①]

李 白

沐芳莫弹冠,浴兰莫振衣。处世忌太洁,至[②]人贵藏晖。沧浪有钓叟,吾与尔同归。

① 此首录自《乐府诗集》卷七四。　② 至:《乐府诗集》作"志",据《李白集校注》卷六改。《乐府诗集》注"一作至"。

结 袜 子[①]

李 白

燕南壮士吴门豪,筑中置铅鱼隐刀。感君恩重许君命,太山一掷轻鸿毛。

① 此首录自《乐府诗集》卷七四。

发 白 马[①]

李 白

将军发白马[②],旌节渡黄河。箫鼓聒川岳,沧溟涌洪[③]波。武安有振瓦,易水无寒歌。铁骑若雪山,饮流涸滹沱。扬兵猎月窟,转战略朝那。倚剑登燕然,边峰[④]列嵯峨。萧条万里外,耕作五原多。一扫清大漠,包虎[⑤]戢金戈。

① 此首录自《乐府诗集》卷七四。　② 白马:即白马津。　③ 洪:《李白集

校注》卷六作"涛"。《乐府诗集》注"一作涛"。　④ 峰:《李白集校注》作"烽"。
⑤ 包虎:《礼记·乐记》:"武王克殷反商……倒载干戈,包之以虎皮。"郑玄注:
"包干戈以虎皮,明能以武服兵也。"

树 中 草[1]

李 白

　　鸟衔野田草,误入枯桑里。客土植危根,逢春犹
不死。草木虽无情,因依尚可生。如何同枝叶,各自
有枯荣。

　　[1] 此首录自《乐府诗集》卷七七。

枯鱼过河泣[1]

李 白

　　白龙改常服,偶被豫且制。谁使尔为鱼,徒劳诉
天帝。作书报鲸鲵,勿恃风涛势。涛落归泥沙,翻遭
蝼蚁噬。万乘慎出入,柏人以为诫[2]。

　　[1] 此首录自《乐府诗集》卷七四。　[2] 诫:《李白集校注》卷六作"识"。《乐
府诗集》注"一作识"。

秦女卷衣[1]

李 白

　　天子居未央,妾侍[2]卷衣裳。顾无紫宫宠,敢拂黄
金床。水至也不去,熊来尚可当。微身奉[3]日月,飘若
萤火光。愿君采葑菲,无以下体妨。

　　[1] 此首录自《乐府诗集》卷七三。今按:此题源自《秦王卷衣》。《乐府解题》
曰:"《秦王卷衣》,言咸阳春景,及宫阙之美。秦王卷衣,以赠所欢也。"　[2] 侍:

《乐府诗集》注"一作来"。　③ 奉：《乐府诗集》注"一作捧"。

于阗采花①

李　白

于阗采花人，自言花相似。明妃一朝西入胡，胡中美女多羞死。乃知汉地多名姝，胡中无花可方比。丹青能令丑者妍，无盐翻在深宫里。自古妒蛾眉，胡沙埋皓齿。

① 此首录自《乐府诗集》卷七三。

邯郸才人嫁为厮养卒妇①

李　白

妾本丛②台女，扬蛾入丹阙。自倚颜如花，宁知有凋歇。一辞玉阶下，去若朝云没。每忆邯郸城，深宫梦秋月。君王不可见，惆怅至明发。

① 此首录自《乐府诗集》卷七三。　② 丛：《李白集校注》卷五校记"萧本作崇"。

卢　女　曲①

崔　颢

二月春来半，宫中日渐长。柳垂金屋暖，花覆②玉楼香。拂匣先临镜，调笙更炙簧。还将《卢女曲》③，夜夜④奉君王。

① 此首录自《乐府诗集》卷七三。郭茂倩解引《乐府解题》曰："卢女者，魏武帝时宫人也，故将军阴升之姊。七岁入汉宫，善鼓琴。至明帝崩后，出嫁为尹更生妻。梁简文帝《妾薄命》曰：'卢姬嫁日晚，非复少年时。'盖伤其嫁迟也。"② 覆：《全唐诗》卷二六注"集作发"。　③《卢女曲》：《全唐诗》注"集作歌舞态"。

④ 夜夜:《全唐诗》注"集作只拟"。

卢 姬 篇①

崔 颢

　　卢姬小小②魏王家,绿鬓红唇桃李花。魏王绮楼十二重,水精帘箔绣芙蓉。白玉阑干金作柱,楼上朝朝学歌舞。前堂后堂罗袖人,南窗北窗花发春。翠幌珠帘斗弦③管,一奏一弹云欲断。君王日晚下朝归,鸣环珮玉生光辉。人生今日得骄贵,谁道卢姬身细微。

　　① 此首录自《乐府诗集》卷七三。今按:题同《卢女曲》。　② 小小:《全唐诗》卷二六注"集作少小"。　③ 弦:《全唐诗》注"集作丝"。

茱 萸 女①

万 楚②

　　山阴柳家女,九日采茱萸。复得东邻伴,双为陌上姝。插花向高髻,结子置长裾。作性恒迟缓,非关姹③丈夫。平明折林树,日入反城隅。侠客邀罗袖,行人挑短书。蛾眉自有主,年少莫跰蹰。

　　① 此首录自《乐府诗集》卷七三。　② 万楚(生卒年不详):曾居盱眙(今属江苏),开元中进士及第,久不得用。与诗人李顾有旧交。《全唐诗》录其诗八首。　③ 姹:《全唐诗》卷一四五作"诧"。

步 虚 词①(十首)

吴 筠②

其 一

　　众仙仰灵范,肃驾朝神宗。金景相照曜,逶迤升

太空。七玄已高飞,火炼生朱③宫。余庆逮天壤,平和
王道融。八威清游气,十绝舞祥风。使我跻阳源④,其
来自阴功。逍遥太霞上,真鉴靡不通。

① 此十首录自《乐府诗集》卷七八。 ② 吴筠(? —778):字贞节,华州华阴
(今属陕西)人。笃志道教,曾隐居求道。两次被召,为翰林供奉,不久请归山。
《全唐诗》录其诗一卷。 ③ 朱:《全唐诗》卷八五三作"珠"。 ④ 源:《全唐诗》
作"原"。

其 二

逸辔登紫清,元乘①迈奔电。阆风②隔三天,俯视
犹可见。玉闱③标敞朗,琼林郁葱蒨。自非挺金骨,焉
得谐夙愿。真朋何森森,合景恣游宴。良会忘淹留,
千龄才一眴。

① 元乘:《全唐诗》作"乘光"。 ② 阆风:即阆风巅。《楚辞·离骚》王逸注:
"阆风,山名,在昆仑之上。" ③ 闱:《乐府诗集》注"一作闼"。《全唐诗》作"闼"。

其 三

三官发明景,朗照同郁仪。纷然驰飙欻,上采空
清蘂。令我洞金色,后天耀琼姿。心叶太虚静,寥寥
竟何思。玄中有至乐,淡泊终无为。但与正真友,飘
摇散①遨嬉。

① 散:《全唐诗》注"一作从"。

其 四

禀化凝正气,炼形为真仙。忘心符元宗,返本叶
自然。帝一集绛宫,流光出丹玄。元英与桃君,朗咏
长生篇。六符①焕明霞,百阙②罗紫烟。飙车涉寥廓,
靡靡乘景迁。不觉云路远,斯须游万天。

① 符:《全唐诗》作"府"。 ② 阙:《全唐诗》作"关"。《乐府诗集》注"一
作关"。

其 五

扶桑诞初景，羽盖凌晨霞。倏欻造西域，嬉游金母家。碧津湛洪源，灼烁敷荷花。煌煌青琳宫，璀璨①列玉华。真气溢绛府，自然思无邪。俯矜区中士，夭浊良可嗟。

① 璀璨：《全唐诗》作"粲粲"。

其 六

琼台为万仞①，孤映大罗表。常有三素云，凝光自飞绕。羽幢②泛明霞，升降何缥缈。鸾凤吹雅音，栖翔绛林标。玉虚无昼夜，灵景何皎皎。一睹太上京，方知众天小。

① "琼台"句：《乐府诗集》作"琼台劫为仞"，据《全唐诗》改。 ② 幢：《乐府诗集》作"童"，据《全唐诗》改。

其 七

灼灼青华林，灵风振琼柯。三光无冬春，一气清且和。回首迓结邻①，倾眸亲曜罗。豁落制六天，流铃威百魔。绵绵庆不极，谁谓椿龄多。

① 邻：《全唐诗》作"灵"。

其 八

高情无侈靡，遇物生华光。至乐无箫歌，玉音自玲琅①。或登明真台，宴此羽景堂。香②霭结宝云，靡③微散灵香。天人诚退旷，欢泰不可量。

① "玉音"句：《全唐诗》作"金玉音琅琅"。 ② 香：《全唐诗》作"杳"。 ③ 靡：《全唐诗》作"霏"。

其 九

爱从太微上，肆觐虚皇尊。腾我八景舆，威迟入天门。既登玉宸①庭，肃肃仰紫轩。敢问龙汉末，如何辟乾坤。怡然辍云璈，告我希夷②言。幸闻至精理，方见造化源。

① 宸：《乐府诗集》作"晨"，据《全唐诗》改。　② 希夷：谓虚寂玄妙。《老子》："视之不见名曰夷，听之不闻名曰希。"

其　十

二气播万有，化机无停轮。而我操其端，乃能出陶钧。寥寥天汉上，所遇皆清真。澄莹含元和，气同自相亲。绛树结丹实，紫霞流碧津。以兹保童婴，永用超形神。

江 上 曲①

李嘉祐②

江上澹澹芙蓉花，江口蛾眉独浣纱。可怜应是阳台女，坐对鸬鹚娇不语。掩面羞看北地人，回首忽作空山雨。苍梧秋色不堪论，千载依依帝子魂。君看峰上斑斑竹，尽是湘妃泣泪痕。

① 此首录自《乐府诗集》卷七七。　② 李嘉祐(生卒年不详)：字从一，赵州(今河北赵县)人。天宝七年(748)登进士第，授秘书省正字，擢监察御史。历任鄱阳令、江阴令、台州刺史。大历初入朝，历工部员外郎，出为袁州刺史。与名诗人刘长卿、皎然、韩翃等有交谊。《全唐诗》录其诗三卷。

步 虚 词①（十九首）

韦渠牟②

其　一

玉简真人降，金书道箓通。烟霞方蔽日，云雨已生风。四极威仪异，三天使命同。那将人世恋，不去上清宫。

① 此十九首录自《乐府诗集》卷七八。　② 韦渠牟(749—801)：号遗名子、

北山子,京兆万年(今陕西西安)人。少年能诗,曾从父友李白学古乐府。大历四年出家为道士,又改为僧人。与颜真卿、皎然唱和,大历末还俗。曾为幕僚,后奉诏参与三教论衡,授秘书郎,拜左谏议大夫,迁太常卿。有《韦渠牟诗集》,已佚。《全唐诗》录其诗二一首。

其 二

羽驾正翩翩,云鸿最自然。霞冠将月晓,珠珮与星连。镂玉留新诀,雕金①得旧编。不知飞鸟学,更有几人仙。

① 金:《全唐诗》卷二九作"龙"。

其 三

上帝求仙使,真符取玉郎。三才①闲布象,二景②郁生光。骑吏排龙虎,笙歌走凤皇。天高人不见,暗入白云乡。

① 三才:指天、地、人。 ② 二景:指日、月。

其 四

鸾鹤共徘徊,仙官使者催。香花三洞①启,风雨百神来。凤篆文初定,龙泥印已开。何须生羽翼,始得上瑶台。

① 三洞:道教经典分洞真、洞玄、洞神三部,合称"三洞"。后借指道家的名山洞府。

其 五

羽节忽排烟,苏君①已得仙。命风驱日月,缩地走山川。几处留丹灶,何时种玉田。一朝骑白虎,直上紫微天。

① 苏君:当指苏耽,又称"苏仙公",传说中的仙人。见葛洪《神仙传·苏仙公》。

其 六

静发降灵香,思神意智长。虎存时促步,龙想更成章。扣齿风雷响,挑灯日月光。仙云在何处?仿佛满空堂。

其 七

几度游三洞，何方召百神。风云皆守一，龙虎亦全真。执节仙童小，烧香玉女春。应须绝岩内，委曲问皇人①。

① 皇人：道家称泰壹氏为皇人。

其 八

上法杳无营，玄修似有情。道宫琼作想，真帝玉为名。召岳驱旌节，驰雷发吏兵。云车降何处，斋室有仙卿。

其 九

羽卫一何鲜，香云起暮烟。方朝太素帝，更向玉清天。凤曲凝犹吹，龙骖俨欲前。真文几时降，知在永和年。

其 十

大道何年学？真符此日催。还持金作印，未要玉为台。羽节分明授，霞衣整顿裁。应缘五云使①，教上列仙来。

① 使：《乐府诗集》作"仗"，据《全唐诗》改。

其 十 一

独自授金书，萧条咏紫虚。龙行还当马，云起自成车。九转风烟合，千年井灶余。参差从太一，寿等混元初。

其 十 二

道学已通神，香花会女真。霞床珠斗帐，金荐玉舆轮。一室心偏静，三天夜正春。灵官竟谁降，仙相有夫人。

其 十 三

上界有黄房①,仙家道路长。神来知位次,乐变协宫商。竞把琉璃碗,谁倾白玉浆。霞衣最芬馥,苏合是灵香。

① 黄房:谓仙道者住处。

其 十 四

珠佩紫霞缨,夫人会八灵。太霄犹有观,绝宅岂无形。暮雨徘徊降,仙歌宛转听。谁逢玉妃辇,应检九真经。

其 十 五

西海辞金母,东方拜木公①。云行疑带雨,星步欲凌风。羽袖挥丹凤,霞巾曳彩虹。飘飘九霄外,下视望仙宫。

① 木公:传说中的仙人东王公。

其 十 六

玉树杂金花,天河织女家。月邀丹凤舄,风送紫鸾车。雾縠笼绡带,云屏列锦霞。瑶台千万里,不觉往来赊。

其 十 七

舞凤凌天出,歌麟入夜听。云容衣眇眇,风韵曲泠泠。扣齿端金简,焚香检玉经。仙宫知不远,只近太微星。

其 十 八

紫府与玄洲①,谁来物外游。无烦骑白鹿,不用驾青牛。金化颜应驻,云飞鬓不秋。仍闻碧海上,更用玉为楼。

① 玄洲:《海内十洲记·玄洲》:"玄洲,在北海之中,戌亥之地,方七千二百里,去南岸三十六万里,上有太玄都,仙伯真公所治……饶金芝玉草。"

其 十 九

綵鹤复骖鸾，全家去不难。鸡声随羽化，犬影入云看。酿玉当成酒，烧金且转丹。何妨五色绶，次第给仙官。

夜 夜 曲①

王 偃

北斗星移银汉低，班姬愁思凤城②西。青槐陌上人行绝，明月楼前乌夜啼。

① 此首录自《乐府诗集》卷七六。　② 凤城：京都的美称。唐杜甫《夜》诗："步簷倚杖看牛斗，银汉遥应接凤城。"仇兆鳌注引赵次公曰："秦穆公女吹箫，凤降其城，因号丹凤城。其后言京城曰凤城。"

春 游 吟①

李 章②

初春遍芳甸，千里蔼盈瞩。美人摘新英，步步玩春绿。所思杳何处，宛在吴江曲。可怜不得共芳菲，日暮归来泪满衣。

① 此首录自《乐府诗集》卷七七。　② 李章（生卒年不详）：唐天宝以前人。生平里籍无考。《全唐诗》录其诗一首。

桃 花 曲①

顾 况

魏帝宫人舞凤楼，隋家天子泛龙舟。君王夜醉春眠晏，不觉桃花逐水流。

① 此首录自《乐府诗集》卷七七。

步 虚 词①

顾　况

迥步游三洞，清心礼七真②。飞符超羽翼，禁③火醮星辰。残药沾鸡犬，灵香出凤麟。壶中无窄处，愿得一容身。

① 此首录自《乐府诗集》卷七八。　② 七真：道教尊崇的七位真人。相传汉茅盈、茅固、芳衷兄弟隐于茅山得道成仙，后晋之杨羲、许穆、许翙及唐郭崇真皆于茅山得道，因合称"七真"。又有"南宗七真"、"北宗七真"之说。　③ 禁：《全唐诗》卷二九注"集作焚"。

乐　府①

顾　况

暖谷春光至，宸游近甸荣。云随天仗转，风入御帘轻。翠盖浮佳气，朱楼倚太清。朝臣冠剑退，宫女管弦迎。细草承雕辇，繁花入幔城。文房开圣藻，武卫②宿天营。玉醴随筋至，铜壶逐漏行。五星含土德，万姓彻中声。亲祀先崇典，躬推示劝耕。国风新正乐，农器近消兵。道德关河固，刑章日月明。野人同鸟兽，率舞感升平。

① 此首录自《乐府诗集》卷七七。　② 圣藻，武卫：《乐府诗集》作"圣武，藻卫"，据《全唐诗》卷二六改。

步 虚 词①

皎　然

予因览真诀，遂感西域君。玉笙下青冥，人间未曾闻。日华炼魂魄，皎皎无垢氛。谓我有仙骨，且令饵氤氲。俯仰愧灵颜，愿随鸾鹤群。俄然动风驭，缥眇归青云。

① 此首录自《乐府诗集》卷七八。

独 不 见①

戴叔伦

前宫路非远，旧苑春将遍。玉户看早梅，雕梁数归燕。身轻逐舞袖，香暖传歌扇。自知②秋风词，长侍昭阳殿。谁信后庭人，年年独不见。

① 此首录自《乐府诗集》卷七五。　② 知：疑当为"和"字。

步 虚 词①

陈 羽②

汉武清斋读鼎书，内官扶上画云车。坛上月明宫殿闭，仰看星斗礼空虚。

① 此首录自《乐府诗集》卷七八。　② 陈羽（约733—?）：吴县（今属江苏）人。与戴叔伦友善。贞元八年（792）登进士第，历东宫卫佐。《全唐诗》录其诗一卷。

三 台①（二首）

韦应物

其 一

一年一年老去，明日后日花开。未报长安平定，万国岂得衔杯。冰泮寒塘始绿，雨余百草皆生。朝来门阁②无事，晚下高斋有情。

① 此二首录自《乐府诗集》卷七五。郭茂倩解引《后汉书》曰："蔡邕为侍御史，又转持书侍御史，迁尚书。三日之间，周历三台。"冯鉴《续事始》曰："乐府以

邕晓音律,制《三台曲》以悦邕,希其厚遗。"刘禹锡《嘉话录》曰:"三台送酒,盖因北(今按:《乐府诗集》'北'字前有'此'字,据《嘉话录》删)齐高洋毁铜雀台,筑三个台。宫人拍手呼上台送酒,因名其曲为《三台》。"李氏《资暇》曰:"《三台》,三十拍促曲名。昔邺中有三台,石季龙常为宴游之所。乐工造此曲以促饮。"未知孰是。《邺都故事》曰:"汉献帝建安五年,曹操破袁绍于邺。十五年筑铜雀台,十八年作金虎台,十九年造冰井台,所谓邺中三台也。"《北史》曰:"齐文宣天宝中营三台于邺,因其旧基而高博之。九年台成,改铜爵曰金凤,金虎曰圣应,冰井曰崇光"云。按《乐苑》,唐天宝中羽调曲有《三台》,又有《急三台》。　②　阁:《韦江州集》作"闾"。

其　二①

不寐倦长更,披衣出户行。月寒秋竹冷,风切夜窗声。

①《乐府诗集》此首题曰《上皇三台》。今按:《全唐诗》卷二六作韦应物诗,而《韦江州集》中无此诗。存疑待考。

突厥三台①

雁门山上雁初飞,马邑栏中马正肥。日旰山西逢驿使,殷勤南北送征衣。

① 此首录自《乐府诗集》卷七五。

独 不 见①

杨巨源

东风艳阳色,柳绿花如霰。竞理同心鬟,争持合欢扇。香传贾娘手,粉离何郎面。最恨卷帘时,含情独不见。

① 此首录自《乐府诗集》卷七五。

春 游 乐①（二首）

李 端

其 一

游童苏合带，倡女蒲葵扇。初日映城时，相思忽相见。褰裳踏露草，理鬟回花面。薄暮不同归，留情此芳甸。

① 此二首录自《乐府诗集》卷七七。

其 二

柘弹连钱马，银钩妥堕环。采桑春陌上，踏草夕阳间。意合词先露，心诚貌却闲。明朝若相忆，云雨出巫山。

春 江 曲①

张 籍

春江无云潮水平，蒲心出水凫雏鸣。长干夫婿爱远行，自染春衣缝已成。妾身生长金陵侧，去年随夫住江北。春来未到父母家，舟小风多渡不得。欲辞舅姑先问人，私向江头祭水神。

① 此首录自《乐府诗集》卷七七。

筑 城 曲①

张 籍

筑城去②，千人万人齐抱③杵。重重土坚试行锥，军吏执鞭催作迟。来时一年深碛里，着尽短衣渴无水。力尽不得抛④杵声，杵声未定人皆死。家家养男当门户，今日作君城下土。

① 此首录自《乐府诗集》卷七五。郭茂倩解引马缟《中华古今注》曰："秦始

皇三十二年,得谶书云:'亡秦者胡。'乃使蒙恬击胡,筑长城以备之。"《淮南子》曰:"秦发卒五十万筑修城,西属流沙,北系辽水,东结朝鲜,中国内郡辗车而馈之。后因有《筑城曲》,言筑长城以限胡虏也。又有《筑城睢阳曲》,与此不同。"《古今乐录》曰:"筑城相杵者,出自汉梁孝王。孝王筑睢阳城,方十二里。造唱声,以小鼓为节,筑者下杵以和之。后世谓此声为《睢阳曲》。"《晋太康地记》曰:"今乐家《睢阳曲》,是其遗音。"《唐书·乐志》曰:"《睢阳操》用春牒"是也。按《汉书》曰"梁孝王广睢阳七十二里",而云十二里,未知孰实。　② 去:《张司业诗集》卷一作"处"。　③ 齐抱:《张司业诗集》作"抱把"。　④ 抛:《张司业诗集》作"休"。《乐府诗集》注"一作休"。

秋 夜 长①

张　籍

　　秋天如水夜未央,天汉东西月色光。愁人不寐畏枕席,暗虫唧唧绕我傍。荒城为村无更声,起看北斗天未明。白露满田风袅袅,千声万声鹧鸪鸣。

　　① 此首录自《乐府诗集》卷七六。

秋 夜 曲①

张仲素②

　　丁丁漏水夜何长,漫漫轻云露月光。秋壁暗虫通夕响,寒衣未寄莫飞霜。

　　① 此首录自《乐府诗集》卷七六。今按:此首作者《乐府诗集》作"唐王维",《王右丞集》无此诗,《全唐诗》卷二六作"张仲素",今依《全唐诗》。　② 张仲素(约769—819):字绘(一作缋)之,河间(今属河北)人。贞元十四年(798)进士。历任屯田员外郎、礼部员外郎,又由礼部郎中充翰林学士。后加封郎中知制诰,充承者学士,迁中书舍人。工诗善文,尤精赋作,所作乐府诗编为《三舍人集》。《全唐诗》录其诗一卷。

春 江 曲 ①（三首）

张仲素

其　一

摇漾越江春，相将看②白苹。归时不觉夜，出浦月随人。

① 此三首录自《乐府诗集》卷七七。今按：此三首《乐府诗集》作"唐张仲素"。《全唐诗》卷二六将第一首作王涯，第二、三首作张仲素。　② 看：《全唐书》作"采"。

其　二

家寄征江①岸，征人几岁游。不知潮水信，每日到沙头。

① 江：《全唐诗》作"河"。

其　三

乘晓南湖去，参差叠浪横。前洲在何处，雾里雁嘤嘤。

春 游 曲 ①（三首）

张仲素

其　一

烟柳飞轻絮，风榆落小钱。濛濛百花里，罗绮竞秋千。

① 此三首录自《乐府诗集》卷七七。

其　二

骋望登香阁，争高下砌台。林间踏青去，席上意钱①来。

① 意钱：一种博戏。一说即猜枚。清黄生《义府》卷下："（意钱）即今猜枚，曰射，曰意，曰掩，居然可见。"

其 三

行乐三春节，林花百和香。当年重意气，先占斗
鸡场。

步 虚 词①

高 骈②

青溪道士人不识，上天下天鹤一只。洞门深锁碧
窗寒，滴露研珠写《周易》。

① 此首录自《乐府诗集》卷七八。　② 高骈(821—887)：字千里，幽州(今北
京)人。南平郡王高崇文孙。其家世代为禁军将领，少习武，亦好文学、交游。曾
任天平军节度使、荆南节度使，封燕国公。《全唐诗》录其诗一卷。

乐 府①（三首）

孟 郊

其 一

莲子不可得，荷花生水中。犹胜道傍柳，无事②荡
春风。

① 此三首录自《乐府诗集》卷七七。　② 事：《乐府诗集》注"一作时"。

其 二

渌萍与荷叶，同此一水中。风吹荷叶在，渌萍西
复东。

其 三

莲花未开时，苦心终日卷。春水①徒荡漾，荷花未
开展。

① 水：《乐府诗集》注"一作风"。

乐　府①

陆长源②

芙蓉初出水，菡萏露中花。风吹著枯木，无奈值空槎。

①　此首录自《乐府诗集》卷七七。　②　陆长源(？—820)：字泳之，吴(今江苏苏州)人。初仕建州刺史，后为湖州、信州、汝州刺史，继宣武军司马。后遇军乱被害。《全唐诗》录其诗三首。

乐　府①（二首）

刘言史②

其　一

花颔红鬃一向偏，绿槐香陌欲朝天。仍嫌众里娇行疾，傍蹬深藏白玉鞭。

①　此二首录自《乐府诗集》卷七七。　②　刘言史(？—约812)：赵州(今属河北)人。曾旅游河北、吴越、潇湘等地，贞元中至冀州依成德节度使王武俊。王武俊爱其词艺，表为枣强县令，辞疾不就，世重之，称之为刘枣强。其与孟郊友善，工诗，风格近李贺。《新唐书·艺文志》著录其《歌诗》六卷。《全唐诗》录其诗一卷。

其　二

喷珠①团香小桂条，玉鞭兼赐霍嫖姚②。弄影便从天禁出，碧蹄声碎五门桥。

①　珠：《全唐诗》卷二六注"集作沫"。　②　霍嫖姚：指汉代名将霍去病，曾授嫖姚校尉。

乐　府①

权德舆②

光风澹荡百花吐，楼上朝朝学歌舞。身年二八婿

侍中,幼妹承恩兄尚主。绿窗珠箔绣鸳鸯,侍婢先焚
百和香。莺啼日出不知曙,寂寂罗帏春梦长。

　① 此首录自《乐府诗集》卷七七。　　② 权德舆(约 761—818):字载之,天水
略阳(今甘肃秦安)人。建中元年(780)受辟为淮南黜陟使韩洄从事,官试秘书省
校书郎。后累官太常博士、起居舍人、驾部员外郎、司勋郎中、中书舍人。又历礼
部侍郎、户部侍郎,兵部、吏部侍郎,礼部尚书、刑部尚书等。其诗五言者居多,五
古、五律赡缛浑厚,颇多佳作。《全唐诗》录其诗十卷。今按:《乐府诗集》正文作
"权德兴",据其目录改。

宫中三台① (二首)

王　建

其　一

　　鱼藻池边射鸭,芙蓉园里看花。日色柘袍相似,
不著红鸾扇遮。

　① 此二首录自《乐府诗集》卷七五。

其　二

　　池北池南草绿,殿前殿后花红。天子千年万岁,
未央明月清风。

江南三台① (四首)

王　建

其　一

　　扬州桥边小②妇,长干市里商人。三年不得消息,
各自拜鬼求神。

　① 此四首录自《乐府诗集》卷七五。　　② 小:《全唐诗》卷二六作"少"。

其　二

　　青草湖边草色,飞猿岭上猿声。万里三湘①客到,

有风有雨人行。

① 三湘:《全唐诗》作"湘江"。

其　三

树头花落花开,道上人去人来。朝愁暮愁即①老,百年几度三台②。

① 即:《才调集》卷二作"郎"。　② 三台:曲调名。刘禹锡《嘉话录》曰:"三台送酒,盖因北齐高洋毁铜雀台,筑三个台,宫人拍手呼上台送酒,因名其曲为三台。"

其　四

闻身强健且为①,头白齿落难追。准拟百年千岁,能得几许多时。

① "闻身"句:《乐府诗集》注"一作闻身康健早为"。

秋　夜　曲①(二首)

王　建

其　一

天清漏长霜泊泊,兰绿收荣桂膏涧。高楼云鬟弄婵娟,古瑟暗断秋风弦。玉关遥隔万里道,金刀不剪双泪泉。香囊火死香气少,向帷合眼何时晓②。城乌作营啼野月,秦州③少女生离别。

① 此二首录自《乐府诗集》卷七六。　② "向帷"句:《乐府诗集》注"一作向谁眠阁何时晓"。　③ 州:《全唐诗》作"川"。

其　二

秋灯向壁掩洞房,良人此夜直明光。天河悠悠漏水长,南楼①北斗两相当。

① 南楼:《全唐诗》卷二九八注"一作南斗"。

杨白花[1]

柳宗元

杨白花,风吹度江水。坐令宫树无颜色,摇荡春光千万里。茫茫晓日下长秋,哀歌未断城鸦起。

[1] 此首录自《乐府诗集》卷七三。郭茂倩解引《梁书》曰:"杨华,武都仇池人也。少有勇力,容貌雄伟,魏胡太后逼通之。华惧及祸,乃率其部曲来降。胡太后追思之不能已,为作《杨白华》歌辞,使宫人昼夜连臂踏足歌之,声甚凄惋。"

摩多楼子[1]

李 贺[2]

玉塞去金人[3],二万四千里。风吹沙作云,一时渡辽水。天白水如练[4],甲丝双串断。行行莫苦辛,城月犹残半。晓气朔烟[5]上,趑趄胡马蹄。行人听水别,隔陇长东西。

[1] 此首录自《乐府诗集》卷七八。　[2] 李贺:《乐府诗集》作"李白",中华书局本校记,据毛本及《李贺歌诗编》卷四改。　[3] 金人:王琦注引《汉书》曰:"汉使骠骑将军去病将万骑出陇西,过焉耆山千余里,得休屠王祭天金人。"并按:"金人当作休屠右地解,然'人'字终恐是书写之讹。"　[4] 练:《乐府诗集》作"绢",据《全唐诗》卷二六改。　[5] 烟:《乐府诗集》阙,据《全唐诗》补。

夜坐吟[1]

李 贺

踏踏马蹄[2]谁见过?眼看北斗直天河。西风罗幕生翠波,铅华笑妾鬐青娥。为君起唱[3]《长相思》,帘外严霜皆倒飞,明星烂烂东方陲。红霞稍出东南涯,陆郎去矣乘斑骓。

[1] 此首录自《乐府诗集》卷七六。　[2] 蹄:《乐府诗集》作"头",据其注"一作

蹄"及《李长吉歌诗汇解》卷四改。　　③ 唱:《乐府诗集》注"一作舞"。

步 虚 词①(二首)

刘禹锡

其 一

阿母种桃云海际,花落子成二②千岁。海风吹折最繁枝,跪捧琼③盘献天帝。

① 此二首录自《乐府诗集》卷七八。　② 二:《全唐诗》卷二九作"三"。
③ 琼:《全唐诗》作"金"。

其 二

华表千年鹤一归①,凝丹为顶雪为衣。星星仙语人听尽,却向五云翻翅飞。

① 鹤一归:《全唐诗》注"集作一鹤归"。

秋 夜 曲①

王 涯

桂魄初生秋露微,轻罗已薄未更衣。银筝夜久殷勤弄,心怯空房不忍归。

① 此首录自《乐府诗集》卷七六。今按:此首作者《乐府诗集》作"唐王维",《王右丞集》无此诗,《全唐诗》卷二六此首作"王涯",今据此改。

筑 城 曲①

元 稹

年年塞下丁,长作出塞兵。自从冒顿强,官筑遮虏城②。筑城须努力,城高遮得贼。但恐贼路多,有城遮不得③。丁口传父口,莫问城坚不。平城被虏围,汉斸城墙走④。因兹虏请和⑤,虏往骑来多⑥。半疑兼半信,筑城犹嵯峨⑦。筑城安敢烦,愿听丁一言。请筑鸿胪寺,兼愁虏出关⑧。

① 此首录自《乐府诗集》卷七五。今按:《元氏长庆集》卷二三作《古筑城曲》。《乐府诗集》作《筑城曲五解》。 ②《乐府诗集》注:"一解"。 ③《乐府诗集》注:"二解"。 ④《乐府诗集》注:"三解"。 ⑤ 虏请和:《乐府诗集》注"一作请休和"。《元氏长庆集》亦作"请休和"。 ⑥ 多:《元氏长庆集》作"过"。 ⑦《乐府诗集》注:"四解"。 ⑧《乐府诗集》注:"五解"。

树 中 草①

张 祜

青青树中草,托根非不危。草生树却死,荣枯君可知。

① 此首录自《乐府诗集》卷七七。

爱妾换马①(二首)

张 祜

其 一

一面妖②桃千里蹄,娇③姿骏骨价应齐。乍④牵玉勒辞金栈⑤,催⑥整花钿出绣闱。去日岂无沾袂⑦泣,归时还有⑧顿衔嘶。婵娟蹀躞春风里⑨,挥手摇鞭杨柳堤。

① 此二首录自《乐府诗集》卷七三。 ② 妖:《文苑英华》卷二○九作"天"。 ③ 娇:《文苑英华》作"芳"。 ④ 乍:《文苑英华》作"试"。 ⑤ 辞金栈:《文苑英华》作"趋金圻"。 ⑥ 催:《文苑英华》作"初"。 ⑦ 袂:《全唐诗》卷五一一注"一作袖"。 ⑧ 归时还有:《全唐诗》注"一作别时犹解"。 ⑨ 里:《全唐诗》注"一作暮"。

其　二①

绮②阁香销华厩空，忍将行雨换追风。休怜柳叶双眉翠③，却爱桃花两耳红。侍宴永辞春色里，趁朝休立漏声中。恩劳未尽情先尽，暗泣嘶风④两意同。

①《全唐诗》注："此篇一作陈标诗。"《文苑英华》无此首。　②绮：《全唐诗》注"一作粉"。　③翠：《全唐诗》注"一作绿"。　④嘶风：《全唐诗》注"一作长嘶"。

寒 夜 吟①

鲍　溶

九衢金吾夜行行，上官玉漏遥分明。霜飙乘阴扫地起，旅鸿迷雪绕枕声，远人归梦既不成。留家惜夜欢心发，罗幕画堂深皎洁。兰烟对酒客几人，兽火扬光二三月。细腰楚姬丝竹间，白苎长袖歌闲闲，岂识苦寒损朱颜。

① 此首录自《乐府诗集》卷七六。

起 夜 来①

施肩吾

香销连理带，尘覆合欢杯。懒卧相思枕，愁吟《起夜来》②。

① 此首录自《乐府诗集》卷七五。今按：此题《全唐诗》卷四九四作"夜起来"。　②《起夜来》：《全唐诗》作《夜起来》。

定 情 乐^①

施肩吾

　　敢嗟君不怜,自是命不谐。著破三条裾^②,却远双股钗。

　　① 此首录自《乐府诗集》卷七六。　② 裾:《全唐诗》卷二六注"集作裙"。

古 曲^①(五首)

施肩吾

其 一

　　可怜江北女,惯唱江南曲。摇荡^②木兰舟,双凫不成浴。

　　① 此五首录自《乐府诗集》卷七七。　② 荡:《乐府诗集》作"落",据《全唐诗》卷二六改。

其 二

　　郎为匕上香,妾为^①笼上灰。归时虽^②暖热,去罢生尘埃。

　　① 为:《全唐诗》注"集作作"。　② 虽:《全唐诗》作"即"。

其 三

　　夜裁鸳鸯绮,朝织蒲桃绫。欲试一寸心,待缝三尺冰。

其 四

　　怜时鱼得水,怨罢商与参。不如山支子,却解结同心。

其 五

　　红颜感暮花,白日同流水。思君如孤灯,一夜一心死。

春 游 乐①

施肩吾

一年三百六十日,赏心那似春中物。草迷曲坞花满园,东家少年西家出。

① 此首录自《乐府诗集》卷七七。

湖 阴 曲①

温庭筠

祖龙黄须珊瑚鞭,铁骢金面青连钱。虎髯拔剑欲成梦,日压贼营如血鲜。海旗风急惊眠起,甲重光摇照湖水。苍黄追骑尘外归,森索妖星阵前死。五陵愁碧春蒌蒌,灞川玉马空中嘶。羽书如电入青琐,雪腕如捶催画鞞。白虬天子金煌铓,高临帝座回龙章。吴波不动楚山晚,花压阑干春昼长。

① 此首录自《乐府诗集》卷七五。郭茂倩解引"曲序"(《温庭筠诗集》卷一作"并序")曰:"晋王敦举兵至湖阴。明帝微行,视其营伍。由是乐府有《湖阴曲》。后其辞亡,因作而附之。"今按:此题《温庭筠诗集》作《湖阴词》。

无愁果有愁曲①

李商隐

东有青龙西白虎,中含福皇包世度。玉壶渭水笑清潭,凿天不到牵牛处。麒麟踏云天马狞,牛山撼碎珊瑚声。秋娥点滴不成泪,十二玉楼无故钉。推烟唾月抛千里,十番红桐一行死。白杨别屋鬼迷人,空留暗记如蚕纸。日暮向风牵短丝,血凝血散今谁是。

① 此首录自《乐府诗集》卷七五。郭茂倩解引《隋书·乐志》曰:"北齐后主自能度曲,尝倚弦而歌,别采新声,为《无愁曲》。自弹胡琵琶而唱之,音韵窈窕,

极于哀思。使胡儿阉官辈齐和之，曲终乐阕，莫不陨涕。虽行幸道路，或时马上奏之，乐往哀来，竟以亡国。"李商隐曰："《无愁果有愁曲》，北齐歌也。"《唐会要》："天宝十三载，改《无愁》为《长欢》。"今按：《李义山诗集》卷二作《无愁果有愁曲北齐歌》。

筑 城 曲[①]（二首）

陆龟蒙

其 一

城上一掊[②]土，手中千万杵。筑城畏不坚，坚城在何处。

① 此二首录自《乐府诗集》卷七五。今按：此诗《乐府诗集》作一首，据《甫里先生文集》卷七改成二首。 ② 掊：《甫里先生文集》作"抔"。

其 二

莫叹筑城劳[①]，将军要却敌。城高功亦高，尔命何劳[②]惜。

① 筑城劳：《甫里先生文集》作"将军逼"。 ② 劳：《乐府诗集》作"处"，并注"一作足"，据《甫里先生文集》改。

杞 梁 妻[①]

贯 休

秦之无道兮四海枯，筑长城兮遮北胡。筑人筑土一万里，杞梁贞妇啼呜呜。上无父兮中无夫，下无子兮孤复孤。一号城崩塞色苦，再号杞梁骨出土。疲魂饥魄相逐归，陌上少年莫相非。

① 此首录自《乐府诗集》卷七三。郭茂倩解引崔豹《古今注》曰："《杞梁妻》者，杞殖妻妹朝日之所作也。殖战死，妻曰：'上则无父，中则无夫，下则无子，人生之苦至矣。'乃抗声长哭，杞都城感之而颓，遂投水而死。其妹悲姊之贞，乃作

歌,名曰《杞梁妻》焉。梁,殖之字也。"

夜 夜 曲①

贯 休

　　蟪蛄②切切风骚骚,芙蓉喷香蟾蜍高。孤灯耿耿
征妇劳,更深扑落金错刀③。

　　① 此首录自《乐府诗集》卷七六。　　② 蟪蛄:蝉的一种。　　③ 金错刀:古代
钱币名,王莽摄政时铸造。后多代指钱财。

独 不 见①

胡 曾

　　玉关一自有氛埃,年少从军竟未回。门外尘凝张
乐榭,水边香灭按歌台。窗残夜月人何处,帘卷春风
燕复来。万里寂寥音信绝,寸心争忍不成灰。

　　① 此首录自《乐府诗集》卷七五。

饮 酒 乐①

聂夷中

　　日月似有事,一夜行一周。草木犹须老,人生得
无愁。一饮解百结,再饮破百忧。白发欺贫贱,不入
醉人头。我愿东海②水,尽向杯中流。安得阮步兵,同
入醉乡游。

　　① 此首录自《乐府诗集》卷七四。　　② 东海:《文苑英华》卷一九五作"西
江"。

起 夜 半 ①

聂夷中

念远心如烧，不觉中夜起。桃花带露泛②，立在月明里。

① 此首录自《乐府诗集》卷七五。今按：此题《乐府诗集》正文作《起夜来》，据其目录和题解改。　② 泛：《全唐诗》卷六三六注"一作滋"。

大 垂 手 ①

聂夷中

金刀翦轻云，盘用黄金缕。装束赵飞燕，教来掌上舞。舞罢飞燕死，片片随风去。

① 此首录自《乐府诗集》卷七六。

携 手 曲 ①

田　娥 ②

携手共惜芳菲节，莺啼锦花满城阙。行乐逶迤念容色，色衰只恐君恩歇。凤笙龙管白日阴，盈亏自感青天月。

① 此首录自《乐府诗集》卷七六。　② 田娥（生卒年不详）：唐代女诗人。生平里籍无考。《全唐诗》录其诗三首又二句。

夜 夜 曲 ①

愁人夜独伤，灭烛卧兰房。只恐多情月，旋来照妾床。

① 此首录自《乐府诗集》卷七六。今按：此首作者失载，《乐府诗集》目录作"无名氏"。中华书局本校记："据《全唐诗》当为唐人作。"

步虚引①

陈　陶②

小隐山人十洲客，莓苔为衣双耳白。青编为我忽降书，暮雨虹蜺一千尺。赤城门闭六丁直，晓日已烧东海色。朝天半夜闻玉鸡，星斗离离碍龙翼。

① 此首录自《乐府诗集》卷七八。　② 陈陶(约803—约879)：字嵩伯，举进士不第。文宗大和初游江南、岭南。大中三年(849)隐居洪州西山。后人辑有《陈嵩伯诗集》。后人常与南唐剑浦人陈陶相混。

独不见①

王　训②

日晚宜春暮，风软上林朝。对酒近初节，开楼荡夜娇③。石桥通小涧，竹路上青霄。持底谁见许，长愁成细腰。

① 此首录自《乐府诗集》卷七五。　② 王训(生卒年不详)：生平里籍无考。《乐府诗集》将此诗列在唐沈佺期之后、杨巨源和李白之前，当为唐人。　③ 娇：《全唐诗》卷二六注"集一作谣"。

于阗采花①

无名氏②

山川虽异所，草木尚同春。亦如溱洧地，自有采花人。

① 此首录自《乐府诗选》卷七三。　② 无名氏：《乐府诗集》正文阙，据其目录补。

一 第十五卷 唐五代乐府（四）

近代曲辞（一）

　　郭茂倩《乐府诗集》辑录作品，共分十二类，其中于《杂曲歌辞》之后，又列《近代曲辞》，专门辑录隋唐杂曲。

　　《乐府诗集》所辑近代曲辞共三百三十七首，本书依其原例全部录入，并按作者生年先后，对作品排列顺序作了调整，无名氏作品排在最后。

火 凤 辞①（二首）
李百药

其 一

　　歌声扇里出②，妆影镜③中轻。未能令掩笑，何处欲鄣④声？知音自不惑，得念是分明。莫见双鬟敛，疑人含笑情。

　　① 此二首录自《乐府诗集》卷八〇。郭茂倩解引《乐苑》曰："《火凤》，羽调曲也。又有《真火凤》。"《唐会要》曰："贞观中，有裴神符者，妙解琵琶。初唯作《胜蛮奴》、《火凤》、《倾杯乐》三曲，声度清美，太宗深爱之。"则《火凤》盖贞观已前曲也。今按：此题《全唐诗》卷四三作《火凤词》。　② "歌声"句：谓汉成帝妃子班婕妤失宠，作咏扇诗之事。里，《全唐诗》作"后"。　③ 镜：《乐府诗集》作"扇"，据《全唐诗》改。　④ 鄣：《全唐诗》作"障"。

其 二

　　佳人靓晚妆，清唱动兰房。影入①含风扇，声飞照日梁。娇鬟眉际敛，逸韵口中香。自有横陈分②，应怜秋夜长。

　　① 入：《全唐诗》作"出"。　② 分：《全唐诗》作"会"。

堂　堂①(二首)

李义府②

其　一

镂月成歌扇,裁云作舞衣。自怜回雪影,好取洛川归。

① 此二首录自《乐府诗集》卷七九。郭茂倩解引《乐苑》曰:"《堂堂》,角调曲,唐高宗朝曲也。"《会要》曰:"调露中,太子既废,李嗣真私谓人曰:'祸犹未已。主上不亲庶务,事无巨细决于中宫。宗室虽众,俱在散位,居中制外,其势不敌,恐诸王藩翰,为中宫所蹂践矣。隋已来乐府有《堂堂曲》,再言堂者,是唐再受命也。中宫僭擅,复归子孙,则为再受命矣。近日闾里又有侧堂堂、挠堂堂之谣,侧者不正之辞,挠者不安之称,将见患难之作不久矣。'后皆如其言。"按《堂堂》本陈后主所作,唐为法曲,故白居易诗云"法曲法曲歌堂堂"是也。　② 李义府(614—666):原籍瀛州饶阳(今河北饶阳)人。贞观八年(634)举进士,授门下省典仪。与来济俱以文翰见知,时称"来李"。高宗立,迁中书舍人,加弘文馆学士。著有《李义府集》四十卷,已佚。《全唐诗》录其诗八首。

其　二

懒正鸳鸯被,羞褰玳瑁床。春风别有意,密处也寻香。

大　酺　乐①(二首)

杜审言

其　一

圣后乘乾日,皇明御历辰。紫宫初启坐,苍璧正临春。雷雨垂膏泽,金钱赐下人。诏酺欢赏遍,交泰睹惟新。

① 此二首录自《乐府诗集》卷八〇。

其　二

毗陵震泽九州通,士女欢娱万国同。伐鼓撞钟惊海上，新妆袨服照江东。梅花落处疑残雪，柳叶开时任好风。大德不官①逢首泰，天长地久属年丰。

① 大德不官：《全唐诗》卷六二及《杜审言诗注》均作"火德云官"。

踏 歌 词①（二首）
崔 液②
其 一

彩女③迎金屋，仙姬出画堂。鸳鸯裁锦袖，翡翠帖花黄。歌响舞分行，艳色动流光。

① 此二首录自《乐府诗集》卷八二。 ② 崔液（？—约713）：字润甫，定州安喜（今河北定州）人。举进士第一。玄宗先天二年（713）因兄湜谋逆罪连累，亡命郢州，作《幽征赋》以寄意，词甚典丽。后遇赦还，病死途中。液有文名，尤工五言诗。有《崔液集》十卷，已佚。《全唐诗》录其诗十二首。 ③ 彩女：古代身份较低的宫女。

其 二

庭际花微落，楼前汉已横。金壶①催夜尽，罗袖拂②寒轻。乐笑畅欢情，未半著天明。

① 金壶：铜壶的美称。《乐府诗集》作"金台"，据《全唐诗》卷二八及《全唐五代词》改。 ② 拂：《全唐诗》注"一作舞"。

踏 歌 词①（三首）
谢 偃②
其 一

春景娇春台，新露泣新梅。春叶参差吐，新花重叠开。花影飞莺去，歌声度鸟来。倩看飘飘雪，何如舞袖回？

① 此三首录自《乐府诗集》卷八二。 ② 谢偃（？—643）：卫州卫县（今河南

浚县)人。唐太宗贞观初,应诏对策及第,授高陵主簿。十一年(637)擢弘文馆直学士,迁魏王府功曹参军,预撰《括地志》。尝为《尘》、《影》二赋,甚工。《全唐诗》录其诗四首。

其 二

　　逶迤度香阁,顾步出兰闺。欲绕①鸳鸯殿②,先过桃李蹊。风带舒还卷,簪花举复低。欲问今宵乐,但听歌声齐。

　　① 绕:《乐府诗集》作"晓",据《全唐诗》卷二八、卷三八改。　② 鸳鸯殿:汉代未央宫殿名。后泛指皇后所居宫殿。

其 三

　　夜久星沉没,更深月影斜。裙轻才动佩,鬟薄不胜花。细风吹宝袜①,轻露湿红纱。相看乐未已,兰灯照九华②。

　　① 袜:《全唐诗》卷三八作"袂"。　② 九华:宫殿名,后赵石虎建。《清一统志》:"后赵石虎建,以三三为位,故谓之九华。"

破 阵 乐①(二首)

张 说②

其 一

　　汉兵出顿金微③,照日明光④铁衣。百里火幡焰焰,千行云骑騑騑。蹙踏辽河自竭,鼓噪燕山可飞。正属四方朝贺,端知万舞⑤皇威。

　　① 此二首录自《乐府诗集》卷八〇。　② 张说(667—731):字道济,祖籍河东(今山西永济),后迁洛阳(今属河南)。历仕武后、中宗、睿宗、玄宗四朝,封燕国公,与苏颋(许国公)齐名。有《张燕公集》三十卷传世。《全唐诗》录其诗五卷。③ 金微:古山名,即今阿尔泰山。唐贞观年间,以铁勒卜骨部地置金微都督府,乃以此山得名。　④ 明光:《全唐诗》卷二七注"集作光明"。　⑤ 万舞:古代舞名。先是武舞,舞者手拿兵器;后是文舞,舞者手执鸟羽和乐器。《诗·邶风·简

兮》："简兮简兮,方将万舞。"毛传："以干羽为万舞,用之宗庙山川。"

其 二

少年胆气凌云,共许骁雄出群。匹马城南挑战,单刀蓟北从军。一鼓鲜卑送款,五饵①单于解纷。誓欲成名报国,羞将开口论勋。

① 五饵:《汉书·贾谊传赞》："及欲试属国,施五饵、三表以系单于,其术因以疏矣。"颜师古注："赐之盛服车乘以坏其目;赐之盛食珍味以坏其口;赐之音乐、妇人以坏其耳;赐之高堂、邃宇、府库、奴婢以坏其腹;于来降者,上以召幸之,相娱乐,亲酌而手食之,以坏其心;此五饵也。"原为贾谊提出的怀柔、软化匈奴的五种措施,这里指笼络单于的种种策略。

踏 歌 词①(二首)

张 说

其 一

花萼楼前雨露新,长安城里太平人。龙衔火树千灯②艳,鸡踏③莲花万岁④春。

① 此二首录自《乐府诗集》卷八二。今按:此题《全唐诗》卷八九作"十五日夜御前口号踏歌词二首"。　② 灯:《全唐诗》卷二八注"集作重"。　③ 踏:《乐府诗集》注"一作上"。　④ 岁:《全唐诗》注"一作树"。

其 二

帝宫三五戏春台,行雨流风莫妒来。西域灯轮①千影合,东华金阙万重开。

① 灯轮:一种大型的灯盏。唐张鷟《朝野佥载》卷三："睿宗先天二年正月十五、十六夜,于京师安福门外作灯轮,高二十丈,衣以锦绮,饰以金玉,燃五万盏灯,簇之如花树。"

回 波 乐①

李景伯②

回波尔时酒卮，微臣职在箴规。待宴既过三爵，喧哗窃恐非仪。

① 此首录自《乐府诗集》卷八〇。郭茂倩解云：《回波乐》，商调曲。唐中宗时造，盖出于西（今按：疑当作"曲"）水引流泛觞也。《本事诗》曰："中宗之世，尝因内宴，群臣皆歌《回波乐》，撰辞起舞。时沈佺期以罪流岭表，恩还旧官，而未复朱绂。佺期乃歌《回波乐》辞以见意，中宗即以绯鱼赐之，自是多求迁擢。"《唐书》曰："景龙中，中宗宴侍臣，酒酣，令各为《回波乐》，众皆为谄佞之辞，及自要荣位。次至谏议大夫李景伯，乃歌此辞。后亦为舞曲。" ② 李景伯（生卒年不详）：邢州柏仁（今属河北）人。李怀远之子。唐中宗景龙中，为给事中，迁谏议大夫。景云中，迁太子右庶子，转礼部侍郎、右散骑常侍，以老疾致仕。《全唐诗》录其诗一首。

渭 城 曲①

王 维

渭城②朝雨浥轻尘，客舍青青③柳色④春⑤。劝君更尽一杯酒，西出阳关无故人。

① 此首录自《乐府诗集》卷八〇。郭茂倩解云：《渭城》，一曰《阳关》，王维之所作也。本《送人使安西诗》，后遂被于歌。刘禹锡《与歌者诗》云："旧人唯有何戡在，更与殷勤唱渭城。"白居易《对酒诗》云："相逢且莫推辞醉，听唱阳关第四声。"阳关第四声，即"劝君更尽一杯酒，西出阳关无故人"也。《渭城》、《阳关》之名，盖因辞云。 ② 渭城：秦时咸阳城，汉改称渭城。在今西安市西北，渭水之北。 ③ 青青：《全唐诗》卷一二八注"一作依依"。 ④ 柳色：《全唐诗》作"杨柳"。 ⑤ 春：《王右丞集笺注》作"新"。

清平调^①（三首）

李 白

其 一

云想衣裳花想容，春风拂槛露华浓。若非群玉山头见，会向瑶台月下逢。

① 此三首录自《乐府诗集》卷八〇。郭茂倩解引《松窗录》曰："开元中，禁中重木芍药。会花方繁开，帝乘照夜白，太真妃以步辇从，李龟年以歌擅一时之名。帝曰：'赏名花，对妃子，焉用旧乐辞为！'遂命李白作《清平调》辞三章，令梨园弟子略抚丝竹以促歌，帝自调玉笛以倚曲。"《唐书》曰："玄宗尝自度曲，欲造乐府新辞，亟召白。白已醉，卧于酒肆，召入，以水洒面，即令秉笔，顷之成十数章是也。"今按：此录与《松窗杂录》有所不同。《松窗杂录》云："开元中，禁中初重木芍药，即今牡丹也。得四本：红、紫、浅红、通白者，上因移植于兴庆池东沉香亭前，会花方繁开，上乘月夜召太真贵妃以步辇从。诏特选梨园弟子中尤者，得乐十六色。李龟年以歌擅一时之名，手捧檀板，押众乐前，欲歌之。上曰：'赏名花，对妃子，焉用旧乐词为？'遂命龟年持金花笺宣赐翰林学士李白，进《清平调》词三章。"本首及以下二首是也。

其 二

一枝红^①艳露凝香，云雨巫山枉断肠。借问汉宫谁得似？可怜飞燕倚新妆。

① 红：《全唐诗》卷一六四作"秾"，又作"浓"。

其 三

名花倾国两相欢，长得君王带笑看。解释春风无限恨，沉香亭北倚栏杆。

宫中行乐辞^①（八首）

李 白

其 一

小小生金屋，盈盈在^②紫微^③。山花插宝髻，石竹

绣罗衣。每出深宫里，常随步辇归。只愁歌舞散④，化
作彩云飞。

① 此八首录自《乐府诗集》卷八二。今按：《乐府诗集》收凡八首。《李白全
集》各本题下并注"奉诏作五言"。《才调集》以其中一、二、四、五、六首题作《紫宫
乐五首》，以三、七、八首题作《宫中行乐三首》。　② 在：《唐写本唐人选唐诗》作
"入"。　③ 紫微：《文选·陆机·答贾谧一首并序》："来步紫微。"李善注："紫
微，至尊所居。"吕向注："紫微，天子宫也。"　④ 散：《乐府诗集》、《全唐诗》卷二
八及卷一六四并注"一作罢"。

其　二

柳色黄金嫩，梨花白雪香。玉楼巢①翡翠，金②殿
锁③鸳鸯。选妓随雕④辇，征歌出洞房。宫中谁第一？
飞燕在昭阳。

① 巢：《乐府诗集》注"一作关"。　② 金：《才调集》、王琦注《李太白文集》作
"珠"。《乐府诗集》注"一作珠"。　③ 锁：《李白选集》注"一作入"。　④ 雕：《乐
府诗集》注"一作朝"。

其　三

卢橘为秦树，蒲萄①出②汉宫。烟花宜落日，丝管
醉春风。笛奏龙鸣③水，箫吟凤下空。君王多乐事，何
必向回中④。

① 萄：《李太白全集》及《才调集》均作"桃"。　② 出：《乐府诗集》注"一作
是"。　③ 鸣：《李太白文集》卷五作"吟"。　④ "何必"句：《李太白文集》及《全
唐诗》卷一六四均作"还与万方同"。

其　四

玉树①春归日②，金宫乐事多。后庭朝未入，轻辇
夜相过。笑出花间语，娇来烛③下歌。莫教明月去，留
著醉姮娥。

① 树：《乐府诗集》注"一作殿"。　② 日：《乐府诗集》注"一作好"。
③ 烛：《李太白文集》作"竹"。

其 五

绣户香风暖，纱窗曙色新。宫花争笑日，池草暗生春。绿树闻歌鸟，青楼见舞人。昭阳桃李月，罗绮自①相亲。

① 自：《乐府诗集》注"一作坐"。

其 六

今日明光里，还须结伴游。春风开紫殿，天乐下珠楼。艳舞全知巧，娇歌半欲羞。更怜花月夜，宫女笑藏钩①。

① 藏钩：古代游戏。相传汉昭帝母钩弋夫人少时手拳，入宫，武帝展其手，得一钩，后人乃作藏钩之戏。

其 七

寒雪梅中尽，春风柳上归。宫莺娇欲醉，檐燕语还飞。迟日明歌席，新花艳舞衣。晚来移彩仗，行乐泥①光辉。

① 泥：《才调集》及《李太白文集》均作"好"。

其 八

水绿①南薰殿②，花红北阙楼。莺歌闻太液，凤吹绕③瀛洲。素女鸣珠珮，天人弄彩球④。今朝风日好，宜入未央游。

① 绿：《才调集》作"渌"。　② 南薰殿：唐代宫殿名。《长安志》卷九："兴庆殿前有瀛洲门，内有南薰殿，北有龙池。"　③ 绕：《乐府诗集》作"远"，据《才调集》、《李太白文集》及《全唐诗》卷一六四改。　④ 弄彩球：唐代宫内一种游戏。

天长地久词①（五首）

卢 纶

其 一

玉砌红花树，香风不敢吹。春光解天意，偏发殿南枝。

① 此五首录自《乐府诗集》卷八二。郭茂倩解云："《天长地久词》,卢纶所作也。其和云'天长久,万年昌'。"今按:此题《全唐诗》卷二七八作"天长久词",并注"一作天长词"。《唐诗品汇》卷四九作"宫中乐"。

其　二

虹桥千步廊,半在水中央。天子方清①暑,宫人重暮妆②。

① 清:《全唐诗》注"一作消"。《万首唐人绝句》卷一四作"消"。　② "宫人"句:《全唐诗》及《万首唐人绝句》并作"宫娃起夜妆"。

其　三

辞辇复当熊①,倾心奉上②宫。君王若看貌③,甘在众妃中。

① 当熊:《汉书·外戚传下·冯昭仪》:"建昭中,上幸虎圈斗兽……熊佚出圈,攀槛欲上殿。左右贵人傅昭仪等皆惊走。冯倢伃直前当熊而立,左右格杀熊。上问:'人情惊惧,何故当前熊?'倢伃对曰:'猛兽得人而止,妾恐熊至御坐,故以身当之。'"后以"当熊"为女性临危不惧典故。　② 上:《全唐诗》及《万首唐人绝句》均作"六"。　③ 貌:《全唐诗》注"一作见"。

其　四

云日呈祥礼物殊,北①庭生献五单于。塞天②万里无飞鸟,可在③边城用郅都。

① 北:《全唐诗》、《唐诗品汇》及《万首唐人绝句》并作"彤"。　② 天:《全唐诗》、《唐诗品汇》及《万首唐人绝句》并作"垣"。　③ 在:《全唐诗》及《唐诗品汇》并作"是"。

其　五

台殿云凉①风日②微,君王初赐六宫衣。楼船罢泛③归犹早,行道④才人斗射飞。

① 凉:《全唐诗》及《万首唐人绝句》并作"深"。　② 风日:《全唐诗》及《唐诗品汇》并作"秋色"。　③ 罢泛:《全唐诗》、《唐诗品汇》及《万首唐人绝句》并作

"泛罢"。　④ 道:《全唐诗》、《唐诗品汇》及《万首唐人绝句》并作"遣"。

欸 乃 曲①(五首)

元　结②

其　一

偏③存名迹在人间,顺俗与时未安闲。来谒大官兼问政,扁舟却入九疑山。

① 此五首录自《乐府诗集》卷八二。郭茂倩解云:《欸乃曲》,元结之所作也。其序曲曰:"大历初,结为道州刺史,以军事诣都。使还州,逢春水,舟行不进。作《欸乃曲》,令舟子唱之,以取适于道路云。"欸言袄,乃音霭,棹船声也。今按:《全唐诗》卷二四一此诗前有序云:"大历丁未中,漫叟结为道州刺史,以军事诣都使。还州,逢春水,舟行不进,作《欸乃》五首(一作章),令舟子唱之,盖以取适于道路云(一作耳)。"　② 元结(719—772):字次山,自号元子、漫叟。河南鲁山人。天宝间进士及第。代宗时,授著作郎,转道州刺史,政绩甚著。大历四年(769)因母丧辞归。七年复入朝,病逝长安。元结诗文兼擅,为中唐古文运动与新乐府运动之先导者。其诗多反映民间疾苦,风格古朴直拙,有《元次山集》传世。《全唐诗》录其诗二卷。　③ 偏:《全唐诗》卷二四一及卷八九〇均作"偶",《万首唐人绝句》作"独"。

其　二

湘江二月春水平,满月和风宜夜行。唱桡欲过平阳戍,守吏相呼问姓名。

其　三

千里枫林烟雨深,无朝无暮有猿吟。停桡静听曲中意,好是云山韶濩音。

其　四

零陵郡北湘水东,浯溪形胜满湘中。溪口石颠堪自逸,谁能相伴作渔翁?

其 五

下泷船似入深渊，上泷船似欲升天。泷南始到九疑郡，应绝高人乘兴船。

转 应 词①

戴叔伦

边草，边草，边草尽来兵老。山南山北雪晴，千里万里月明。明月，明月，胡笳一声愁绝。

① 此首录自《乐府诗集》卷八二。今按：此题《全唐诗》卷八九〇作"《调笑令》"，并注"即《转应曲》"。

鹧 鸪 词①

李 益

湘江斑竹枝，锦翼鹧鸪飞。处处湘阴合，郎从何处归？

① 此首录自《乐府诗集》卷八〇。今按：此题《李益集》作《山鹧鸪词》。

太 平 乐①（二首）

王 涯 张仲素②

其 一

风俗今和厚，君王在穆清③。行看采花曲，尽是太阶平。

① 此二首录自《乐府诗集》卷八二。今按：《乐苑》曰："《太平乐》，商调曲也。" ② 王涯、张仲素：《全唐诗》卷二八、卷三四六及《万首唐人绝句》均作"王涯"。《乐府诗集》作"王维"。《四部丛刊》本《王右丞集》无此诗，赵殿成《王右丞集笺注》卷一五有，疑其据《乐府诗集》辑入。第一首《全唐诗》卷三四六作王涯

诗,第二首《全唐诗》卷三六七作张仲素诗,题同为《太平词》。据此《太平乐》二首署王涯、张仲素待考。　③ 穆清:《史记·太史公自序》:"汉兴以来,至明天子,获符瑞,封禅,改正朔,易服色,受命於穆清。"刘攽《〈东汉书〉刊误》:"穆清,天也。"

其 二①

圣德超千古,皇威②静四方。苍生今息战,无事觉时长③。

① 本首作者《全唐诗》作张仲素,《万首唐人绝句》作王涯。　② 威:《王右丞集笺注》:"威,《唐诗纪事》作'风'。"　③ 长:《全唐诗》作"良"。

宫 中 乐①（五首）

令狐楚

其 一

楚塞金陵静,巴山玉垒空。万方无一事,端拱大明宫。

① 此五首录自《乐府诗集》卷八二。

其 二

雪①霁长杨苑,冰开太液池。宫中行乐日,天下盛明时。

① 雪:《乐府诗集》作"霜",据《全唐诗》卷三三四改。

其 三

柳色烟相似,梨花雪不如。春风真①有意,一一丽皇居。

① 真:《全唐诗》注"一作空"。

其 四

月上宫花静,烟含苑树深。银台门①已闭,仙漏夜沉沉。

① 银台门:宫门名。唐时翰林院、学士院都在银台门附近。后因以指翰

林院。

其　五

九重青锁①闼，百尺碧云楼。明月秋风起，珠帘上玉钩。

① 锁:《全唐诗》作"琐"。

竹　枝①
顾　况

帝子苍梧不复归，洞庭叶下荆云飞。巴人夜唱竹枝后，肠断晓猿声渐稀。

① 此首录自《乐府诗集》卷八一。郭茂倩解云:《竹枝》本出于巴渝。唐贞元年，刘禹锡在沅湘，以俚歌鄙陋，乃依骚人《九歌》作《竹枝》新辞九章，教里中儿歌之，由是盛于贞元、元和之间。禹锡曰:"竹枝，巴歈也。巴儿联歌，吹短笛、击鼓以赴节。歌者扬袂睢舞，其音协黄钟羽。末如吴声，含思宛转，有淇濮之艳焉。"

宫中调笑①（二首）
韦应物

其　一

胡马，胡马，远放燕支山下。咆沙咆雪②独嘶，东望西望路迷。迷路，迷路，边草无穷日暮。

① 此二首录自《乐府诗集》卷八二。今按:此题《全唐诗》卷八九〇作《调笑令》，并注"一名《宫中调笑》，一名《转应曲》，一名《三台令》"。　② 咆沙咆雪:《全唐诗》及《彊村丛书》本《尊前集》作"跑沙跑雪"。

其　二

河汉，河汉，晓挂秋城漫漫。愁人起望相思，江南塞北①别离。离别，离别，河汉虽同路绝。

① 江南塞北:《全唐诗》作"塞北江南"。

金缕衣①

李 锜②

劝君莫惜金缕衣，劝君惜取少年时。花开堪折直须折，莫待无花空折枝。

① 此首录自《乐府诗集》卷八二。今按：此题《万首唐人绝句》作《劝少年》。此首作者《全唐诗》卷二八作无名氏；《唐诗三百首》作杜秋娘。 ② 李锜(741—807)：唐宗室。以父荫入仕，贞元初，拜宗正少卿，累迁湖、杭二州刺史。元和二年(807)举兵反，兵败被杀，削宗室属籍。

凤归云①（二首）

滕 潜②

其 一

金井栏边见羽仪，梧桐树③上宿寒枝。五陵公子怜文彩，画与佳人刺绣衣。

① 此二首录自《乐府诗集》卷八二。 ② 滕潜(生卒年不详)：唐代人，今存《凤归云》二首，《全唐诗》收入。 ③ 树：《乐府诗集》作"枝"，据《全唐诗》卷二八改。

其 二

饮啄蓬山最上头，和烟飞下禁城秋。曾将弄玉归云去，金翮斜开十二楼。

凉州词①

耿湋②

国使翩翩随旆旌，陇西歧路足荒城。毡裘牧马胡雏小，日暮蕃歌三两声。

① 此首录自《乐府诗集》卷七九。今按：此首作者《乐府诗集》作"耿纬"，中华书局本校记，据《新唐书·艺文传下》改。

拜 新 月①

李 端

开帘见新月，便即下阶拜。细语人不闻，北风吹裙带。

① 此首录自《乐府诗集》卷八二。

辽 东 行①

王 建

辽东万里辽水曲，古戍无城复无屋。黄云盖地雪作山，不惜黄金买衣服。战回各自收弓箭，正西回面家乡远。年年郡县送征人，将与辽东作丘坂。宁为草木乡中生，有身不向辽东行。

① 此首录自《乐府诗集》卷七九。

渡 辽 水①

王 建

渡辽水，此去咸阳五千里。来时父母知隔生，重著衣裳如送死。亦有白骨归咸阳，营家各与题本乡。身在应无回渡②日，驻马相看辽水傍。

① 此首录自《乐府诗集》卷七九。　② 回渡：《乐府诗集》注"一作渡辽"。

宫中调笑①（四首）

王 建

其 一

团扇，团扇，美人病②来遮面。玉颜憔悴三年，谁复商量管弦？弦管，弦管，春草昭阳路断。

① 此四首录自《乐府诗集》卷八二。郭茂倩解引《乐苑》曰:"《调笑》,商调曲也。戴叔伦谓之《转应词》。"今按:此首《全唐诗》卷八九〇作《调笑令》。

② 病:《全唐诗》作"并"。

胡蝶,胡蝶,飞上金花枝叶①。君前对舞春风,百叶桃花树红。红树,红树,燕语莺啼日暮。

① 金花枝叶:《全唐诗》作"金枝玉叶"。

其　三

罗袖,罗袖,暗舞春风依旧。遥看歌舞玉楼,好日新妆坐愁。愁坐,愁坐,一世虚生虚过。

其　四

杨柳,杨柳,日暮白沙渡口。船头江水茫茫,商人少妇断肠。肠断,肠断,鹧鸪夜飞①失伴。

① 飞:《花庵词选》作"来"。

凉 州 词①(三首)

张　籍

其　一

边城暮雨雁飞低。芦笋初生渐欲齐。无数铃声遥过碛,应驮白练到安西。

① 此三首录自《乐府诗集》卷七九。

其　二

古镇城门白碛开,胡兵往往傍沙堆。巡边使客行应早,每待平安火到来。

其　三

凤林关里水东流,白草黄榆六十秋。边将皆承主恩泽,无人解道取凉州。

圣明乐①（三首）

张仲素

其 一

玉帛殊方至，歌钟比屋闻。华夷今一贯，同贺圣明君。

① 此三首录自《乐府诗集》卷八〇。郭茂倩解引《乐苑》曰："《圣明乐》，开元中太常乐工马顺儿造。又有《大圣明乐》，并商调曲也。"《隋书·乐志》曰："文帝开皇六年，高昌献《圣明乐》曲。帝令知音者于馆所听之，归而肆习。及客方献，先于前奏之，胡夷皆惊焉。"然则隋已有之矣。今按：《全唐诗》卷二七以第一首、第三首为张仲素作，第二首为令狐楚作。又《全唐诗》卷三六七张仲素诗以第一首为《献寿词》。

其 二

海浪恬丹徼①，边尘靖黑山。从今万里外，不复镇萧关。

① 丹徼：古代称南方边疆。晋崔豹《古今注·都邑》："南方徼色赤，故称丹徼，为南方之极也。"

其 三

九陌①祥烟合，千春瑞月明。宫华将苑柳，先发凤皇城。

① 九陌：《三辅黄图》引《三辅旧事》云："长安城中八街、九陌。"后泛指都城大道和繁华闹市。

宫 中 乐①（五首）

张仲素

其 一

网户交如绮，沙窗薄似烟。乐吹天上曲，人是月中仙。

① 此五首录自《乐府诗集》卷八二。

其　二

翠匣开寒镜，珠钗挂步摇。妆成只畏晓，更漏促春宵①。

① 宵：《全唐诗》卷三六七注"一作霄。"

其　三

红①果瑶池实，金盘露井②冰。甘泉将避暑，台殿晓③光凝。

① 红：《乐府诗集》作"江"，据《全唐诗》及《万首唐人绝句》卷五改。　② 露井：没有覆盖的井。　③ 晓：《全唐诗》注"一作水"。

其　四

月彩①浮鸾殿，砧声隔②凤楼。笙歌临水槛，红烛乍迎秋。

① 彩：《全唐诗》作"采"。　② 隔：《全唐诗》注"一作绕"。

其　五

奇树留寒翠，神池结夕波。黄山①一夜雪，渭水雁②声多。

① 黄山：汉宫名。汉惠帝所建，在陕西省兴平县西南。　② 雁：《全唐诗》及《万首唐人绝句》并作"泻"。

近代曲辞（二）

竹 枝^①（九首）

刘禹锡

其 一

白帝城头春草生，白盐山下蜀江清。南人上来歌
一曲，北人莫上动乡情。

① 此九首录自《乐府诗集》卷八一。

其 二

山桃红花满上头，蜀江春水拍山^①流。花红易衰
似郎意，水流无限似侬愁。

① 拍山：《乐府诗集》作"江"，又注"一作拍山"，据改。

其 三

江^①上朱楼^②新雨晴，瀼^③西春水縠文生。桥东桥
西好杨柳，人来人去唱歌行。

① 江：《彊村丛书》本《尊前集》校记云："毛本'江'作'溪'。" ② 朱楼：《彊村
丛书》本《尊前集》及《全唐五代词》并作"春来"。 ③ 瀼：通江的山溪。陆游《入
蜀记》："土人渭山间之流通江者曰'瀼'云。"

其 四

日出三竿春雾消，江头蜀客驻兰桡。凭寄狂夫^①
书一纸，住^②在成都万里桥。

① 狂夫：古代妇女自称其夫的谦词。 ② 住：《古今词统》作"家"。

其 五

两岸山花似雪开，家家春酒满银杯。昭君坊^①中
多女伴，永安宫外踏青来。

① 昭君坊：即昭君村，在今湖北兴山县南，相传汉代王昭君出生于此。

其 六

瞿塘嘈嘈十二滩，此中道路古来难。长恨人心不如水，等闲平地起波澜。

其 七

巫峡苍苍烟雨时，清猿啼在最高枝。个里愁人肠自断，由来不是此声悲。

其 八

城西门前滟滪堆，年年波浪不能摧①。懊恼②人心不如石，少时东去复西来。

① 摧：《全唐诗》卷三六五注"一作推"。　② 恼：《全唐诗》注"一作恨"。

其 九

山上层层桃李花，云间烟火是人家。银钏金钗来负水，长刀短笠去烧畬。

竹　枝①（二首）

刘禹锡

其 一

杨柳青青江水平，闻郎江上唱歌声。东边日出西边雨，道是无晴还有晴②。

① 此二首录自《乐府诗集》卷八一。　② "道是"句：句中两个"晴"字，《乐府诗集》皆作"情"，据《全唐诗》卷三六五改。还，《全唐诗》作"却"。

其 二

楚水巴山江雨多，巴人能唱本乡歌。今朝北客思归去，回入纥那披绿罗。

杨 柳 枝①（九首）

刘禹锡

其 一

　　塞北《梅花》②羌笛吹，淮南桂树小山词③。请君莫奏前朝曲，听唱新翻《杨柳枝》。

　　① 此九首录自《乐府诗集》卷八一。　　②《梅花》：指汉乐府民歌横吹曲《梅花落》。　　③ "淮南"句：淮南小山，此指西汉淮南王刘安的门客，曾作《招隐士》，首句为"桂树丛生兮山之幽"，故称"淮南桂树小山词"。

其 二

　　南陌东城春早时，相逢何处不依依？桃红李白皆夸好，须得垂杨相发辉①。

　　① 发辉：《全唐诗》卷三六五、《彊村丛书》本《尊前集》、《全唐五代词》卷一及《刘禹锡集笺证》并作"发挥"。发挥，犹衬托。

其 三

　　凤阙轻遮翡翠帷①，龙墀②遥望麴尘丝。御沟春水相③晖映，狂杀长安年少儿。

　　① 帷：《彊村丛书》本《尊前集》作"帏"。　　② 墀《全唐诗》及《刘禹锡集笺证》作"池"。　　③ 相：《乐府诗集》作"柳"，据《全唐诗》、《彊村丛书》本《尊前集》及《刘禹锡集笺证》改。

其 四

　　金谷园中莺乱飞，铜驼陌上好风吹。城东①桃李须臾尽，争似垂杨无限时。

　　① 东：《全唐诗》及《刘禹锡集笺证》并作"中"。

其 五

　　花萼楼前初种时，美人楼上斗腰肢①。如今抛掷长②街里，露叶如啼欲恨谁？

　　① 肢：《乐府诗集》作"支"，据《全唐诗》、《刘禹锡集笺证》及《彊村丛书》本《尊前集》改。　　② 长：《乐府诗集》作"上"，又注"一作长"，据改。

其 六

炀帝行宫汴水滨，数株残①柳不胜春。 晚②来风起
花如雪，飞入宫墙不见人。

① 株残:《全唐诗》作"枝杨"。 ② 晚:《乐府诗集》作"昨"，据《全唐诗》、《刘
禹锡集笺证》、《彊村丛书》本《尊前集》及《全唐五代词》改。

其 七

御陌青门①拂地垂，千条金缕万条丝。 如今绾作
同心结，将赠行人知不知?

① 青门:汉长安城东南门,本名霸城门,因其门色青,故俗呼为"青门"或"青
城门",后泛指京城东门。

其 八

城外春风满①酒旗，行人挥袂日西时。 长安陌上
无穷树，唯有垂杨管②别离。

① 满:《全唐诗》注"集作吹"。 ② 管:《刘禹锡集笺证》及《刘禹锡诗文选
译》并作"绾"。

其 九

轻盈袅娜占春①华，舞榭妆楼处处遮。 春尽絮飞
留不得，随风好去落谁②家?

① 春:《全唐诗》、《刘禹锡集笺证》、《彊村丛书》本《尊前集》及《全唐五代词》
并作"年"。 ② 谁:《彊村丛书》本《尊前集》作"人"。

杨 柳 枝①（三首）

刘禹锡

其 一

杨子江头烟景迷，隋家宫树拂金堤。 嵯峨犹有②
当时色，半蘸波中水鸟栖。

① 此三首录自《乐府诗集》卷八一。 ② 有:《全唐诗》卷三六五注"一作
是"。《刘禹锡集笺证》作"是"。

其 二

迎得春光先到来,浅黄轻绿①映楼台。只缘袅娜多情思,便被春风长请揆②。

① 浅黄轻绿:《全唐五代词》作"轻黄浅绿"。　② 请揆:《刘禹锡集笺证》及《全唐五代词》作"挫摧"。《全唐诗》注"集作倩猜"。

其 三

巫峡巫山杨柳多,朝云暮雨远相和。因想阳台无限事,为君回唱《竹①枝歌》。

① 竹:《全唐诗》卷二八注"集作柳"。

浪 淘 沙①（九首）

刘禹锡

其 一

九曲黄河万里沙,浪淘风簸自天涯。如今直上银河去,同到牵牛织女家。

① 此九首录自《乐府诗集》卷八二。

其 二

洛水桥边春日斜,碧流清①浅见琼沙。无端陌上狂风急,惊起鸳鸯出浪花。

① 清:《乐府诗集》作"轻",据《全唐诗》卷三六五改。

其 三

汴水东流虎眼文①,清淮晓色鸭头春。君看渡口淘沙处,渡却人间多少人。

① 文:《全唐诗》及《彊村丛书》本《尊前集》并作"纹"。

其 四①

鹦鹉洲②头浪飐沙,青楼春望日将斜。衔泥燕子争归舍,独自狂夫不忆家。

①《全唐诗》注"一作张籍诗"。　②鹦鹉洲:原在武昌城外江中,后于明末逐渐埋没。洲,《刘禹锡集笺证》作"舟"。

其　五

　　濯锦江边两岸花,春风吹浪正淘沙。女郎剪下鸳鸯锦,将向中流匹①晚霞。

　①匹:《乐府诗集》作"定",据《全唐诗》卷三六五改。

其　六

　　日照澄洲江雾开,淘金①女伴满江隈。美人首饰侯王印,尽是沙中浪底来。

　①金:《全唐诗》卷三六五注"一作沙"。

其　七

　　八月涛声吼地来,头高数丈触山回。须臾却入海门去,卷起沙堆似雪堆。

其　八

　　莫道谗言如浪深,莫言迁客似沙沉。千淘万漉①虽辛苦,吹尽狂沙始到金。

　①漉:《乐府诗集》作"洒",据《全唐诗》卷三六五、《彊村丛书》本《尊前集》及《刘禹锡集笺证》改。

其　九

　　流水淘沙不暂停,前波未灭后波生。今人忽忆潇湘渚,回唱迎神①三两声。

　①迎神:这里指《九歌》。战国时屈原被放逐于湖南沅、湘之间,曾把当地民间迎神曲改作《九歌》。

纥那曲①（二首）

刘禹锡

其 一

杨柳郁青青，竹枝无限情。周②郎一回顾，听唱纥那声。

① 此二首录自《乐府诗集》卷八二。 ② 周：《乐府诗集》作"同"，据《全唐诗》三六四及《刘禹锡集笺证》改。

其 二

踏曲兴无穷，调同词不同。愿郎千万寿，长作主人翁。

潇湘神①（二首）

刘禹锡

其 一

湘水流，湘水流，九疑云物至今愁。君②问二妃何处所，零陵香③草露④中秋⑤。

① 此二首录自《乐府诗集》卷八二。 ② 君：《全唐诗》卷八九〇及《彊村丛书》本《尊前集》均作"若"。 ③ 香：《全唐诗》及《彊村丛书》本《尊前集》均作"芳"。 ④ 露：《全唐诗》卷三六五作"雨"。 ⑤ 秋：《全唐诗》作"收"，《彊村丛书》本《尊前集》作"愁"。

其 二

斑竹枝，斑竹枝，泪痕点点寄相思。楚客欲听①瑶瑟怨，潇湘深夜月明时。

① 听：《全唐诗》作"闻"。

抛 球 乐① (二首)

刘禹锡

其 一

五彩绣团团②,登君玳瑁筵。最宜红烛下,偏称落花前。上客如先起,应须赠一船。

① 此二首录自《乐府诗集》卷八二。《唐音癸签》:"《抛球乐》,酒筵中抛球为乐,其所唱之词也。《词谱》:'此调三十字者始于刘禹锡词,四十字者始于冯延巳词'。" ② 团团:《全唐诗》卷三五四、卷八九〇、《刘禹锡集笺证》及《彊村丛书》本《尊前集》并作"团圆"。瞿蜕园《笺证》:"此诗所谓五彩绣团圆,疑即后世之绣球也。"

其 二

春早见花枝,朝朝恨发迟。及看花落后,却忆未开时。幸有抛球乐,一杯君①莫辞。

① 君:《全唐诗》卷三五四注"一作更"。

忆 江 南① (二首)

刘禹锡

其 一

春过②也,共惜艳阳年。犹有桃花流水上,无辞竹叶醉樽③前,惟待见晴天。

① 此二首录自《乐府诗集》卷八二。 ② 过:《全唐诗》卷八九〇作"去"。 ③ 樽:《全唐诗》作"尊"。

其 二①

春去也,多谢洛城人。弱柳从风疑举袂,丛兰裛露似沾巾,独笑②亦含嚬。

① 此首《刘禹锡集笺证》作"和乐天春词,依忆江南曲拍为句"。 ② 笑:《全唐诗》、《刘禹锡集笺证》及《彊村丛书》本《尊前集》并作"坐"。

踏 歌 行①（四首）

刘禹锡

其 一

春江月出大堤平，堤上女郎连袂行。唱尽新词看②不见，红霞影③树鹧鸪鸣。

① 此四首录自《乐府诗集》卷八二。今按：此题《全唐诗》卷三六五、《刘禹锡集笺证》、《万首唐人绝句》、《唐诗品汇》及《全唐五代词》"行"并作"词"，"踏"或作"蹋"。　② 看：《全唐诗》、《刘禹锡集笺证》、《万首唐人绝句》、《唐诗品汇》及《全唐五代词》并作"欢"。欢，古时女子对所恋男子的爱称。　③ 影：《全唐诗》、《刘禹锡集笺证》及《万首唐人绝句》等均作"映"。

其 二①

桃蹊柳陌好经过，灯下妆成月下歌。为是襄王故宫②地，至今犹自细腰多。

①《全唐诗》注："此首一作张籍《无题诗》。"　② 故宫：《太平寰宇记》："楚宫在巫山县西北二百步，在阳台古城内，即襄王所游之地。"

其 三

新词宛转递相传，振袖倾鬟风露前。月落乌啼云雨散，游童陌上拾花钿。

其 四

日暮江头①闻竹枝，南人行乐北人悲。自从雪里唱新曲，直至三春花尽时。

① 头：《全唐诗》注"一作南"。《刘禹锡集笺证》及《全唐五代词》作"南"。

离 别 难①

白居易

绿杨陌上送行人，马去车回一望尘。不觉别时红泪尽，归来无泪②可沾巾。

① 此首录自《乐府诗集》卷八〇。郭茂倩解引《乐府杂录》曰:"《离别难》,武后朝有一士人陷冤狱,籍其家。妻配入掖庭,善吹觱篥,乃撰此曲以寄情焉。初名《大郎神》,盖取良人第行也,即畏人知,遂三易其名曰《悲切子》,终号《怨回鹘》云。"　② 泪:《白居易集》作"可"。

乐　世①

白居易

　　管急丝②繁拍渐稠,《绿腰》宛转曲终头。诚知《乐世》声声乐,老病人听未免愁。

　　① 此首录自《乐府诗集》卷八〇。《白居易集》注曰:"一作'六么'。"郭茂倩解引《乐苑》曰:"《乐世》,羽调曲,又有急乐也。"此题一曰《绿腰》。《琵琶录》曰:"《绿腰》,即录要也。贞元中,乐工进曲,德宗令录出要者,因以为名,后语讹为绿腰。"《新唐书》曰:"《凉州》、《胡渭》、《录要》,杂曲是也。"《乐府杂录》曰:"《绿腰》,软舞曲也。康昆仑尝于琵琶弹一曲,即新翻羽调《绿腰》也。"　② 丝:《白居易集》作"弦"。

急乐世辞①

白居易

　　正抽碧线绣红罗,忽听黄莺敛翠蛾。秋思冬愁春恨②望,大都不得③意时多。

　　① 此首录自《乐府诗集》卷八〇。今按:此题《乐府诗集》作"急世乐"。朱金城《白居易集笺校》:"《乐府诗集》作'急世乐',误。汪本注云:'一作急世乐。'《全(唐)诗》注云:'《乐府诗集》作急世乐。'俱非。"今据改。　② 恨:《白居易集》作"怅"。　③ 得:《白居易集》作"称"。

何 满 子①

白居易

世传满子是人名，临就刑时曲始成。一曲四词歌八叠②，从头便是断肠声。

① 此首录自《乐府诗集》卷八〇。郭茂倩解引白居易曰："何满子，开元中沧州歌者，临刑进此曲以赎死，竟不得免。"《杜阳杂编》曰："文宗时，宫人沈阿翘为帝舞《何满子》，调辞风态，率皆宛畅。"然则亦舞曲也。　② "一曲"句：任二北《敦煌曲初探·曲调考证》："愚意'一曲'指一套大曲，'四词'指其词四遍，'八叠'指每遍复唱一次，唱成八遍。"

桂 华 曲①

白居易

可怜②天上桂华孤，试问姮娥③更要无？月宫幸有闲田地，何不中央种两株？

① 此首录自《乐府诗集》卷八〇。郭茂倩解云：《桂华曲》，白居易苏州所作。苏之东城，古吴都城也，今为樵牧场。有桂一株，生于城下，惜其不得地而作曲。音韵怨切，听辄动人。故其诗云："桂华词苦意丁宁，唱到嫦娥醉便醒。此是世间肠断曲，莫教不得意人听。"又《听都子歌》云："都子新歌有性灵，一声格转已堪听。更听唱到嫦娥字，犹有樊家旧典刑。"今按：《全唐诗》卷二七本诗不题作者，卷四四七白居易诗有《东城桂三首》，其第三首即此诗。朱金城《白居易集笺校》："作于宝历元年，五十四岁，苏州，苏州刺史。"　② 可怜：《全唐诗》卷四四七作"遥知"。　③ 姮娥：《全唐诗》及《白居易集笺校》并作"嫦娥"。

竹 枝①（四首）

白居易

其 一

瞿塘峡口冷②烟低，白帝城头月向西。唱到竹枝声咽处,寒猿暗③鸟一时啼。

① 此四首录自《乐府诗集》卷八一。　② 冷:《白居易集》作"水"。　③ 暗:《乐府诗集》作"晴",据《白居易集》改。

其　二

竹枝苦怨怨何人,夜静山空歇又闻。蛮儿巴女齐声唱,愁杀江楼①病使君。

① 楼:《白居易集》、《彊村丛书》本《尊前集》及《全唐五代词》并作"南"。

其　三

巴东船舫上巴西,波面风生雨脚齐。水蓼冷花红簇簇,江蓠湿叶碧萋萋①。

① 萋萋:《全唐诗》卷四四一、《白居易集》、《彊村丛书》本《尊前集》及《全唐五代词》并作"凄凄"。

其　四

江畔谁人唱竹枝,前声断咽后声迟。怪来调苦缘词苦,多是通州司马①诗。

① 通州司马:指元稹。元和十年三月底,元稹由长安赴通州(今四川达州)任司马。

杨　柳　枝①(二首)

白居易

其　一

一树春风万②万枝,嫩于金色软于丝。永丰③西角荒园里,尽日无人属阿谁。

① 此二首录自《乐府诗集》卷八一。郭茂倩解云:《杨柳枝》,白居易洛中所制也。《本事诗》曰:"白尚书有妓樊素善歌,小蛮善舞。尝为诗曰:'樱桃樊素口,杨柳小蛮腰。'年既高迈,而小蛮方丰艳,乃作《杨柳枝》辞以托意曰:'永丰西角荒园里,尽日无人属阿谁?'及宣宗朝,国乐唱是辞。帝问谁辞,永丰在何处,左右具以对。时永丰坊西南角园中有垂柳一株,柔条极茂,因东使命取两枝植于禁中。

居易感上知名,且好尚风雅,又作辞一章云:'定知玄象今春后,柳宿光中添两星。'河南卢尹时亦继和。薛能曰:"《杨柳枝》者,古题所谓《折杨柳》也。乾符五年,能为许州刺史。饮酺,令部妓少女作杨柳枝健舞,复赋其辞为《杨柳枝》新声云。"　②万:《白居易集》作"千"。　③永丰:即永丰坊。在今河南洛阳市南,为唐代洛阳城内诸坊之一。

其　二[①]

一树衰残委泥土,双枝荣耀植天庭。定知玄象今春后,柳宿光中添两星。

①　本首《白氏长庆集》作《刑部尚书致仕白居易和》,《全唐诗》卷四六〇作《诏取永丰柳植禁苑感赋》。

杨柳枝[①]（八首）

白居易

其　一

《六么》《水调》家家唱,《白雪》《梅花》处处吹。古歌旧曲君休听,听取新翻《杨柳枝》。

①　此八首录自《乐府诗集》卷八一。

其　二

陶令门前四五树,亚夫营里百千条。何似东都正二月,黄金枝映洛阳桥。

其　三

依依袅袅复青青,勾引春[①]风无限情。白雪花繁空扑地,绿丝条弱不胜莺。

①　春:《乐府诗集》作"清",据《全唐诗》卷二八及明万历三十四年马元调刻本《白氏长庆集》改。

其　四

红板江桥青酒旗,馆娃宫暖日斜时。可怜雨歇东风定,万树千条各自垂。

其 五

苏州杨柳任君夸,更有钱塘胜馆娃。若解多情寻小小,绿杨深处是苏家

其 六

苏家小女旧知名,杨柳风前别有情。剥条盘作银环样,卷叶吹为玉笛声。

其 七

叶含浓露如啼眼,枝袅轻风似舞腰。小树不禁攀折苦,乞君留取两三条。

其 八

人言柳叶似愁眉,更有愁肠似柳丝。柳丝挽断肠牵断,彼此应无续得期。

浪 淘 沙①(六首)

白居易

其 一

一泊沙来一泊去,一重浪灭一重生。相搅相淘无歇日,会交②山海一时平。

① 此六首录自《乐府诗集》卷八二。　② 交:《白居易集笺校》作"教"。

其 二

白浪茫茫与海连,平沙浩浩四无边。暮去朝来淘不住,遂令东海变桑田。

其 三

青草湖中万里程,黄梅雨里一人行。愁见滩头夜泊处,风翻暗浪打船声。

其 四

借问江潮①与海水,何似君情与妾心? 相恨不如

潮有信，相思始觉海非深。

① 潮：《乐府诗集》作"湖"，据《白居易集笺校》、《彊村丛书》本《尊前集》及《千首唐人绝句》改。

其 五

海底飞尘终有日，山头化石岂无时？谁道小郎抛小妇，船头一去没回期。

其 六

随波逐浪到天涯，迁客生①还有几家？却到帝乡重富贵，请君莫忘浪淘沙。

① 生：《彊村丛书》本《尊前集》作"西"。

太 平 乐①（二首）

白居易

其 一

岁丰仍节俭，时泰更销兵。圣念长如此，何忧不太平？

① 此二首录自《乐府诗集》卷八二。郭茂倩解引《乐苑》曰："《太平乐》，商调曲也。"

其 二

湛露浮尧酒，薰风起舜歌。愿同尧舜意，所乐在人和。

忆 江 南①（三首）

白居易

其 一

江南好，风景旧曾谙。日出江花红胜火，春来江水绿如蓝，能不忆江南？

① 此三首录自《乐府诗集》卷八二。郭茂倩解云:"一曰《望江南》。《乐府杂录》曰:'《望江南》本名《谢秋娘》,李德裕镇浙西,为妾谢秋娘所制。后改为《望江南》。'"

其 二

江南忆,最忆是杭州。山寺月中寻桂子,郡亭枕上看潮头,何日更重游?

其 三

江南忆,其次忆吴宫。吴酒一杯春竹叶,吴娃双舞醉芙蓉,早晚复相逢。

堂 堂①

李 贺

堂堂复堂堂,红脱梅灰香②。十年粉蠹生画梁,饥虫不食推③碎黄。蕙花已老桃叶长,禁院悬帘隔御光。华清源中磻石汤,徘徊百④凤随君王。

① 此首录自《乐府诗集》卷七九。　② "红脱"句:《乐府诗集》注"一作红熟海梅香"。灰,《全唐诗》卷二七注:"集作花"。　③ 推:《李贺诗集》作"堆",一作"摧"。　④ 百:《乐府诗集》注"一作白"。

十二月乐辞①(十三首)

李 贺

正 月

上楼迎春新春归②,暗黄著柳宫漏迟。薄薄淡霭弄野姿,寒绿幽风③生短丝。锦床晓卧玉肌冷,露睑④未开对朝暝。官街柳带不堪折,早晚菖蒲胜绾结。

① 此十三首录自《乐府诗集》卷八二。今按:此题《全唐诗》卷三九〇及《李长吉歌诗汇解》并作"河南府试十二月乐词并闰月"。　② "上楼"句:《乐府诗

集》注"一作正月上楼迎春归"。　③ 风:《乐府诗集》作"泥",据《全唐诗》、《李长吉歌诗汇解》及《李贺诗集》改。　④ 睑:《乐府诗集》作"脸",据《李贺诗集》改。

二　月

二月①饮酒采桑津,宜男草生兰笑人。蒲如交剑②风如薰,劳劳胡③燕怨酣春。薇帐逗烟生绿尘④,金翘⑤峨⑥髻愁暮云,沓飒起舞真珠裙。津头送别唱《流水》⑦,酒客背寒南山死。

① 二月:《李长吉歌诗汇解》及《李贺诗集》阙"二月"两字。　② 交剑:《乐府诗集》注"一作绞刀"。　③ 胡:一作"莺"。　④ 生绿尘:《全唐诗》卷三九〇注"一作香雾昏"。《乐府诗集》注"一作香绿昏"。　⑤ 翘:《乐府诗集》作"翅",据《全唐诗》、《李长吉歌诗汇解》及《李贺诗集》改。　⑥ 峨:《全唐诗》注"一作蛾"。⑦《流水》:古曲名,即《高山流水》。

三　月

东方风来满眼春,花城柳暗①愁几②人。复宫深殿竹风起,新翠舞襟静如水。光风转蕙百余里,暖雾驱云扑天地。军装宫妓扫蛾浅,摇摇锦旗夹城暖。曲水飘香去不归,梨花落尽成秋③苑。

① 暗:《乐府诗集》注"一作禁"。　② 几:《全唐诗》、《李长吉歌诗汇解》及《李贺诗集》并作"杀"。《乐府诗集》注:"一作杀"。　③ 秋:《全唐诗》注"一作愁"。《乐府诗集》注:"一作愁"。

四　月

晓凉暮凉树如盖,千山浓绿生云外。依微香雨青氛氲①,腻叶蟠花照曲门。金塘②闲水摇碧漪,老景沉重③无惊飞,堕红残萼暗参差。

① 青氛氲:《乐府诗集》注"一作过清氛"。　② 金塘:坚固的石塘。王琦注:"金塘,石塘也,以石为塘,喻其坚固若以金为之。"　③ 重:《乐府诗集》注"一作帖"。

五　月

雕玉押帘上①,轻縠笼虚门。井汲铅华水,扇织鸳鸯文。回雪舞凉殿,甘露洗空绿。罗袖从徊翔②,香汗沾宝粟。

① "雕玉"句:《乐府诗集》注"一作雕玉帘押上。"上,《全唐诗》、《李长吉歌诗汇解》及《李贺诗集》均作"额"。　② "罗袖"句:《乐府诗集》注"一作罗绶从风翔"。

六 月

裁生罗,伐湘竹,帔①拂疏霜簟秋玉。炎炎红镜东方开,晕如车轮上徘徊,啾啾赤帝骑龙来。

① 帔:《乐府诗集》注"一本无帔字"。

七 月

星依云渚冷,露滴盘中圆。好花生木末,衰蕙愁空①园。夜天如玉砌,池叶极青钱。仅厌舞衫薄,稍知花簟寒。晓风何拂拂,北斗光阑干。

① 空:《乐府诗集》注"一作故"。

八 月

孀①妾怨长夜,独客梦归家。傍檐虫缉②丝,向壁灯垂花。檐外月光吐,帘中③树影斜。悠悠飞露姿,点缀池中荷。

① 孀:《乐府诗集》注"一作宫"。　② 缉:《乐府诗集》注"一作织"。
③ 中:《全唐诗》、《李长吉歌诗汇解》及《李贺诗集》并作"内"。

九 月

离宫散萤天似水,竹黄池冷芙蓉死。月缀金铺光脉脉,凉苑虚庭空淡白。霜①花飞飞风草草,翠锦斓斑满层道。鸡人罢唱晓昽聪②,鸦啼金井下疏桐。

① 霜:《全唐诗》、《李长吉歌诗汇解》及《李贺诗集》并作"露"。　② 昽聪:《全唐诗》、《李长吉歌诗汇解》及《李贺诗集》并作"珑璁"。

十 月

玉壶银箭稍难倾,钉①花夜笑凝幽明。碎霜斜舞上罗幕,烛笼两行照飞阁。珠帷怨卧不成眠,金凤刺衣著体寒,长眉对月斗弯环。

① 釭:《李长吉歌诗汇解》及《李贺诗集》并作"缸"。

十一月

宫城团回①凓严光②,白天碎碎堕琼芳③。挝钟高饮千日酒④,却天⑤凝寒作君寿。御沟泉⑥合如环素,火井温水⑦在何处?

① 回:《李长吉歌诗汇解》及《李贺诗集》并作"围"。　② 严光:寒光。③ 琼芳:指雪花。　④ 千日酒:酒名。传说古代中山人狄希能造千日酒,饮后醉千日。　⑤ 却天:《李长吉歌诗汇解》及《李贺诗集》并作"战却"。　⑥ 泉:《李贺诗集》作"冰"。　⑦ 水:《全唐诗》、《李长吉歌诗汇解》及《李贺诗集》并作"泉"。

十二月

日脚淡光红洒洒,薄霜不销桂枝下。依俙①和气解②冬严,已就长日辞长夜。

① 依俙:《全唐诗》、《李长吉歌诗汇解》及《李贺诗集》并作"依稀"。② 解:《全唐诗》、《李长吉歌诗汇解》及《李贺诗集》并作"排"。

闰 月

帝重光①,年重时,七十二候②回环推,天官玉琯灰剩飞。今岁何长来岁迟,王母移桃献天子,羲氏和氏迁龙辔。

① 重光:比喻累世盛德,辉光相承。《尚书·顾命》:"昔君文王武王,宣重光。"蔡沈《集传》:"武犹文谓之重光,犹舜如尧谓之重华也。"　② 七十二候:古代以五日为一候,一月六候,三候为一节气。一年二十四个节气,共七十二候。

杨 柳 枝①(二首)

皇甫松②

其 一

春入行宫映翠微,玄宗侍女舞烟丝。如今柳向空城绿,玉笛何人更把吹?

① 此二首录自《乐府诗集》卷八一。 ② 皇甫松(生卒年不详):松,一作嵩,字子奇,睦州新安(今浙江淳安)人。著名古文家皇甫湜之子。工诗词,亦擅文,然终生未登进士第。《全唐诗》录其诗十三首,词十八首(内诗词重收者四首)。

其 二

烂漫春归水国时,吴王宫殿柳垂丝①。黄莺长叫空闺畔,西子无因更得知。

① 垂丝:《花间集》及《全唐五代词》作"丝垂"。

浪 淘 沙①(二首)
皇甫松

其 一

滩头细草接疏林,浪恶罾船半欲沉。宿鹭眠洲②非旧浦③,去年沙嘴是江心。

① 此二首录自《乐府诗集》卷八二。 ② 洲:《花间集》作"鸥"。 ③ 非旧浦:《千首唐人绝句》及《花间集校》作"飞旧浦"。李一氓《花间集校》:"'飞旧浦',雪本作'非旧浦',非。"

其 二

蛮歌豆蔻北人愁,松雨蒲风①野艇秋。浪起鸂鶒眠不得,寒沙细细入江流。

① 松雨蒲风:《花间集》及《千首唐人绝句》并作"蒲雨杉风"。

杨 柳 枝①
施肩吾

伤见路傍②杨柳春,一枝折尽一重新。今年还折去年处,不送去年离别人。

① 此首录自《乐府诗集》卷八一。今按:此题《全唐诗》卷四九四作"折柳

枝"。　② 傍:《全唐诗》作"边"。

杨柳枝①

卢　贞②

　一树依依在永丰,两枝飞去杳无踪。玉皇曾采人间曲,应逐歌声入九重。

　① 此首录自《乐府诗集》卷八一。今按:此题《全唐诗》卷四六三作《和白尚书赋永丰柳》,并有序云:"永丰坊西南角,有垂柳一株,柔条极茂。白尚书曾赋诗,传入乐府,遍流京都。近有诏旨,取两枝植于禁苑。乃知一顾增十倍,非虚言也。因此偶成绝句,非敢继和前篇。"　② 卢贞(约778—约848):郡望范阳(今河北涿州),居汝州梁县(今河南临汝)。与白居易相唱和。白居易为"九老会",卢贞以年未七十,虽与会而不及列。《全唐诗》录其诗二首。

近代曲辞（三）

上 巳 乐①

张　祜

猩猩血彩系头标，天上齐声举画桡。却是内人争
意切，六宫罗②袖一时招。

① 此首录自《乐府诗集》卷八〇。　② 罗：南宋蜀刻本《张承吉文集》卷三作
"红"。

大 酺 乐①（二首）

张　祜

其　一

车驾②东来值太平，大酺③三日洛阳城。小儿一伎
竿头绝，天下传呼万岁声。

① 此二首录自《乐府诗集》卷八〇。　② 车驾：帝王所乘的车。亦用为帝王
的代称。《汉书·高帝纪下》："车驾西都长安。"颜师古注："凡言车驾者，谓天子
乘车而行，不敢指斥也。"　③ 大酺：大宴饮。《史记·秦始皇本纪》："五月，天下
大酺。"张守节正义："天下欢乐大饮酒也。"

其　二

紫陌酺归日欲斜，红尘开路薛王家。双鬟前①说
楼前鼓，两伎②争轮好结③花。

① 前：《全唐诗》卷五一一作"笑"。　② 伎：《全唐诗》作"仗"。　③ 结：《全
唐诗》作"落"。

千 秋 乐[①]

张 祜

八月平时花萼楼,万方同乐奏千秋。倾城人看长竿出,一伎初成[②]赵解愁。

① 此首录自《乐府诗集》卷八〇。郭茂倩解引《唐书》曰:"开元十七年八月癸亥,玄宗以降诞日,谦百僚于花萼楼下,百僚表请以每年八月五日为千秋节,王公已下献镜及承露囊,天下请咸令谦乐,仍著于令,从之。"《千秋乐》盖起于此。
② 成:终;奏完一曲。《书·益稷》:"箫韶九成,凤凰来仪。"孔颖达疏:"成犹终也,每曲一终,必变更奏。"

热 戏 乐[①]

张 祜

热戏[②]争心剧火烧,铜槌暗执不相饶。上皇失喜宁王笑,百尺幢竿果动摇。

① 此首录自《乐府诗集》卷八〇。郭茂倩解引《教坊记》曰:"玄宗在藩邸,有散乐一部。及即位,且羁縻之。尝于九曲阅太常乐,卿姜晦押乐以进。凡戏,辄分两朋以判优劣,人心竞勇,谓之热戏。乃诏宁王主藩邸乐以敌之。一伎戴百尺幢,鼓舞而进。太常所戴则百余尺。比彼伎一出,则往复矣,长欲半之,疾乃兼倍。太常群乐方鼓噪。上不说,命内养五六十人各执一物,皆铁马鞭骨柮之属也,潜匿袖中,杂立于声儿后。候复鼓噪,当乱摇之。左右初怪内养麕至,窃见袖中有物,皆夺气丧魄,而戴竿者方振摇其幢,南北不已。上顾谓内人曰:'其竿即当自折。'斯须中断,上抚掌大笑。内伎咸称庆,于是罢遣。" ② 热戏:唐时太常乐对台赛戏活动。

春 莺 啭[①]

张 祜

兴庆池[②]南柳未开,太真先把一枝梅。内人已唱

《春莺啭》，花下傞傞软舞来。

① 此首录自《乐府诗集》卷八〇。郭茂倩解引《乐苑》曰："《大春莺啭》，唐虞世南及蔡亮作。又有《小春莺啭》，并商调曲也。"《教坊记》曰："高宗晓声律，闻风叶鸟声，皆蹈以应节。尝晨坐，闻莺声，命乐工白明达写之为《春莺啭》，后亦为舞曲。"二说不同，未知孰是。　② 兴庆池：唐都长安兴庆宫内池。初为隆庆坊内平地，垂拱、载初间，因雨水流成池。

雨霖铃[①]

张　祜

雨霖铃夜却归秦，犹是张徽[②]一曲新。长说上皇垂泪教，月明南内[③]更无人。

① 此首录自《乐府诗集》卷八〇。郭茂倩解引《明皇别录》曰："帝幸蜀，南入斜谷。属霖雨弥旬，于栈道雨中，闻铃声与山相应。帝既悼念贵妃，因采其声为《雨霖铃曲》，以寄恨焉。时独梨园善觱篥乐工张徽从至蜀，帝以其曲授之。洎至德中，复幸华清宫，从官嫔御皆非旧人。帝于望京楼命张徽奏《雨霖铃曲》，不觉凄怆流涕。其曲后入法部。"《乐府杂录》曰："明皇自蜀反正，乐工制《还京乐》、《雨霖铃》二曲。"　② 张徽：唐代人，优名野狐。与名优黄幡绰齐名，擅长觱篥、箜篌，为玄宗奏新曲《雨霖铃》。　③ 南内：即兴庆宫，唐都长安宫殿，位于长安外郭东垣隆庆坊，原为李隆基藩邸。

杨柳枝[①]（二首）

张　祜

其　一

莫折宫前杨柳枝，玄宗曾向笛中吹。伤心日暮烟霞起，无限春愁生翠眉。

① 此二首录自《乐府诗集》卷八一。

其　二

凝碧池边敛翠眉，景阳楼下绾青丝。那胜妃子朝元阁，玉手和烟弄一枝。

杨 柳 枝①（二首）

李商隐

其　一

暂凭樽酒送无憀，莫损愁眉与细腰。人世死前唯有别，春风争拟惜长条。

① 此二首录自《乐府诗集》卷八一。今按：此题《全唐诗》卷五三九、《李商隐诗集疏注》及《李商隐选集》均将本首与下首合称《离亭赋得折杨柳二首》。

其　二

含烟惹雾每依依，万绪千条拂落晖。为报行人休尽折，半留相送半迎归。

达 磨 支①

温庭筠

捣麝成尘香不灭，拗莲作寸丝难绝。红泪②文姬洛水春，白头苏武天山雪。君不见无愁高纬花漫漫，漳浦宴余清露寒。一旦臣僚共囚虏，欲吹羌管先泛澜。旧臣头鬓霜华③早，可惜雄心醉中老。万古春归梦不归，邺城风雨连天草。

① 此首录自《乐府诗集》卷八〇。郭茂倩解引《唐会要》曰："天宝十三载，改《达磨支》为《泛兰丛》。"《乐苑》曰："《泛兰丛》，羽调曲。又有《急泛兰丛》。"《乐府杂录》曰："《达磨支》，健舞曲也。"　② 红泪：《拾遗记卷七·魏》："（薛）灵芸年至十五，容貌绝世，邻中少年夜来窃窥，终不得见。咸熙元年，谷习出守常山郡，闻亭长有美女而家甚贫。时文帝选良家子女以入六宫。习以千金宝赂聘之，既得，

乃以献文帝。灵芸闻别父母，歔欷累日，泪下沾衣，至升车就路之时，以玉唾壶承泪，壶则红色。既发常山，及至京师，壶中泪凝如血。"后遂以"红泪"指女子眼泪。

③ 华:《乐府诗集》注"一作雪"。

杨 柳 枝①(八首)

温庭筠

其 一

宜春苑②外最长条，闲袅春风伴舞腰。正是玉人肠断③处，一渠④春水赤栏桥。

① 此八首录自《乐府诗集》卷八一。今按:此题《全唐诗》卷五八三作"杨柳"。　② 宜春苑:秦代宫苑名。在宜春宫之东，汉称宜春下苑。　③ 断:《花间集》、《温韦词》及《全唐五代词》并作"绝"。　④ 一渠:《花间集注》"一作一溪"。

其 二

南内墙东御路傍，预①知春色柳丝黄。杏花未肯无情思，何事②情③人最断肠?

① 预:《花间集》、《温韦词》及《全唐五代词》并作"须"。　② 事:《全唐诗》作"是"。　③ 情:《温飞卿诗集笺注》、《花间集》、《温韦词》及《全唐五代词》并作"行"。

其 三

苏小门前柳万条，毵毵金线拂平桥。黄莺不语东风起，深闭朱门伴细①腰。

① 细:《花间集》、《温韦词》及《全唐五代词》并作"舞"。

其 四

金缕毵毵碧瓦沟，六宫眉黛惹春①愁。晚②来更带龙池雨，半拂栏杆半入楼。

① 春:《花间集》、《温韦词》及《全唐五代词》并作"香"。　② 晚:《温飞卿诗集笺注》作"晓"。《全唐诗》注"一作晓"。

其 五

馆娃宫外邺城西,远映征帆近拂堤。系得王孙归意①切,不关②春③草绿萋萋。

① 意:《温飞卿诗集笺注》作"思"。　② 关:《花间集》及《全唐五代词》并作"同"。　③ 春:《花间集》、《温韦词》及《全唐五代词》并作"芳"。

其 六

两两黄鹂色似金,袅枝啼露动①芳音。春来幸自②长如线,可惜牵缠荡子心。

① 动:王国维辑本《金荃词》作"惹"。　② 自:《温飞卿诗集笺注》及《全唐诗》均注"一作有"。

其 七

御柳如丝映九重,凤凰窗柱①绣芙蓉。景阳楼②伴③千条露,一面新妆待晓钟。

① 柱:《花间集》、《温韦词》及《全唐五代词》并作"映"。　② 景阳楼:南朝宫名。齐武帝置钟于楼上,宫人闻钟,早起妆饰。　③ 伴:《全唐诗》、《温飞卿诗集笺注》及《花间集》并作"畔"。

其 八

织锦机边莺语频,停梭垂泪忆征人。塞①门三月犹萧索,纵有垂杨未觉春。

① 塞:《全唐诗》注"一作寒"。

杨 柳 枝①(十首)

薛 能②

其 一

华清高树出离③宫,南陌柔条带暖④风。谁见轻阴是良夜,瀑泉声畔⑤月明中。

① 此十首录自《乐府诗集》卷八一。今按:此题《全唐诗》卷五六一作"折杨柳十首"。　② 薛能(约817—880):字大拙,汾州(今山西汾阳)人。武宗会昌六

年(846)登进士第。屡佐使幕,后为剑南西川节度副使摄嘉州刺史、京兆尹、工部尚书、许州忠武军节度使,军乱被杀。自负诗才,夸矜己作,其或傲视李白、杜甫、白居易,实则"天分有限,不逮诸公远矣"。《全唐诗》录其诗四卷。　③ 离:《彊村丛书》本《尊前集》作"深"。　④ 暖:《尊前集》作"晚"。　⑤ 畔:《尊前集》作"伴"。

其 二

洛桥晴影①覆江船,羌笛秋声湿塞烟。闲想习池②公宴罢,水蒲风絮夕阳天。

① 影:《尊前集》作"景"。　② 习池:即习家池,又名高阳池。在湖北襄阳岘山南。《晋书·山简传》:"简镇襄阳,诸习氏荆土豪族,有佳园池,简每出游嬉,多之池上,置酒辄醉,名之曰高阳池。"后多指园池名胜。

其 三

嫩绿轻悬似缀旒,路人遥见隔宫楼。谁能更近丹墀种,解播皇风入九州。

其 四

暖风晴日断浮埃,废路新条发钓①台。处处轻阴②可惆怅,后人攀处古人栽。

① 钓:《乐府诗集》缺,据《全唐诗》卷五六一及《尊前集》补。　② 阴:《乐府诗集》作"轻",据《全唐诗》及《尊前集》改。

其 五

潭上江边袅袅垂,日高风静絮相随。青楼一树无人见,正是女郎眠觉时。

其 六

汴水高悬百万条,风清两岸一时摇。隋家力尽虚栽得①,无限春风属圣朝。

① "隋家"句:隋炀帝时,曾沿通济渠、邗沟河岸广植柳树。

其 七

和花①烟树②九重城,夹路春阴十万营③。唯向边头不堪望，一株④憔悴少人行。

① 花：《全唐诗》作"风"。　② 树：《全唐诗》注"一作雨"。　③ 十万营：指细柳营，西汉周亚夫屯兵处。　④ 株：《全唐诗》注"一作林"。

其　八

窗外齐垂旭①日初，楼边轻好暖②风徐。游人莫道栽无益，桃李清阴却不如。

① 旭：《尊前集》作"晓"。　② 好暖：《全唐诗》作"暖好"。

其　九

众木犹寒独早青，御沟桥畔曲江亭。陶家①旧日应如此，一院春条绿绕②厅。

① 陶家：指晋代诗人陶渊明。　② 绕：《尊前集》作"透"。

其　十

帐偃缨垂细复繁，令人心想①石家园②。风条月影皆堪重，何事侯门爱树萱？

① 令人心想：《尊前集》作"人心想在"。　② 石家园：晋代石崇家有金谷园，后世因以"石家园"指称富贵人家的园林。

杨 柳 枝①（九首）

薛　能

其　一

数首新词②带恨成，柳丝牵我我伤情。柔娥幸有腰支③稳，试踏吹声作唱声。

① 此九首录自《乐府诗集》卷八一。今按：《全唐诗》卷五六一本首及以下三首作"柳枝四首"。　② 词：《全唐诗》作"诗"。　③ 支：《尊前集》作"肢"。

其　二

高出军营远映桥，贼兵曾斫火曾①烧。风流性在终难改②，依旧春来③万万条。

① 贼兵曾斫火曾:《全唐诗》注"一作曾逢兵火一时"。 ② 改:《全唐诗》注
"一作尽;一作死;一作挫"。 ③ 依旧春来:《全唐诗》注"一作暖日还生"。"来,
一作风"。

其　三

县依陶令①想嫌迁,营伴将军即②大粗。此日与君
除万恨,数篇风调更应无。

① 陶令:指陶渊明。 ② 即:《尊前集》作"却"。

其　四

狂似纤腰软①胜绵,自多情态更②谁怜? 游人不折
还堪恨,抛③向桥边与路边。

① 软:《乐府诗集》作"嫩",据《全唐诗》卷二八改。 ② 更:《全唐诗》卷五六
一作"竟"。 ③ 抛:《删补唐诗选脉笺释会通评林》作"惟"。

其　五①

朝阳晴照绿杨烟,一别通波十七年。应有旧枝无
处觅②,万株风里卓旌旗。

①《全唐诗》卷五六一将本诗及以下四首作"柳枝词五首",并有序云:"乾符
五年,许州刺史薛能于郡阁与幕中谈宾酣饮酤酊,因令部妓少女作杨柳枝健舞。
复歌其词,无可听者,自以五绝为杨柳新声。" ② 无处觅:《尊前集》作"无觅
处"。

其　六

晴垂芳态吐牙①新,雨摆轻条湿面春。别有出墙
高数尺,不知摇动是何人。

① 牙:《全唐诗》注"一作芽"。

其　七

暖①梳簪朵事登楼,因②挂垂杨立地愁。牵断绿丝
攀不得③,半空悬著玉搔头。

① 暖:《全唐诗》注"一作晓"。 ② 因:《尊前集》作"困"。 ③ 得:《尊前
集》作"及"。

其　八

西园高树后庭根，处处寻芳有折①痕。终忆旧②游③桃叶舍，一株斜映竹篱门。

① 折：《尊前集》作"断"。　　② 旧：《全唐诗》注"一作我"。　　③ 游：《尊前集》作"时"

其　九

刘白①苏台总近时，当初②章句是谁推？纤腰舞尽春杨柳，未有侬家一首诗③。

① 刘白：指刘禹锡、白居易，二人均曾任苏州刺史。　　② 初：《尊前集》作"时"。　　③ 此诗末有薛能自注："刘白二尚书相继为苏州刺史，皆赋杨柳枝词，世多传唱。虽有才语，但文字太僻，宫商不高。如可者，岂斯人徒欤？洋洋乎唐风，其令虚爱。"（见《全唐诗》卷五六一）

升 平 乐①（十首）

薛　能

其　一

正②气绕宫楼，皇居信上③游。远冈延④圣祚，平地载神州。会合皆重译，潺湲近八流。中兴岂假问，据此自千秋。

① 此十首录自《乐府诗集》卷八二。郭茂倩解引《唐会要》曰："《升平乐》，商调曲也。"《全唐诗》卷六四〇以第一、二、三、六、十一首为曹唐作。　　② 正：《全唐诗》卷五五八作"瑞"。　　③ 信上：《全唐诗》注"一作上苑"。　　④ 延：《全唐诗》作"连"。

其　二

寥沉敞延英，朝班立位横。宣传无草动，拜舞有衣声。鸳瓦霜①消湿，虫丝日照明。辛勤自不到，遥见似前生②。

① 霜：《乐府诗集》作"云"，据《全唐诗》改。　　② 生：《全唐诗》作"程"。

其 三

处处足①欢心②，时康岁已深。不同三尺剑，应似五弦琴。寿笑山犹尽，明嫌日有阴。何当怜一物，亦遣断愁吟。

① 足：《全唐诗》作"是"。　② 心：《乐府诗集》作"声"，据《全唐诗》改。

其 四

曙质绝埃氛，彤庭①列禁军。圣颜初对日，龙尾竞缘云。珮响交成韵，帘阴暖带纹。逍遥岂有事？于此咏南薰②。

① 彤庭：亦作"彤廷"。汉代宫廷，以朱漆涂饰，故称。后泛指皇宫。② 南薰：指《南风歌》。

其 五

一物周天至①，洪纤尽晏然。车书无异俗，甲子并丰年。奇技皆归朴，征夫亦服田。君王故不有，台鼎②合韦弦③。

① "一物"句：《全唐诗》作"一物至周天"。《乐府诗集》注"一作一物至周天"。　② 台鼎：古称三公为台鼎。　③ 韦弦：典出《韩非子·观行》："西门豹之性急，故佩韦以自缓；董安于之性缓，故佩弦以自急。"弦，《乐府诗集》注"一作贤"。

其 六

日日听歌谣，区中尽祝尧①。虫蝗初不害，夷狄近全销。史笔惟书瑞，天台②绝见祅。因令匹夫志，转欲事清朝。

① 祝尧：指《祝尧龄》，古时祝贺帝王寿诞的歌曲。　② 天台：指尚书台、省。

其 七

品物尽昭苏，神功复帝谟。他时应有寿，当代且无虞。赐历通遐俗，移关入半胡。鹡鸰一何幸，于此寄微躯。

其 八

无战复无私，尧时即此时。焚香临极早，待月卷帘迟。端拱乾坤内，何言黈纩①垂。君看圣明验，只此是神龟。

① 黈纩：黄绵所制的小球。悬于冠冕之上，以示不欲妄听是非。《文选·张衡〈东京赋〉》："夫君人者，黈纩塞耳，车中不内顾。"薛综注："黈纩，言以黄绵大如丸，悬冠两边，当耳，不欲妄闻不急之言也。"

其 九

旭日上清穹，明堂坐圣聪。衣裳承瑞气，冠冕盖①重瞳②。花木经宵露，旌旗立③仗风。何期于此地，见说似仙宫④。

① 盖：《全唐诗》卷五五八注"一作见"。 ② 重瞳：《乐府诗集》作"重瞳"，据《全唐诗》改。 ③ 立：《全唐诗》作"入"。 ④ 似仙宫：《全唐诗》作"是神工"。似，《乐府诗集》注"一作是"。

其 十

五帝三皇主，萧曹魏邴①臣。文章惟反朴，戈甲尽生尘。谏纸应无用，朝纲自有伦。升平不可纪，所见是闲人。

① 萧曹魏邴：指汉相萧何、曹参、魏相、邴（一作丙）吉。

凉 州 词①

薛 逢②

昨夜蕃兵报国仇，沙州都护破凉③州。黄河九曲今归汉，塞外纵横战血流。

① 此首录自《乐府诗集》卷七九。 ② 薛逢（生卒年不详）：字陶臣，蒲州河东（今山西永济）人。会昌元年（841）登进士第，释褐秘书省校书郎。历任侍御史、尚书郎、太常少卿、给事中等职，官终秘书监。工诗善赋，以才名著于时，尤工七律，亦擅书法。《全唐诗》录其诗一卷。 ③ 凉：《乐府诗集》作"梁"，据《全唐

诗》卷二七改。

何 满 子[1]
薛 逢

系马宫槐[2]老，持杯店菊黄。故交今不见，流恨满
川光。

① 此首录自《乐府诗集》卷八〇。　② 宫槐：槐树。据《周礼》，周代宫廷植
三槐，三公位焉。后世皇宫中多栽植，故称。

杨 柳 枝[1]（四首）
齐 己
其 一

凤楼高映绿阴阴，凝碧[2]多含雨露深。莫谓一枝
柔软力，几曾牵破别离心。

① 此四首录自《乐府诗集》卷八一。　② 碧：《乐府诗集》作“重”，据《全唐
诗》卷二八及《全唐五代词》卷六改。

其 二

馆娃宫畔响廊[1]前，依托吴王养翠烟。剑去国亡
台榭毁，却随红树噪秋蝉。

① 响廊：即响屧廊，春秋时吴王宫中的廊名。范成大《吴郡志·古迹》：“响
屧廊，在灵岩山寺。相传吴王令西施辈步屧，廊虚而响，故名。”

其 三

秾低似中陶潜酒，软极如伤宋玉风[1]。多谢将军
绕营种，翠中闲卓战旗红。

① 宋玉风：宋玉有《风赋》，对风有形象的描述：“夫风生于地，起于青蘋之
末……”

其　四

高僧爱惜遮江寺,游子伤残露野桥。争似著行垂上苑,碧桃红杏对摇摇。

杨　柳　枝①

韩　琮②

梁苑隋堤事已空,万条犹舞旧春风。那堪更想千年后,谁见杨花入汉宫?

① 此首录自《乐府诗集》卷八一。　② 韩琮(生卒年不详):字成封(一作代封)。穆宗长庆四年(824)登进士第。初为节度判官,后任司封员外郎,擢户部郎中,迁中书舍人,仕至右散骑常侍。有诗名,辛文房称其诗"多清新之制,锦不如也"。《全唐诗》录其诗一卷。

昔　昔　盐①(二十首)

赵　嘏②

垂柳覆金堤

新年垂柳色,袅袅对空闺。不畏芳菲好,自缘离别啼。因风飘玉户,向日映金堤。驿使何时度,还将赠陇西③。

① 此二十首录自《乐府诗集》卷七九。郭茂倩解云:"隋薛吏部(薛道衡)有《昔昔盐》,唐赵嘏广之为二十章。《乐苑》曰:'《昔昔盐》,羽调曲,唐亦为舞曲。''昔',一作'析'。"今按:赵嘏此《昔昔盐》二十首,借隋薛道衡《昔昔盐》每一句为一诗题,凡二十句,即二十首也。　② 赵嘏(806?—852):字承祐,楚州山阳(今江苏淮安)人。会昌四年登进士第。大中中,任渭南尉,世称"赵渭南"。颇有诗名,尤工七言律诗,颇多佳句,与杜牧友善。《全唐诗》录其诗二卷。　③ "驿使"二句:语本陆凯《赠范晔》诗:"折花逢驿使,寄与陇头人。江南无所有,聊赠一枝春。"

蘼芜叶复齐

提筐红叶下，度日采蘼芜。掬翠香盈袖，看花忆故夫。叶齐谁复见，风暖恨偏孤①。一被春光累，容颜与昔殊。

① 偏孤：指早年丧父。《文选·潘岳〈寡妇赋〉》："少伶俜而偏孤兮，痛悷怛以摧心。"李善注："偏孤，谓丧父也。"

水溢芙蓉沼

渌沼春光后，青青草色浓。绮罗惊翡翠，暗粉妒芙蓉。云遍窗前见，荷翻镜里逢。将心托流水，终日渺无从。

花飞桃李蹊

远期难可托，桃李自依依。花径无容迹，戎裘未下机。随风开又落，度日扫还飞。欲折枝枝赠，那知归不归。

采桑秦氏女

南陌采桑出，谁知妾姓秦？独怜倾国貌，不负早莺春。珠履荡花湿，龙①钩折桂新。使君那驻马，自有侍中人。

① 龙：疑当作"笼"。

织锦窦家妻

当年谁不羡，分作窦家妻。锦字行行苦，罗帷日日啼。岂知登陇远，只恨下机迷。直候阳关使，殷勤寄海西。

关山别荡子

那堪闻荡子，迢递涉关山。肠为马嘶断，衣从泪滴斑。愁看塞上路，讵惜镜中颜？傥见征西雁，应传一字还。

风月守空闺

良人犹远戍,耿耿夜闺空。绣户流宵月,罗帷坐晓风。魂飞沙帐北,肠断玉关中。尚自无消息,锦衾那得同?

恒敛千金笑

玉颜恒自敛,羞出镜台前。早惑阳城①客,今悲华锦筵。从军人更远,投②喜鹊空传。夫婿交河北,迢迢路几千。

　　① 阳城:春秋时楚国贵族的封邑。《文选·宋玉〈登徒子好色赋〉》:"嫣然一笑,惑阳城,迷下蔡。"李善注:"阳城、下蔡,二县名,盖楚之贵介公子所封,故取以喻焉。"　② 投:《赵嘏诗注》作"报"。

长垂双玉啼

双双红泪堕,度日暗中啼。雁出居延北,人犹辽海西。向灯垂玉枕,对月洒金闺。不惜罗衣湿,惟愁归意迷。

蟠龙随镜隐

鸾镜无由照,蛾眉岂忍看?不知愁发换,空见隐龙蟠。那悁①红颜改,偏伤白日残。今朝窥玉匣,双泪落阑干。

　　① 悁:段校本《渭南诗集》作"怯"。

彩凤逐帷低

巧绣双飞凤,朝朝伴下帷。春花那见照,暮色已频欺。欲卷思君处,将啼裹泪时。何年征戍客,传语报佳期。

惊魂同夜鹊

万里无人见,众情难与论。思君常入梦,同鹊屡惊魂。孤寝红罗帐,双啼玉箸痕。妾心甘自保,岂复①暂忘恩。

① 复:段校本《渭南诗集》作"敢"。

倦寝听晨鸡

去去边城骑,愁眠掩夜闺。披衣窥落月,拭泪待鸣鸡。不愤①连年别,那堪长夜啼。功成应自恨,早晚发辽西。

① 不愤:不甘心。愤,段校本《渭南诗集》作"分"。

暗牖悬蛛网

暗中蛛网织,历乱绮窗前。万里终无信,一条徒自悬。分从珠露滴,愁见隙风牵。妾意何聊赖,看看剧断弦。

空梁落燕泥

春至今朝燕,花时伴独啼。飞斜珠箔隔,语近画梁低。帷卷闲窥户,床空暗落泥。谁能长对此,双去复双栖。

前年过代北

代北几千里,前年又复经。燕山云自合,胡塞草应青。铁马喧鼙鼓①,蛾眉怨锦屏。不知羌笛曲,掩泪若为听。

① 鼙鼓:《全唐诗》注"一作严阵"。

今岁往辽西

万里飞书至,闻君已渡辽。只谙新别苦,忘却旧时娇。烽戍年将老,红颜日向凋。胡沙兼汉苑,相望几迢迢。

一去无还意

良人征绝域,一去不言还。百战攻胡虏,三冬阻玉关。萧萧边马思,猎猎戍旗闲。独把千重恨,连年未解颜。

云中路杳杳，江畔草萋萋。妾久垂珠泪，君何惜马蹄。边风悲晓①角，营月怨春鼙。未道休征战，愁眉又复低。

① 晓：《唐音统签》作"晚"。

水　调①

吴　融②

凿河千里走黄沙，浮殿西来动日华。可道新声是亡国，且贪惆怅后庭花③。

① 此首录自《乐府诗集》卷七九。　② 吴融（？—903）：字子华，越州山阴（今浙江绍兴）人。唐昭宗龙纪元年（889）登进士第。曾任左补阙、翰林学士。天复元年（901）擢为户部侍郎。是年冬，朱全忠兵犯京师，昭宗避难凤翔，融扈从未及，流寓阌乡。三年，召为翰林学士，迁翰林承旨学士。工诗善文，其诗多为纪游题咏、送别酬和之作。《全唐诗》录其诗四卷。　③ 后庭花：乐府清商曲吴声歌曲名。唐为教坊曲名。本名《玉树后庭花》，南朝陈后主制。

鹧　鸪　词①（二首）

李　涉②

其　一

湘江烟水深，沙岸隔枫林。何处鹧鸪飞，日斜斑竹阴。二女虚③垂泪，三闾枉自沉。惟有鹧鸪啼④，独伤行客心。

① 此二首录自《乐府诗集》卷八〇。　② 李涉（生卒年不详）：自号青溪子。洛阳（今属河南）人。曾与弟李渤偕隐庐山白鹿洞。宪宗元和初，辟为节度使从事，入朝为太子通事舍人。后迁太学博士，又坐事流康州，归隐以终。工诗，知名当世。辛文房称其"长篇叙事，如行云流水，无可牵制"。《全唐诗》录其诗一卷。

③ 虚:《全唐诗》卷二七注"集作云"。　④ 啼:《全唐诗》作"鸟"。

其 二

越岗连越井,越鸟更南飞。何处鹧鸪啼,夕烟东岭归。岭头①行人少,天崖北客稀。鹧鸪啼别处,相对泪沾衣。

① 头:《全唐诗》卷四七七作"外"。

竹　枝①（四首）

李　涉

其 一

荆门滩急水溂溂,两岸猿啼烟满山。渡头年少应官去,月落西陵望不还。

① 此四首录自《乐府诗集》卷八一。

其 二

巫峡云间神女祠①,绿潭红树影参差。下牢戍②口初相问,无义滩头剩别离。

① 神女祠:又称"神女庙",在巫山县东巫山飞凤峰麓。《读史方舆纪要·四川一·名山》:"巫山亦曰巫峡,在夔州府巫山县东三十里,下有神女庙。"　② 下牢戍:又称"下牢关",在今湖北宜昌市,地当西陵峡口,古为戍守要地。

其 三

石璧千重树万重,白云斜掩碧芙蓉。昭君溪①上年年月,独自②婵娟色最浓。

① 昭君溪:一名"香溪",源出今湖北兴山县界,南流经秭归县东境入长江。② 独自:《全唐诗》卷四七七及《全唐五代词》卷一均作"偏照"。

其 四

十二峰头月欲低,空濛江上①子规啼。孤舟一夜东归客,泣向春②风忆建溪。

① 空濛江上:《全唐诗》及《全唐五代词》并作"空聆滩上"。　② 春:《全唐

诗》及《全唐五代词》并作"东"。

拜 新 月①

张 氏②

　　拜新月，拜月出③堂前。暗魄深④笼桂，虚弓未引弦。拜新月，拜月妆楼上。鸾镜未⑤安台，蛾眉已相向。拜新月⑥，拜月不胜情。庭⑦前风露清，月临人自老，望月更长生⑧。东家阿母亦拜月，一拜一悲声断绝。昔年拜月逞容仪⑨，如今拜月双泪垂。回看众女拜新月，却忆红闺⑩年少时。

　　① 此首录自《乐府诗集》卷八二。今按：此诗作者《乐府诗集》作"吉中孚妻张氏"。　② 张氏（生卒年不详）：亦称张夫人，名不详。诗人吉中孚妻。《全唐诗》作者小传谓其为楚州山阳（今江苏淮安）人，盖据吉中孚籍贯推测，未必有据。《全唐诗》录其诗五首又六句。　③ 出：《全唐诗》卷七九九注"一作画"。④ 深：《全唐诗》作"初"。　⑤ 未：《全唐诗》作"始"。　⑥ 拜新月：《全唐诗》注"一本无此三字"。　⑦ 庭：《全唐诗》作"花"。　⑧ "望月"句：《全唐诗》作"人望月常明"。　⑨ 仪：《全唐诗》作"辉"。　⑩ 红闺：《全唐诗》注"一作闺中"。

近代曲辞（四）

凉　州^①（五首）

歌　第　一

汉家宫里柳如丝，上苑桃花连碧池。圣寿已传千岁酒，天文更赏百僚诗。

① 此五首录自《乐府诗集》卷七九。郭茂倩解引《乐苑》曰："《凉州》，宫调曲。开元中，西凉府都督郭知运进。"《乐府杂录》曰："《梁州曲》，本在正宫调中，有大遍小遍。至贞元初，康昆仑翻入琵琶玉宸宫调，初进曲在玉宸殿，故有此名。合诸乐即黄钟宫调也。"张同《幽闲鼓吹》曰："段和尚善琵琶，自制《西凉州》。后传康昆仑，即《道调凉州》也，亦谓之《新凉州》云。"今按：《乐府诗集》目录作"凉州六首"，包括无名氏一首，耿湋一首，张籍三首，薛逢一首。内文此题下作"（歌第一）"，实指无名氏《凉州》一首为"歌"，属六首之第一。此首共五叠：歌三，排遍二。又，"歌"，诗体的一种。唐元稹《〈乐府古题〉序》曰："《诗》讫于周，《离骚》讫于楚。是后诗之流为二十四名：……谣、讴、歌、曲、词、调。"明徐师曾《文体明辨序说·乐府》："《乐府》命题，名称不一。盖自琴曲之外，其放情长言，杂而无方者曰歌。""排遍"，唐宋乐舞名词，中序的第一遍，又称叠遍、歌头。唐宋大曲，每套有十余遍至数十遍，分别归入散序、中序、破三大段。宋王灼《碧鸡漫志》卷三："《凉州曲》……凡大曲有散序、靸、排遍、攧、正攧、入破、虚催、实催、衮遍、歇指、杀衮，始成一曲，此谓大遍。而《凉州》排遍，予看见一本，有二十四段。"排遍、攧、正攧，属中序。清王国维《唐宋大曲考》："排遍又谓之'歌头'，《水调歌头》即《新水调》之排遍也。"

歌　第　二

朔风吹叶雁门秋，万里烟尘昏戍楼。征马长思青海北，胡笳夜听陇山头。

歌 第 三

开箧泪沾襦，见君前日书。夜台空寂寞，犹是紫云车。

排遍第一

三秋陌上早霜飞，羽猎①平田浅草齐。锦背苍鹰初出按，五花骢马喂来肥。

① 羽猎：帝王出猎，士卒负羽箭随从，故称"羽猎"。

排遍第二

鸳鸯殿里笙歌起，翡翠楼前出舞人。唤上紫微三五夕，圣明方寿一千春。

大 和①（五首）

第 一

国门卿相旧山庄，圣主移来宴绿芳。帘外辗为车马路，花间踏出舞人场。

① 此五首录自《乐府诗集》卷七九。郭茂倩解引《乐苑》曰："大和，羽调曲也。"今按：大，《全唐诗》卷二七作"太"。太和，魏鼓吹曲名。《晋书·乐志下》："改《上邪》为《太和》，言明帝继体承统，太和改元，德泽流布也。"又雅乐名。唐段安节《乐府杂录·雅乐部》："郊天及诸坛祭祀，即奏太和、坤和、舒和三曲。"《金史·乐志上》："乃取大乐与天地同和之义，名之曰'太和'。"又，此题《乐府诗集》目录作一首五叠。

第 二

国鸟尚含天乐啭，寒风犹带御衣香。为报碧潭明月夜，会须留赏待君王。

第 三

庭前鹊绕相思树，井上莺歌争刺桐。含情少妇悲春草，多是良人学转蓬。

第 四

塞北江南共一家,何须泪落怨黄沙。春酒半酣千日醉,庭①前②还有落梅花。

① 庭:《乐府诗集》注"一作边"。　② 前:《乐府诗集》注"一作庭"。

第 五 徹①

我皇膺运太平年,四海朝宗会百川。自古几多明圣主,不如今帝胜尧天。

① 第五徹:表明本首是这组诗的最后一首。徹,尽,止。

伊 州①(十首)

歌 第 一

秋风明月独离居,荡子从戎十载余。征人去日殷勤嘱,归雁来时数寄书。

① 此十首录自《乐府诗集》卷七九。郭茂倩解引《乐苑》曰:"《伊州》,西京节度盉(今按:中华书局本校记,《新唐书·突厥传下》作盖)嘉运所进也。"今按:伊州,共十叠:歌五,入破五。

歌 第 二

彤闱晓阑万鞍回,玉辂①春游薄晚开。渭北清光摇草树,州南嘉景入楼台。

① 玉辂:古代帝王所乘之车,以玉为饰。《淮南子·俶真训》:"目观玉辂琬象之状,耳听白雪清角之声,不能以乱其神。"高诱注:"玉辂,王者所乘,有琬琰象牙之饰。"

歌 第 三①

闻道黄花戍②,频年不解兵。可怜闺里月,偏照③汉家营。

① 此首诗与《全唐诗》卷九六沈佺期《杂诗三首》之三前四句略同。　② 黄花戍:沈佺期《杂诗》作"黄龙戍"。　③ 偏照:沈佺期《杂诗》作"长在"。

歌 第 四

千里东归客，无心忆旧游。挂帆游白水，高枕到青州。

歌 第 五

桂殿江乌对，雕屏海燕重。只应多酿酒，醉罢乐高钟。

入破第一

千门今夜晓初晴，万里天河彻帝京。灿灿繁星驾秋色，稜稜霜气韵钟声。

入破第二

长安二月柳依依，西出流沙路渐微。阏氏山上春光少，相府庭边驿使稀。

入破第三

三秋大漠冷溪山，八月严霜变草颜。卷斾风行宵渡碛，衔枚电扫晓应还。

入破第四

行乐三阳早，芳菲二月春。闺中红粉态，陌上看花人。

入破第五

君住孤山下，烟深夜径长。辕门渡绿水，游苑绕垂杨。

陆　州[①]（七首）

歌 第 一[②]

分野中峰变，阴晴众壑殊。欲投人处宿，隔浦问樵夫。

① 此七首录自《乐府诗集》卷七九。今按：陆州，共七叠：歌三，排遍四。《乐

府诗集》正文题作"陆州歌第一",据其目录题删"歌第一"。　②此为七叠歌第一,据中华书局本《乐府诗集》补。

歌 第 二

共得烟霞径,东归山水游。萧萧望林夜,寂寂坐中秋。

歌 第 三

香气传空满,妆花映薄红。歌声天仗外,舞态御楼中。

排遍第一

树发花如锦,莺啼柳若丝。更逢欢宴地,愁见别离时。

排遍第二

明月照秋叶,西风响夜砧。强言徒自乱,往事不堪寻。

排遍第三

坐对银釭晓,停留玉箸痕。君门常不见,无处谢前恩。

排遍第四

曙月当窗满,征人出塞遥①。画楼终日闭,清②管为谁调?

① 遥:《乐府诗集》作"游",据《全唐诗》卷二七改。　② 清:《乐府诗集》注"一作丝"。

簇拍陆州①

西去②轮台万里余,故乡音耗③日应疏。陇山鹦鹉能言语,为报闺④人数寄书。

① 此首录自《乐府诗集》卷七九。今按:此诗与《全唐诗》卷二〇一岑参《赴

北庭度陇思家》诗略同。　②去：岑参诗作"向"。　③故乡音耗：岑参诗作"也知乡信"。　④闺：岑参诗作"家"。

石　州^①

　　自从君去远巡边，终日罗帏独自眠。看花情转切，揽镜泪如泉。一自离君后，啼多双脸穿。何时狂虏灭，免得更留连。

　　① 此首录自《乐府诗集》卷七九。郭茂倩解引《乐苑》曰："《石州》，商调曲也。又有舞石州。"

盖 罗 缝^①（二首）

其　一

　　秦时明月汉时关，万里征人尚未还^②。但愿龙庭神^③将在^④，不教胡马渡阴山。

　　① 此二首录自《乐府诗集》卷八〇。今按：此诗与王昌龄《出塞》（一作《从军行》）略同。　②"万里"句：王昌龄诗作"万里长征人未还"。　③ 神：《乐府诗集》注"一作飞"。　④"但愿"句：王昌龄诗作"但使卢（一作龙）城飞将在"。

其　二

　　音书杜绝白狼西，桃李无颜黄鸟啼。寒雁春深归去尽，出门肠断草萋萋。

双 带 子^①

　　私言切语谁人会？海燕双飞绕画梁。君学秋胡不相识，妾亦无心去采桑。

　　① 此首录自《乐府诗集》卷八〇。

昆仑子①

扬子②谭经去③，淮王载酒④过。醉来⑤啼鸟唤⑥，坐久落花多。

① 此首录自《乐府诗集》卷八〇。今按：此诗与王维《从岐王过杨氏别业应教》前四句略同。　② 扬子：即扬雄。又作杨雄。西汉文学家、语言学家。③ 谭经去：谭，王维诗作"谈"。去，王维诗作"所"。　④ 载酒：《汉书·扬雄传》：扬雄"家素贫，耆酒，人希至其门。时有好事者载酒肴从游学"。　⑤ 醉来：王维诗作"兴阑"。　⑥ 唤：王维诗作"换"。《乐府诗集》注"一作换"。

祓 禊 曲①（三首）

其 一

昨见春条绿，那知秋叶黄。蝉声犹未断，寒②雁已成行。

① 此二首录自《乐府诗集》卷八〇。郭茂倩解引王子年《拾遗记》曰："周昭王溺于江汉，二女延娟、延娱与王乘舟，夹拥王身，同没焉。故江汉之人到今思之。至春上巳之日，禊集祠间，或以时鲜甘味，采兰杜包裹，以沉水中，或结五色纱囊盛食，或用金铁之器并沉水中，言蛟龙畏五色金铁，则不侵此食也。"《后汉书·礼仪志》曰："三月上巳，官民皆洁于东流水上，曰洗濯祓除，去宿垢疢为大洁。洁者，言阳气布畅，万物讫出，始洁之矣。"注："谓之禊也。"《风俗通》曰："《周礼·女巫》掌岁时以祓除疾病。禊者，洁也。春者，蠢也。蠢蠢(今按：据《风俗通·禊》补一蠢字)，摇动也。《尚书》'以殷仲春，厥屋析'，言人解析也。"蔡邕曰，《论语》："暮春者，春服既成，冠者五六人，童子六七人，浴乎沂，风乎舞雩，咏而归。"今三月上巳，祓禊于水滨，盖出于此。一说云：后汉有郭虞者，三日上巳产二女，二日中并不育，俗以为大忌，至此月日讳止家，皆于东流水上为祈禳自洁濯，谓之禊祠，引流行觞，遂成曲水。《韩诗》曰：郑国之俗，三月上巳，之溱洧两水之上，招魂续魄，秉兰草，祓除不祥。《汉书》："八月祓灞水。"亦斯义也。杜笃《祓禊赋》曰："王侯公主，暨于富商，用事伊、洛，帷幔玄黄。"本传大将军梁商亦歌泣

于洛禊也。自魏不复用三日水宴者焉。《晋书》曰："武帝尝问挚虞三日曲水之义,虞对曰:'汉章帝时,平原徐肇以三月初生三女,至三日俱亡,人以为怪,乃招携之水滨洗祓,遂因水以泛觞,其义起此。'束皙曰:'昔周公城洛邑,因流水以泛酒,故逸诗云羽觞随波。'又秦昭王以三日置酒河曲,见金人奉水心元剑,曰:'令君制有西夏。'乃霸诸侯,因此立为曲水。二汉相缘,皆为盛集。"《西京杂记》曰"汉宫三月上巳张乐于流水"是也,晋宋已后皆因之,至唐传以为曲。　②寒:《乐府诗集》注"一作塞"。

其 二

金谷园中柳,春来已^①舞腰。那堪好风景,独上洛阳桥。

① 已:《全唐诗》卷二七注"一作自,一作学"。《乐府诗集》注"一作自"。

其 三

何处堪秋思,花间长乐宫。君王不重客,泣泪向春^①风。

① 春:《乐府诗集》注"一作东"。

穆 护 砂^①

玉管朝朝弄,清歌日日新。折花当驿路,寄与陇头人。

① 此首录自《乐府诗集》卷八〇。郭茂倩解引《历代歌辞》曰:"《穆护砂》曲,犯角。"

思 归 乐^①（二首）

其 一

晚日催弦管,春风入绮罗。杏花如有意,偏落舞衫多。

① 此二首录自《乐府诗集》卷八〇。郭茂倩解引《乐苑》曰:"《思归乐》,商调

曲也。后一曲犯角。"

其　二

万里春应尽，三江雁亦稀。连天汉水广，孤客未言归。

金 殿 乐[①]

入夜秋砧动，千门起四邻。不缘楼上月，应为陇头人。

①　此首录自《乐府诗集》卷八〇。

胡 渭 州[①]（二首）

其　一

亭亭孤月照行舟，寂寂长江万里流。乡国不知何处是，云山漫漫使人愁。

①　此二首录自《乐府诗集》卷八〇。

其　二

杨柳千寻色，桃花一苑芳。风吹入帘里，唯有惹衣香。

戎 浑[①]

风劲角弓鸣，将军猎渭城。草枯鹰眼疾，雪尽马蹄轻。

①　此首录自《乐府诗集》卷八〇。今按：此诗截取王维《观猎》诗前四句而成。

墙 头 花[①]（二首）

其 一

蟋蟀鸣洞房，梧桐落金井。为君裁舞衣，天寒剪刀冷。

① 此二首录自《乐府诗集》卷八〇。

其 二[①]

妾有罗衣裳，秦王在时作。为舞春风多，秋来不堪著。

① 此首诗与崔国辅《怨词二首》第一首同。

采 桑[①]

自古多征战，由来尚甲兵。长驱千里去，一举两蕃平。按剑从沙漠，歌谣满帝京。寄言天下将，须立武功名。

① 此首录自《乐府诗集》卷八〇。郭茂倩解引《乐苑》曰："《采桑》，羽调曲。又有《杨下采桑》。"按《采桑》，本清商西曲也。

杨下采桑[①]

飞丝惹绿尘，软叶对孤轮。今朝入园去，物色强看人。

① 此首录自《乐府诗集》卷八〇。

破 阵 乐[①]

秋来四面足风沙，塞外征人暂别家。千里不辞行路远，时光早晚到天涯。

① 此首录自《乐府诗集》卷八〇。郭茂倩解引《历代歌辞》曰："《破阵乐》，小歌曲。"《乐苑》曰："商调曲也。"按《破阵乐》本舞曲，唐太宗所造。玄宗又作《小破阵乐》，亦舞曲也。

战 胜 乐①

百战得功名，天兵意气生。三边永不战，此是我皇英。

① 此首录自《乐府诗集》卷八〇。

剑 南 臣①

不分君恩断，观妆视镜中。容华尚春日，娇爱已秋风。枕席临窗晓，屏帷对月空。年年后庭树，芳悴在深宫。

① 此首录自《乐府诗集》卷八〇。

征 步 郎①

塞外虏尘飞，频年度碛西。死生随玉剑，辛苦向金微。

① 此首录自《乐府诗集》卷八〇。

叹 疆 场①

闻道行人至，妆梳对镜台。泪痕犹尚在，笑靥自然开。

① 此首录自《乐府诗集》卷八〇。郭茂倩解引《乐苑》曰："《叹疆场》，宫调曲也。"

塞 姑①

昨日庐梅塞口，整见诸人镇守。都护三年不归，折尽江边杨柳。

① 此首录自《乐府诗集》卷八〇。

水 鼓 子①

雕弓白羽猎初回，薄夜牛羊复下来。梦水河边秋草合，黑山峰外阵云开。

① 此首录自《乐府诗集》卷八〇。

婆 罗 门①

回乐烽②前沙似雪，受降城③外月如霜。不知何处吹芦管，一夜征人尽望乡。

① 此首录自《乐府诗集》卷八〇。郭茂倩解引《乐苑》曰："《婆罗门》，商调曲。开元中，西凉府节度杨敬述进。"《唐会要》曰："天宝十三载，改《婆罗门》为《霓裳羽衣》。"今按：此诗与李益《夜上受降城闻笛》同。　② 回乐烽：烽，《乐府诗集》作"峰"，据《李益集》改。岑仲勉《读〈全唐诗〉札记》："按前文《暮过回乐烽》诗云：'烽火高飞百尺台'，知作'峰'者非。"回乐烽，即回乐县的烽火台。回乐县故址在今宁夏吴忠市。　③ 受降城：唐代受降城有东、西、中三城，都是景龙中朔方军总管张仁愿为抵御突厥所筑。

浣 沙 女①（二首）

其 一

南陌春风早，东邻去日斜。千花开瑞锦，香扑美人车。

① 此二首录自《乐府诗集》卷八〇。

其 二

长乐青门外，宜春小苑东。楼开万户上，人向百花中。

镇 西①（二首）

其 一

天边物色更无春，只有羊群与马群。谁家营里吹羌笛，哀怨教人不忍闻。

① 此二首录自《乐府诗集》卷八〇。

其 二

岁去年来拜圣朝，更无山阙对溪桥。九门①杨柳浑无半，犹自千条与万条。

① 九门：古代宫室制度，天子设九门。《礼记·月令》："（季春之月）田猎、置罘、罗冈、毕翳、馁兽之药，毋出九门。"郑玄注："天子九门者，路门也、应门也、雉门也、库门也、皋门也、城门也、近郊门也、远郊门也、关门也。"后用以称宫门或宫禁。

回 纥①

曾闻瀚海使难通，幽闺少妇罢裁缝。缅想边庭征战苦，谁能对镜治愁容？久戍人将老，须臾变作白头翁。

① 此首录自《乐府诗集》卷八〇。郭茂倩解引《乐苑》曰："《回纥》，商调曲也。"

长命女①

云送关西雨，风传渭北秋。孤灯然客梦，寒杵捣乡愁。

① 此首录自《乐府诗集》卷八〇。郭茂倩解引《乐苑》曰："《长命西河女》，羽调曲也。"《乐府杂录》曰："大历中，尝有乐工自造一曲，即古曲《长命西河女》也。增损节奏，颇有新声。"

醉公子①

昨日春园饮，今朝倒接䍦。谁人扶上马，不省下楼时。

① 此首录自《乐府诗集》卷八〇。

一片子①

柳色青山映，梨花雪鸟藏。绿窗桃李下，闲坐叹春芳。

① 此首录自《乐府诗集》卷八〇。

甘 州①

欲使传消息，空书意不任。寄君明月镜，偏照故人心。

① 此首录自《乐府诗集》卷八〇。郭茂倩解引《乐苑》曰："《甘州》，羽调曲也。"

濮 阳 女①

雁来书不至，月照独眠房。贱妾多愁思，不堪秋夜长。

　① 此首录自《乐府诗集》卷八〇。郭茂倩解引《乐苑》曰："《濮阳女》，羽调曲也。"

相 府 莲①

夜闻邻妇泣，切切有余哀。即问缘何事，征人战未②回。

　① 此首录自《乐府诗集》卷八〇。郭茂倩解引《古解题》曰："《相府莲》者，王俭为南齐相，一时所辟皆才名之士。时人以入俭府为莲花池，谓如红莲映绿水，今号莲幕者自俭始。其后语讹为'想夫怜'，亦名之丑尔。又有《簇拍相府莲》。"《乐苑》曰："《想夫怜》，羽调曲也。"白居易诗曰"玉管朱弦莫急催，客听歌送十分杯。长爱夫怜第二句，倩君重唱夕阳开"，王维右丞词云"秦川一半夕阳开"是也。　② 未：《乐府诗集》注"一作骨"。

簇拍相府莲①

莫以今时宠，宁无②旧日恩。看花满眼泪，不共楚王言。闺烛无人影，罗屏有梦魂。近来音耗绝，终日望应门。

　① 此首录自《乐府诗集》卷八〇。今按：此诗疑当作二首。前四句为一首，即王维《息夫人》诗；后四句为一首，即前《水调歌》第六彻。若合为一首，则"今时宠"与"近来音耗绝"相矛盾。　② 宁无：王维《息夫人》诗作"能忘"。

离 别 难①

此别难重陈，花深复变人。来时梅覆雪，去日柳
含春。物候催行客，归途淑气新。剡川今已远，魂梦
暗相亲。

① 此首录自《乐府诗集》卷八〇。郭茂倩解引《乐府杂录》曰："《离别难》，武
后朝有一士人陷冤狱，籍其家。妻配入掖庭，善吹觱篥，乃撰此曲以寄情焉。初
名《大郎神》，盖取良人第行也。既畏人知，遂三易其名曰《悲切子》，终号《怨回
鹘》云。"

山 鹧 鸪①（二首）

其 一

玉关征戍久，空闺人独愁。寒露湿青苔，别来蓬
鬓秋。

① 此二首录自《乐府诗集》卷八〇。郭茂倩解引《历代歌辞》曰："《山鹧鸪》，
羽调曲也。"

其 二

人坐青楼晚，莺语百花时。愁多人①自老，肠断君
不知。

① 多人：《全唐诗》卷二七作"人多"。

大 酺 乐①

泪滴珠难尽，容残玉易销。傥随明月去，莫道梦
魂遥。

① 此首录自《乐府诗集》卷八〇。郭茂倩解引《乐苑》曰："《大酺乐》，商调
曲，唐张文收造。"

如 意 娘[①]

看朱成碧思纷纷,憔悴支离为忆君。不信比来长下泪,开箱验取石榴裙。

① 此首录自《乐府诗集》卷八〇。郭茂倩解引《乐苑曰》:"《如意娘》,商调曲。唐则天皇后所作也。"

杨 柳 枝[①](五首)

孙 鲂[②]

其 一

灵和风暖太昌春,舞线摇丝向昔[③]人。何似晓来江雨后,一行如画隔遥津。

① 此五首录自《乐府诗集》卷八一。　② 孙鲂(生卒年不详):字伯鱼,南昌(今属江西)人。性聪明,家贫好学。唐末世乱,鲂从郑谷学诗,尽得其法。南唐烈祖时,累迁至宗正郎。鲂善诗,以《题金山寺》为著名。《全唐诗》录其诗三十五首。　③ 昔:《全五代诗》作"惜"。

其 二

彭泽初栽五树时,只应闲看一枝枝[①]。不知天意风流处,要与佳人学画眉。

① 枝:《全唐诗》卷七四三及《全唐五代词》卷四并作"垂"。

其 三

暖傍离亭静拂桥,入流穿槛绿摇[①]摇[②]。不知落日谁相送,魂断千条与万条。

① 摇:《全唐诗》及《全唐五代词》并作"阴"。　② 摇:《全五代诗》作"遥"。

其 四

春来绿树[①]遍天涯,未见垂杨未可夸。晴日万株烟一阵,闲坊兼是莫愁家。

① 树:《全五代诗》作"柳"。

其　五

十首当年有旧词，唱青歌翠几无遗。未曾得向行人道，不为①离情莫折伊。

① 为：《全唐诗》作"谓"。

杨 柳 枝①（五首）

牛　峤②

其　一

解冻风来末上青，解垂罗袖拜卿卿。无端袅娜临官路，舞送行人过一生。

① 此五首录自《乐府诗集》卷八一。　② 牛峤（生卒年不详）：字松卿，一字延峰。狄道（今甘肃临洮）人。牛僧孺之孙。唐僖宗乾符五年（878）进士。历拾遗、补阙、尚书郎。王建镇蜀，辟为判官。入前蜀，拜给事中。峤博学有文，尤工词，属花间词派。《花间集》收其词三十二首。《全唐诗》录其诗六首，词二十七首。

其　二

吴王宫里色偏深，一簇纤条万缕金。不愤钱塘苏小小，引郎松下结同心①。

① "引郎"句：古诗《苏小小歌》："何处结同心，西陵松柏下。"此句系化用这两句诗意。"松"，《乐府诗集》作"枝"，据《全唐诗》卷六六七及《花间集》改。

其　三

桥北桥南千万条，恨伊张绪不相饶。金羁白马临风望，认得羊家静婉腰①。

① 羊家静婉腰：《南史·羊侃传》："舞人张净琬腰围一尺六寸，时人咸推能掌上舞。"静婉，当依《南史》作"净琬"。

其　四

狂雪随风扑马飞，惹烟无力被风欹①。莫交移入灵和殿，宫女三千又妒伊。

① 被风欹：《全唐诗》及《花间集》并作"被春欺"。

其 五

袅翠笼烟拂暖波，舞裙新染麹尘罗。章华台畔隋堤上，倚①得春风尔许多。

① 倚：《全唐诗》及《花间集》并作"傍"。

杨 柳 枝①（三首）

和 凝

其 一

软碧摇烟似送人，映花时把翠眉②攒。青青③自是风流主，慢飐金丝待洛神。

① 此三首录自《乐府诗集》卷八一。　② 眉：《花间集》作"蛾"。　③ 青青：草木茂盛的样子。《诗·卫风·淇奥》："瞻彼淇奥，绿竹青青。"毛传："青青，茂盛貌。"

其 二

瑟瑟罗裙金缕腰，黛眉偎①破未重描。醉来咬损②新花子，拽住仙郎尽放娇。

① 偎：《乐府诗集》作"隈"，据《全唐诗》卷二八改。　② 咬损：《花间集注》曰"一作咬破"。

其 三

鹊桥初就咽银河，今夜仙郎自姓①和。不是昔年攀桂树，岂能月里索姮娥？

① 姓：《乐府诗集》作"性"，据《全唐诗》卷七三六及《花间集》改。自姓和，和凝自指。

竹 枝①（二首）

孙光宪②

其 一

门前春水白苹花，岸上无人小艇斜。商女经过江欲暮,散抛残食饲神鸦③。

① 此二首录自《乐府诗集》卷八一。 ② 孙光宪(? —968):字孟文,自号葆光子,陵州贵平(今四川仁寿)人。好学博闻,工词,素以文学自负。唐末,为陵州判官。入宋,授黄州刺史。《花间集》收其词六十首,《全唐诗》录其诗八首。
③ 神鸦:指巴陵附近逐舟觅食的乌鸦。杜甫《过洞庭湖》:"护堤盘古木,迎棹舞神鸦。"仇兆鳌注:"吴江周篆曰:'神乌在岳州南三十里,群乌飞舞舟上,或撒以碎肉,或撒以荳粒;食荤者接肉,食素者接荳,无不巧中。如不投以食,则随舟数十里,众乌以翼沾泥水污船而去,此其神也。'"

其 二

乱绳千结绊人深,越罗万丈表①长寻。杨柳在身垂意绪,藕花落尽见莲心。

① 表:《花间集》作"袠"。

杨 柳 枝①(四首)

孙光宪

其 一

阊门②风暖落花干,飞遍江城③雪不寒。独有晚来临水驿,闲人多凭赤栏杆。

① 此四首录自《乐府诗集》卷八一。 ② 阊:《乐府诗集》作"闾",据《全唐诗》卷七六二及《花间集》改。 ③ 江城:中华书局本校记《全唐诗》卷二八作"江南"。

其 二

有池有榭即濛濛,浸润翻成长养功。恰似有人长点检,著①行排立向春风。

① 著:《花间集》作"着"。

其 三

根柢虽然傍浊河,无妨终日近笙歌。骖骖金带谁堪比,还共黄莺不较①多。

① 较:《花间集》作"校"。

其 四

万株枯槁怨亡隋,似吊吴台各自垂。好是淮阴明月里,酒楼横笛不胜吹。

水 调①（二首）

① 此二首录自《乐府诗集》卷七九。郭茂倩引《乐苑》曰:"《水调》,商调曲也。"旧说,《水调河传》,隋炀帝幸江都时所制。曲成奏之,声韵怨切。王令言闻而谓其弟子曰:"但有去声而无回韵,帝不返矣。"后竟如其言。按唐曲凡十一叠,前五叠为歌,后六叠为入破。其歌,第五叠五言调,声最为怨切。故白居易诗云:"五言一遍最殷勤,调少情多似有因。不会当时翻曲意,此声肠断为何人!"唐又有新水调,亦商调曲也。

今按:《乐府诗集》此题作《水调二首》,包括《水调歌》和《水调入破》。据郭茂倩题解按语称,当为唐曲。

水 调 歌（五章）

第 一

平沙落日大荒西,陇上明星高复低。孤山几处看烽火,壮②士连营侯鼓鞞。

① 壮:《乐府诗集》注"一作战"。

第 二

猛将关西意气多,能骑骏马弄雕戈①。金鞍宝铰精神出,笛倚新翻水调歌。

① 雕戈:刻镂之戈。《汉书·郊祀志下》颜师古注:"雕戈,刻镂之戈也。"这里为戈的美称。

第 三

王孙别上绿珠轮,不羡名公乐此身。户外碧潭春洗马,楼前红烛夜迎人。

第　四

陇头一段气长秋，举目萧条总是愁。只为征人多下泪，年年添作断肠流。

第　五

双带仍分影，同心巧结香。不应须换彩，意欲媚浓妆。

水调入破（六章）

第　一

细草河边一雁飞，黄龙关里挂戎衣。为受明王恩宠甚，从事经年不复归。

第　二①

锦城丝管日纷纷，半入江风半入云。此曲只应天上去②，人间能得几回闻？

① 杜甫有《赠花卿》诗，与此首诗同。　② 去：《杜甫诗全译》作"有"。

第　三

昨夜遥欢出建章，今朝缀赏度昭阳。传声莫闭黄金屋，为报先开白玉堂。

第　四

日晚笳声咽戍楼，陇云漫漫水东流。行人万里向西去，满目关山空①恨②愁。

① 空：《乐府诗集》注"一作无"。　② 恨：《乐府诗集》注"一作自"。

第　五

千年一遇圣明朝，愿对君王舞细腰。乍可当熊任生死，谁能伴凤上①云霄。

① 上：《乐府诗集》注"一作入"。

第　六　激

闺烛无人影，罗屏有梦魂。近来音耗绝，终日望君门。

一

第十六卷　唐五代乐府（五）

鼓吹曲辞

鼓吹曲,亦曰短箫铙歌。乃是用短箫铙鼓的军乐。蔡邕《礼乐志》曰:"汉乐四品,其四曰短箫铙歌,军乐也。黄帝岐伯所作,以建威扬德、风敌劝士也。"

唐鼓吹曲辞,《乐府诗集》辑录,包括《汉铙歌》、《齐鼓吹曲》、《唐凯乐歌辞》、《唐凯歌》、《唐鼓吹铙歌》等,共六十九首,多为唐人依汉、齐等前朝旧题拟作,然柳宗元《唐鼓吹铙歌》却是歌颂高祖、太宗功德及征伐勤劳之事,多为当世纪事内容。

汉铙歌^①

临 高 台^①

褚 亮^②

高台暂俯临,飞翼耸轻音。浮光随日度,漾影逐波深。迥瞰周平野,开怀畅远襟^④。独此三休上,还伤千岁心。

① 此首录自《乐府诗集》卷一八。郭茂倩解引《古今乐录》曰:"汉鼓吹铙歌十八曲,字多讹误……又有《务成》、《玄云》、《黄爵》、《钓竿》,亦汉曲也。其辞亡。"《乐府解题》曰:"古词言:'临高台,下见清水中有黄鹄飞翻,关弓射之,令我主万年。'若齐谢朓'千里常思归',但言临望伤情而已。" ② 褚亮(560—647):字希明,杭州钱塘(今浙江杭州)人。在陈隋时已显名,累迁尚书殿中侍郎,太常博士。入唐,授秦王文学,随太宗征伐。贞观中累迁散骑常侍,封阳翟县侯。《全唐诗》录其诗三十三首。 ④ 襟:《文苑英华》卷三一〇作"衿"。

巫　山　高①

郑世翼②

巫山凌太清，岧峣类削成。霏霏暮雨合，霭霭朝云生。危峰入鸟道，深谷泻③猿声。别有幽栖客，淹留攀桂情。

① 此首录自《乐府诗集》卷一七。郭茂倩解引《乐府解题》曰："古词言，江淮水深，无梁可渡，临水望远，思归而已。若齐王融'想像巫山高'，梁范云'巫山高不极'，杂以阳台神女之事，无复远望思归之意也。" ② 郑世翼（生卒年不详）：一作郑代翼，郑州荥阳（今属河南）人。武德中任万年丞、扬州录事参军。贞观中坐怨谤，流巂州，卒。《全唐诗》录其诗五首。 ③ 泻：《文苑英华》卷二〇一作"写"。

上　之　回①

卢照邻

回中②道路险，萧关烽候多。五营屯北地，万乘出西河。单于拜玉玺，天子按瑂戈。振旅汾川曲，秋风横大歌③。

① 此首录自《乐府诗集》卷一六。郭茂倩解引吴竞《乐府解题》曰："汉武通回中道，后数出游幸焉。"沈建《乐府广题》曰："汉曲皆美当时之事。" ② 回中：古道路名。南起汧水河谷，北出萧关，因路经回中得名。 ③ "秋风"句：汉武帝有《秋风歌》。

战　城　南①

卢照邻

将军出紫塞，冒顿在乌贪。笳喧雁门北，阵翼龙城南。雕弓夜宛转，铁骑晓参潭。应须驻白日，为待战方酣。

① 此首录自《乐府诗集》卷一六。

巫 山 高①

卢照邻

巫山望不极,望望下朝雾②。莫辨啼猿树,徒看神女云。惊涛乱水脉,骤雨暗峰③文。沾裳即此地,况复远思君。

① 此首录自《乐府诗集》卷一七。　② 雾:《全唐诗》卷一七注"集作氛"。③ 峰:《文苑英华》卷二〇一作"岑"。

芳 树①

卢照邻

芳树本多奇,年华复在斯。结翠成新幄,开红满旧②枝。风归花历乱,日度影参差。容色朝朝落,思君君不知。

① 此首录自《乐府诗集》卷一七。郭茂倩解引《乐府解题》曰:"古词中有云:'妒人之子愁杀人,君有他心,乐不可禁。'若齐王融'相思早春日',谢朓'早玩华池阴',但言时暮、众芳歇绝而已。"　② 旧:《文苑英华》卷二〇八及《全唐诗》卷一七注并作"故"。

临 高 台①

王 勃

临高台,高台迢递绝浮埃②。瑶轩绮构何崔嵬,鸾歌凤吹清且哀。俯瞰长安道,萋萋御沟草。斜对甘泉路,苍苍茂陵树。高台四望同,帝乡③佳气郁葱葱。紫阁丹楼纷照曜,璧房锦殿相玲珑。东弥④长乐观,西指未央宫。赤城映朝日，绿树摇春风。旗亭百队开新市，甲第千甍分戚里⑤。朱轮翠盖不胜春，叠树⑥层楹相对起。复有青楼大道中，绣户文窗雕绮栊。锦衣⑦昼不襞，罗帷夕未空。歌屏朝掩翠，妆镜晚窥红。为吾安宝髻，娥眉罢花丛。狭路尘间⑧黯将暮，云间⑨月色明如素。鸳鸯池上两两飞，凤皇楼下双双度。物色正如此，佳期那不顾。银鞍绣毂盛繁华，可怜今夜宿倡家。倡家少妇不须颦，东园桃李片时春。君看旧日高台处，柏梁铜雀生⑩黄尘。

① 此首录自《乐府诗集》卷一八。　② "临高台"二句：《王子安集》卷二作三句："临高台，临高台，迢递绝浮埃。"　③ 帝乡：《王子安集》无此二字。　④ 弥：《王子安集》作"迷"。　⑤ 戚里：汉代长安城中外戚居住的地方。王先谦《汉书补注》引周寿昌曰："《长安志》注云：'高祖娶石奋姊为美人，移家于长安城中，号之曰戚里，帝王之姻戚也。'据此，戚里因石奋家而得名。"　⑥ 树：疑当作"榭"。⑦ 衣：《王子安集》作"衾"。　⑧ 狭路尘间：《王子安集》作"尘间狭路"。⑨ 间：《王子安集》及《文苑英华》卷二一〇均作"开"。　⑩ 生：《文苑英华》作"尚"。

有 所 思①

沈佺期

君子事行役，再空芳岁期。美人旷延伫，万里浮云思。园槿绽红艳，郊桑柔绿滋。坐看长夏晚，秋月生②罗帷。

① 此首录自《乐府诗集》卷一七。郭茂倩解引《乐府解题》曰："古词言'有所思乃在大海南。何用问遗君？双珠玳瑁簪。闻君有他心，烧之当风扬其灰。从今已往，勿复相思而与君绝'也。"　② 生：《全唐诗》卷一七注"集作照"。

钓 竿[①]

沈佺期

朝日敛红烟,垂竿向绿川。人疑天上坐,鱼似镜中悬。避楫时惊透,猜钩每误牵。湍危不理辖,潭静欲留船。钓玉君徒尚,征金我未贤。为看芳饵下,贪得会无全。

① 此首录自《乐府诗集》卷一八。郭茂倩解引崔豹《古今注》曰:"《钓竿》者,伯常子避仇河滨为渔者,其妻思之而作也。每至河侧辄歌之。后司马相如作《钓竿诗》,遂传为乐曲。"

巫 山 高[①]（二首）

沈佺期

其 一

巫山峰十二,环合[②]隐昭回。俯眺琵琶峡,平看云雨台。古槎天外倚,瀑水日边来。何忽啼猿夜,荆王枕席开。

① 此二首录自《乐府诗集》卷一七。　② 环合:《文苑英华》卷二〇一及《全唐诗》卷一七注并作"合沓"。

其 二

神女向高唐,巫山下夕阳。徘徊作行雨,婉变逐荆王。电影江前落,雷声峡外长。霁云无处所,台馆晓苍苍。

芳 树[①]

沈佺期

何地早芳菲,宛在长门殿。夭桃色若绶,秾李光如练。啼鸟弄花疏,游蜂饮香遍。叹息春风起,飘零君不见。

① 此首录自《乐府诗集》卷一七。

芳　树①

徐彦伯

玉花珍簟上，金镂画屏开。晓月怜筝柱，春风忆镜台。筝柱春风吹晓月，芳树落花朝冥歇。藁砧刀头未有时，攀条拭泪坐相思。

① 此首录自《乐府诗集》卷一七。

巫山高①

张循之②

巫山高不极，沓沓状奇新③。暗谷疑风雨，幽岩④若鬼神。月明三峡曙⑤，潮满二⑥江春。为问阳台夕，应知入梦人。

① 此首录自《乐府诗集》卷一七。　② 张循之（生卒年不详）：洛阳（今属河南）人。与弟张仲之均与苏晋友善，并以学业著名当时。武则天时，因上疏忤旨，被诛。《全唐诗》录其诗六首。　③ 沓沓状奇新：《乐府诗集》作"沓沓奇状新"。沓沓，《文苑英华》卷二○一及《全唐诗》注并作"合沓"。奇状新，《文苑英华》、《全唐诗》作"状奇新"，据改。　④ 岩：《全唐诗》注"集作崖"。　⑤ 曙：《全唐诗》注"集作晓"。　⑥ 二：《全唐诗》注"集作九"。

上 之 回①

李　白

三十六离宫，楼台与天通。阁道步行月，美人愁烟空。恩疏宠不及，桃李伤春风。淫乐意何极？金舆向回中。万乘出黄道,千旗扬彩虹。前军细柳北,后骑甘泉东。岂问渭川老,宁邀襄野童?但慕②瑶池宴,归来乐未穷。

① 此首录自《乐府诗集》卷一六。 ② 但慕:《乐府诗集》作"秋暮",据《李太白文集》卷四改。

战 城 南①

李 白

去年战,桑干源;今年战,葱河道。洗兵条支②海上波,放马天山雪中草。万里长征战,三军尽衰老。匈奴以杀戮为耕作,古来唯见白骨黄沙田。秦家筑城备③胡处,汉家还有烽火然。烽火然不息,征战④无已时。野战格斗死,败⑤马号鸣向天悲。乌鸢啄人肠,衔飞上挂枯树枝⑥。士卒涂草莽,将军空尔为。乃知兵者⑦是凶器,圣人⑧不得已而用之。

① 此首录自《乐府诗集》卷一六。 ② 条支:古西域国名,约在今伊拉克境内。《史记·大宛列传》:"条枝,在安息西数千里,临西海。" ③ 备:《分类补注李太白诗》作"避"。 ④ 征战:《乐府诗集》注"一作长征"。 ⑤ 败:《文苑英华》注"一作驽"。《唐人选唐诗》作"怒"。 ⑥ 上挂枯树枝:《乐府诗集》注"一作上枯枝"。 ⑦ 者:《唐人选唐诗》无此字。 ⑧ 人:《李太白文集》注"一作君"。

将 进 酒①

李 白

君不见黄河之水天上来,奔流到②海不复回。君不见高堂③明镜悲白发,朝如青丝④暮成雪。人生得意须尽欢,莫使金樽空对月。天生我材必有用⑤,千⑥金散尽还复来。烹羊宰牛且为乐,会须一饮三百杯。岑

夫子，丹丘生⑦，将进酒，杯莫停⑧。与⑨君歌一曲，请君
为我倾耳听⑩。钟鼓馔玉不足贵⑪，但愿长醉不复⑫醒。
古来圣贤⑬皆寂寞⑭，唯有饮者留其名。陈王昔时⑮宴
平乐，斗酒十千恣欢谑⑯。主人何为言少钱，径须沽取
对君酌⑰。五花马，千金裘⑱，呼儿将出换美酒，与尔同
销万古愁。

① 此首录自《乐府诗集》卷一七。今按：古词曰："将进酒，乘大白。"大略以
饮酒放歌为言。　② 到：《分类补注李太白诗》作"倒"。　③ 高堂：敦煌残卷《唐
人选唐诗》作"床头"。　④ 青丝：敦煌残卷《唐人选唐诗》作"春云"。丝，《文苑
英华》卷一九五作"云"，又注"一作丝"。　⑤ "天生"句：《文苑英华》注"一作我
身必有材"。《李太白文集》卷三王琦注："天生我徒有俊材"。　⑥ 千：《李太白
文集》卷三王琦注"一作黄"。　⑦ "岑夫子"二句：瞿蜕园《李白集校注》按：
"（宋）杨（齐贤）说岑为岑参，误。岑为岑勋，集中有诗题云'酬岑勋见寻就元丹丘
对酒相待以诗见招'。"丹丘生，即元丹丘。　⑧ "将进酒"二句：《河岳英灵集》卷
上无此二句。杯莫停，《乐府诗集》注"一作君莫停"。　⑨ 与：《唐人选唐诗》作
"为"。　⑩ 倾耳听：《河岳英灵集》无"耳听"二字。《唐文粹》及《唐人选唐诗》均
无"倾耳"二字。倾，《李太白文集》王琦注云"萧（士赟）本作侧"。　⑪ "钟鼓"
句：《李白集校注》按："钟鼓馔玉不成对文，古无此文法，观各本作钟鼎玉帛者多，
知唐人写本不误，若下文为馔玉，则上文当为鼓钟，非钟鼓。"　⑫ 复：萧士赟本
《李太白诗》作"愿"。　⑬ 圣贤：《文苑英华》作"贤圣"。　⑭ 寂寞：《唐人选唐
诗》及《分类补注李太白诗》皆注云"一作死尽"。　⑮ 昔时：《河岳英灵集》及《分
类补注李太白诗》并作"昨日"。　⑯ "陈王"二句：《李白集校注》引王琦曰："曹
植以太和六年封为陈王，其所作《名都篇》有曰：'归来宴平乐，美酒斗十千。'李善
注：平乐，观名。"　⑰ "径须"句：《分类补注李太白诗》注"一作且须沽酒共君
酌"。取，《文苑英华》作"酒"，注云"一作取"。径，《唐文粹》作"且"。　⑱ 千金
裘：《史记·孟尝君列传》云："孟尝君有狐白裘，值千金，天下无双。"

君 马 黄[①]

李 白

君马黄，我马白。马色虽不同，人心本无隔。共作游冶盘，双行洛阳陌。长剑既照曜，高冠何赩赫。各有千金裘，俱为五侯客[②]。猛虎落陷阱，壮士[③]时屈厄。相知在急难，独好亦[④]何益。

① 此首录自《乐府诗集》卷一七。　② 五侯客:《李白集校注》引《汉书》卷九二《楼护传》:"是时王氏方盛,宾客满门,五侯兄弟争名,其客各有所厚,不得左右。唯护尽入其门,咸得其驩心。"　③ 士:《乐府诗集》作"夫",据《李白集校注》改。　④ 亦:《乐府诗集》注"一作知"。

有 所 思[①]

李 白

我思仙[②]人，乃在碧海之东隅。海寒多天风，白波连山[③]倒蓬壶。长鲸喷涌不可涉，抚心茫茫泪如珠。西来青鸟东飞去，愿寄一书谢麻姑。

① 此首录自《乐府诗集》卷一七。今按:此题《李太白诗》卷四作"古有所思行"。王琦注《李太白文集》卷四作"古有所思"。　② 仙:《乐府诗集》注"一作佳"。　③ 山:《乐府诗集》注"一作天"。

雉 子 斑[①]

李 白

辟邪伎作鼓吹惊，雉子斑之奏曲成，喔咿[②]振迅欲飞鸣。扇锦翼，雄风生。双[③]雌同饮啄，趫悍[④]谁[⑤]能争。乍向草中耿介死[⑥]，不求黄金笼下生。天地至广大，何惜遂物情。善卷让天子，务光亦逃名。所贵旷士怀，朗然合太清。

① 此首录自《乐府诗集》卷一八。郭茂倩解引《古今乐录》曰:"梁三朝乐第四十一,设辟邪伎鼓吹作《雉子斑》曲引去来。"今按:此题《李太白文集》卷四作"设辟邪伎鼓吹雉子斑曲辞"。 ② 喔咿:《李白集校注》引《韩诗外传》卷九:"夫凤凰之初起也,翾翾七步之雀,喔咿而笑之。" ③ 双:咸淳本《李翰林集》注"一作变"。 ④ 悍:通"睅",眼睛突出的样子。 ⑤ 谁:《乐府诗集》作"诈",据萧士赟《李太白诗》卷四改。 ⑥ 耿介死:耿,《乐府诗集》作"取",据《李翰林集》改。耿介,《文选》李善注曰,薛君《韩诗章句》曰:"雉,耿介之鸟也。"《礼记正义》:"或谓雉鸟耿介,被人所获,必自屈折其头而死。"

巫 山 高①

刘方平

　　楚国巫山秀,清猿日夜啼。万重春树合,十二碧峰齐。峡出朝云下,江来暮雨西。阳台归路直,不畏向家迷。

① 此首录自《乐府诗集》卷一七。

巫 山 高①

皇甫冉

　　巫峡见巴东,迢迢出半空②。云藏神女馆,雨到楚王宫。朝暮泉声落,寒暄树色同。清猿不可听,偏在九秋中。

① 此首录自《乐府诗集》卷一七。 ② 出半空:《乐府诗集》作"半出空",据《极玄集》及《御览诗》改。

芳　树①

韦应物

迢迢芳园树，列映清池曲。对此伤人心，还如故时绿。风条洒余霭，露叶承新旭。佳人不再攀，下有往来躅。

① 此首录自《乐府诗集》卷一七。

有　所　思①

韦应物

借问江上柳，青青为谁春。空游昨日地，不见昨日人。缭绕万家井，往来车马尘。莫道无相识，要非心所亲。

① 此首录自《乐府诗集》卷一七。

巫　山　高①

李　端

巫山十二峰，皆在碧虚中。回合云藏日，霏微雨带风。猿声寒过水②，树色暮连空。愁向高唐望③，清秋见楚宫④。

① 此首录自《乐府诗集》卷一七。　② 过水:《文苑英华》卷二〇一作"度水"。水,《全唐诗》卷一七注"集作涧"。　③ 望:《文苑英华》作"宿",《才调集》作"去"。　④ 宫:《文苑英华》作"东"。

巫 山 高^①（二首）

孟 郊

其 一

巴江上峡重复重，阳台碧峭十二峰。荆王猎时逢
暮雨，夜卧高丘梦神女。轻红流烟湿艳姿，行云飞去
明星稀。目极魂断望不见，猿啼三声泪沾衣。

① 此二首录自《乐府诗集》卷一七。今按：此题《孟东野诗集》卷一第一首作
《巫山曲》，第二首作《巫山高》。

其 二

见尽数万里，不闻三声猿。但飞萧萧雨，中有亭
亭魂。千载楚襄^①恨，遗文宋玉言。至今青冥里，云结
深闺门。

① 襄：《乐府诗集》注"一作王"。

有 所 思^①

孟 郊

桔槔^②烽火昼不灭，客路迢迢信难越。古镇刀攒
万片霜，寒江浪起千堆雪。此时西去定如何，空使南
心远凄切。

① 此首录自《乐府诗集》卷一七。　② 桔槔：亦称"吊杆"，古代的汲水工具。

朱 鹭^①

张 籍

翩翩兮朱鹭，来泛^②春塘栖绿树。羽毛如翦色如
染，远飞欲下双翅敛。避人引子入深堑，动处水纹开
潋潋。谁知豪家网尔躯，不如饮啄江海隅。

① 此首录自《乐府诗集》卷一六。郭茂倩解引《隋书·乐志》曰："建鼓，殷所

作。又栖翔鹭于其上，不知何代所加。或曰，鹄也，取其声扬而远闻。或曰鹭，鼓精也。或曰，皆非也。《诗》云：'振振鹭，鹭于飞。鼓咽咽，醉言归。'言古之君子，悲周道之衰，颂声之息，饰鼓以鹭，存其风流，未知孰是。"孔颖达曰："楚威王时，有朱鹭合沓飞翔而来舞，旧鼓吹《朱鹭曲》是也。"然则汉曲盖因饰鼓以鹭而名曲焉。宋何承天《朱路篇》曰："朱路扬和鸾，翠盖曜金华。"但盛称路车之美，与汉曲异矣。　②泛：《全唐诗》卷一七注"集作浴"。

有 所 思①

卢 仝

当时我醉美人家，美人颜色娇如花。今日美人弃我去，青楼珠箔天之涯。天涯娟娟嫦娥月，三五二八盈又缺。翠眉蝉鬓生别离，一望不见心断绝。心断绝，几千里。梦中醉卧巫山云，觉来泪滴湘江水。湘江两岸花木深，美人不见愁人心。含愁更奏绿绮琴，调高弦绝无知音。美人兮美人，不知为暮雨兮为朝云。相思一夜梅花发，忽到窗前疑是君。

① 此首录自《乐府诗集》卷一七。

将 进 酒①

元 稹

将进酒，将进酒，酒中有毒鸩主父，言之主父伤主母。母为妾地父妾天，仰天俯地不忍言。佯为僵踣主父前，主父不知加妾鞭。旁人知妾为主说，主将泪洗鞭头血。推椎主母牵下堂，扶妾遣升堂上床。将进酒，酒中无毒令主寿，愿主回恩②归主母，遣妾如此事③主父。妾为此事人偶知，自惭不密方自悲。主今颠倒安置妾，贪天僭地谁不为。

① 此首录自《乐府诗集》卷一七。　② 恩:《乐府诗集》作"思"，据《元氏长庆集》改。　③ 事:《乐府诗集》注"一作由"。

芳　树①

元　稹

芳树已寥落，孤英犹可嘉。可怜团团叶，盖覆深深花。游蜂竞钻②刺，斗雀亦纷挐。天生细碎物，不爱好光华。非无羿殄法，念尔有生涯。春雷一声发，惊燕亦惊蛇。清池养神蔡③，已复长虾蟆。雨露贵平施，吾其春草芽。

① 此首录自《乐府诗集》卷一七。　② 钻:《全唐诗》卷一七作"攒"。
③ 神蔡:大龟的美称。

上 之 回①

李　贺

上之回，大旗喜。悬虹彗②，挞凤尾。剑匣破，舞蛟龙。蚩尤死，鼓逢逢。天③高庆雷齐坠地，地无惊烟海千里。

① 此首录自《乐府诗集》卷一六。　② 虹彗:《李长吉歌诗汇解》卷四作"红云"。　③ 天:《乐府诗集》作"大"，据《李长吉歌诗汇解》改。

巫 山 高①

李　贺

碧丛丛②，高③插天，大④江翻澜神曳烟。楚魂寻梦风飔⑤然，晓风⑥飞雨生苔钱。瑶姬一去一千年，丁香筇竹啼⑦老猿。古祠近月蟾桂寒，椒花坠红湿云间⑧。

① 此首录自《乐府诗集》卷一七。　②"碧丛"句：王琦注《李长吉歌诗汇解》注"首句一作巫山丛碧高插天"。　③ 高：《乐府诗集》注"一作齐"。《文苑英华》卷二〇一作"齐"。　④ 大：《文苑英华》作"巴"。　⑤ 飔：《乐府诗集》注"一作飐"。　⑥ 风：《李贺诗歌编》作"岚"。　⑦ 啼：《文苑英华》作"号"。　⑧ 间：《乐府诗集》注"一作端"。

将 进 酒①

李 贺

　　琉璃钟，琥珀浓，小槽酒滴真珠红。烹龙炮凤玉脂泣，罗屏②绣幕围香风。吹龙笛，击鼍鼓，皓齿歌，细腰舞。况是青春日将暮，桃花乱落如红雨。劝君终日酩酊醉，酒不到刘伶坟上土。

① 此首录自《乐府诗集》卷一七。　② 屏：《李贺诗歌编》卷四作"帏"。

艾 如 张①

李 贺

　　锦襜褕，绣裆襦。强强②饮啄③哺尔雏。垄④东卧穟⑤满风雨，莫信笼媒⑥垄西去。齐人织网如素空，张在野春⑦平碧中。网丝漠漠无形影，误尔触之伤首红。艾叶绿花谁翦刻，中藏祸机不可测⑧。

① 此首录自《乐府诗集》卷一六。郭茂倩解云：艾与刈同。《说文》曰："芟草也。"如读为而，犹《春秋》曰"星陨如雨"也。古词曰："艾而张罗。"又曰："雀以高飞奈雀何？"《穀梁传》曰："艾兰以为防，置旃以为辕门。"谓因搜狩以习武事也。兰，香草也，言艾草以为田之大防是也。若陈苏子卿云"张机蓬艾侧"，唐李贺云"艾叶绿花谁翦刻"，俱失古题本意。　② 强强：《李长吉歌诗汇解》卷四作"强"。③ 饮啄：《唐文粹》卷一三作"啄食"。　④ 垄：《乐府诗集》作"陇"，据《唐文粹》改。下句"垄"也据改。　⑤ 穟：通"穗"。　⑥ 莫信笼媒：《唐文粹》作"莫逐良

媒"。信,《乐府诗集》注"一作逐","笼"作"龙"。王琦注《李长吉歌诗汇解》作"笼媒",据改。　　⑦ 春:《唐文粹》作"田"。　　⑧ 测:《唐文粹》作"识"。

黄 雀 行①

庄南杰

穿屋穿墙不知止,争树争巢入营死。林间公子挟弹弓,一丸致毙花丛里。小雏黄口未有知,青天不解高高飞。虞人设网当要路,白日啾嘲祸万机。

① 此首录自《乐府诗集》卷一八。

战 城 南①

刘 驾

城南征战多,城北无饥鸦。白骨马蹄下,谁言皆有家。城前水声苦,倏忽流万古。莫争城外地,城里有闲土。

① 此首录自《乐府诗集》卷一六。

战 城 南①（二首）

贯 休

其 一

万里桑干傍,茫茫古蕃壤。将军貌憔悴,抚剑悲年长。胡兵尚陵逼,久住亦非强。邯郸少年辈,个个有伎俩。拖枪半夜去,雪片大如掌。

① 此二首录自《乐府诗集》卷一六。

其 二

碛中有阴兵,战马时惊蹶。轻猛李陵心,摧残苏武节。黄金锁子甲,风吹色如铁。十载不封侯,茫茫向谁说。

临 高 台①

贯 休

凉风吹远念,使我升高台。宁知数片云,不是旧山来。故人天一涯,久客殊未回。雁来不得书,空寄声哀哀。

① 此首录自《乐府诗集》卷一八。

巫 山 高①

于 濆

何山无朝云,彼云亦悠扬。何山无暮雨,彼雨亦苍茫。宋玉恃才者,凭云构高唐②。自重③文赋名,荒淫归楚襄。峨峨十二峰,永作妖鬼乡。

① 此首录自《乐府诗集》卷一七。　② 唐:《乐府诗集》作"堂",据《全唐诗》卷一七改。　③ 重:《全唐诗》注"集作垂"。

芳 树①

罗 隐

细蕊慢逐风,暖香闲破鼻。青帝②固有心,时时动人③意。去年高枝犹压地,今年低枝已憔悴。吾所以见造化之权,变通之理。春夏作头,秋冬为尾,循环反复无穷已。人④生长短同一轨。若使威可以制,力可以止,秦皇不肯敛手下沙丘,孟贲不合低头入蒿里。伊人强猛犹如此,顾我劳生何足恃。但愿开素袍,倾绿蚁,陶陶兀兀大醉于青冥白昼间,任他上是天,下是地。

① 此首录自《乐府诗集》卷一七。　　② 青帝:谓春神。《尚书纬》:"春为东帝,又为青帝。"　　③ 动人:《全唐诗》卷一七注"集作满天"。　　④ 人:《乐府诗集》作"今",据《全唐诗》注"集作人"改。

巫 山 高①

齐 己

巫山高,巫女妖。雨为暮兮云为朝,楚王憔悴魂欲销。秋猿噪噪日将夕,红霞紫烟凝老壁。千岩万壑花皆坼,但恐芳菲无正色。不知今古行人行,几人经此无秋情。云深庙远不可觅,十二峰头插天碧。

① 此首录自《乐府诗集》卷一七。

有 所 思①

刘 云②

朝亦有所思,暮亦有所思。登楼望君处,蔼蔼浮云飞。浮云遮却阳关道,向晚谁知妾怀抱③。玉井苍苔春④院深,桐花落地⑤无人扫。

① 此首录自《乐府诗集》卷一七。　　② 刘云(生卒年不详):唐代女诗人,生活年代在光化前,生年里籍无考。《全唐诗》录其诗三首。　　③ "蔼蔼"三句:《全唐诗》卷一七注作"蔼蔼萧关道。掩泪向浮云,谁知妾怀抱"。　　④ 春:《全唐诗》注"集作青"。　　⑤ 地:《全唐诗》注"集作尽"。

齐鼓吹曲①(三首)

入 朝 曲②

李 白

金陵控海浦,绿③水带吴京。铙歌列骑吹④,飒沓引公卿。槌钟速严妆，伐鼓启重城。天子凭玉案⑤，剑履若云行。日出照万户，簪裾⑥烂明星。朝罢沐浴闲，遨游阆风亭。济济双阙下，欢娱乐恩荣。

　　① 此三首录自《乐府诗集》卷二〇。今按:齐鼓吹曲，《乐府诗集》原题，包括李白《入朝曲》、张籍《送远曲》、王建《泛水曲》，共三首，曲题均取自齐谢朓《齐随王鼓吹曲》，故当称其为仿齐鼓吹曲也。　　② 入朝曲:萧士赟本《李太白诗》卷五作"鼓吹入朝曲"。　　③ 绿:萧士赟本《李太白诗》作"渌"。　　④ 骑吹:《李白集校注》注引《宋书》:"《建初录》云，《务成》、《黄爵》、《玄云》、《远期》，皆骑吹曲，非鼓吹曲。此则列于殿庭者为鼓吹，今之从行鼓吹为骑吹。"　　⑤ 案:萧士赟本《李太白诗》作"几"。　　⑥ 裙:萧本《李太白诗》作"裾"。

送 远 曲

张　籍

　　戏马台南山簇簇，山边饮酒歌别曲。行人醉后起登车，席上回樽劝童仆。青天漫漫覆长路，远游无家安得住。愿君到处自题名，他日知君从此去。

泛 水 曲

王　建

　　载酒入烟浦，方舟泛绿波。子酌我复饮，子饮我还歌。莲深微路通，峰曲幽气多。阅芳无留瞬，弄桂不停柯。水上秋月鲜，西山碧峨峨。兹欢良可贵，谁复更来过。

唐凯乐歌辞①（四首）

破 阵 乐

　　受律②辞元首，相将讨叛臣。咸歌《破阵乐》，共赏太平人。

　　① 此四首录自《乐府诗集》卷二〇。今按:唐凯乐歌辞，郭茂倩解引《唐书·乐志》曰:"唐制，凡命将出征，有大功献俘馘，其凯乐用铙吹二部，乐器有笛、筚篥、箫、

箛、铙、鼓、歌七种,迭奏《破阵乐》等四曲:一《破阵乐》,二《应圣期》,三《贺圣欢》,四《君臣同庆乐》。初,太宗平东都,破宋金刚,其后苏定方执贺鲁,李勣平高丽,皆备军容凯歌以入。而贞观、显庆、开元礼并无仪注。太常旧有《破阵乐》《应圣期》两曲歌辞,至太和三年始具仪注,又补撰二曲为四曲"云。　② 受律:受命出师。

应 圣 期

圣德期昌运,雍熙万宇清。乾坤资化育,海岳共休明。辟土欣耕稼,销戈遂偃兵。殊方歌帝泽,执贽贺升平。

贺 圣 欢

四海皇风被,千年德水清。戎衣更不著,今日告功成。

君臣同庆乐

主圣开昌历,臣忠奉大猷①。君看偃革后,便是太平秋。

① 奉大猷:《旧唐书》作"奏大猷"。《诗·小雅·巧言》:"秩秩大猷,圣人莫之。"郑玄笺:"猷,道也。大道,治国之礼法。"

唐 凯 歌(六首)①

岑 参

其 一

汉将承恩西破戎,捷书先奏未央宫。天子预开麟阁待,只今谁数贰师功。

① 此六首录自《乐府诗集》卷二〇。郭茂倩解引岑参《送封大夫出师西征序》曰:"天宝中,匈奴、回纥寇边,逾花门,略金山,烟尘相连,侵轶海滨。天子于是授铖常清,出师征之。及破播仙,奏捷献凯,参乃作凯歌"云。又按《唐书·封常清传》曰:"开元末,达奚背叛,自黑山北向,西趣碎叶。其后常清破贼有功。天宝六年,又从高仙芝破小勃律。"不言播仙,疑史之阙文也。

其 二

官军西出过楼兰,营幕傍临月窟寒。蒲海①晓霜凝剑②尾,葱山夜雪扑旌竿。

① 蒲海:即蒲类海,古湖泊名。即今新疆维吾尔自治区东部巴里坤湖。唐骆宾王《荡子从军赋》:"沧波积冻连蒲海,白雪凝寒遍柳城。" ② 剑:《全唐诗》卷一七注"集作马"。

其 三

鸣笳擂①鼓拥回军,破国平蕃昔未闻。大夫鹊印②摇边月,天③将龙旗掣海云。

① 擂:《全唐诗》注"集作叠"。 ② 鹊印:借指公侯之位。 ③ 天:《全唐诗》注"集作大"。

其 四

日落辕门鼓角鸣,千群面缚出蕃城。洗兵鱼海云迎阵,秣马龙堆月照营。

其 五

蕃军遥见汉家营,满谷连山遍哭声。万箭千刀一夜杀,平明流血浸空城。

其 六

暮雨旌旗湿未干,胡尘①白草日光寒。昨夜将军连晓战,蕃军只见马空鞍。

① 尘:《全唐诗》注"集作烟"。

唐鼓吹铙歌①(十二首)

柳宗元

晋 阳 武②

晋阳武,奋义威。炀之渝,德焉归。氓毕屠,绥者谁。皇烈烈,专天机。号以仁,扬其旗。日之升,九土晞。斥田圻，流洪辉。有其二，翼余隋。斫枭骜，连熊螭。枯以肉，勍者赢。后土荡，玄穹弥。合之育，莽然施。惟德辅，庆无期。

① 此十二首录自《乐府诗集》卷二〇。郭茂倩解云："唐鼓吹铙歌十二曲，柳宗元作以纪高祖、太宗功德及征伐勤劳之事：一曰《晋阳武》，二曰《兽之穷》，三曰《战武牢》，四曰《泾水黄》，五曰《奔鲸沛》，六曰《苞枿》，七曰《河右平》，八曰《铁山碎》，九曰《靖本邦》，十曰《吐谷浑》，十一曰《高昌》，十二曰《东蛮》。按此诸曲，史书不载，疑宗元私作而未尝奏，或虽奏而未尝用，故不被于歌，如何承天之造宋曲云。" ② 郭茂倩解云："《晋阳武》，言隋乱既极，唐师起晋阳，平奸豪，为生人义主，以仁兴武也。第一。"又诗末注："《晋阳武》二十六句，句三字。"

兽之穷①

兽之穷，奔大麓②。天厚黄德，狙犷服。甲之櫜弓，弭矢箙。皇旅靖，敌逾蹙。自亡其徒，匪予戮。屈赟猛，虔慄慄。縻以尺组，啖以秩。黎之阳，土茫茫。富兵戎，盈仓箱。乏者德，莫能享。驱豺兕，授我疆。

① 郭茂倩解云："《兽之穷》，言李密自邙山之败，其下皆贰。霸王之业，知天授在唐，遂归于有道，享我爵命也。第二。"又诗末注："《兽之穷》二十一句，其十九句句三字，三句句四字。"今按，当为二十二句。 ② 大麓：广大的山林。《淮南子·泰族训》："既入大麓，烈风雷雨而不迷。"高诱注："林属于山曰麓。"

战武牢①

战武牢，动河朔。逆之助，图掎角。怒毂觳②，抗乔岳。翘萌牙，傲霜雹。王谋内定，申掌握。铺施芟夷，二主缚。惮华戎，廓封略。命之蕾，卑以斫。归有德，唯先觉。

① 郭茂倩解云："《战武牢》，言太宗师讨王充，窦建德助逆，师奋击武牢下擒之，遂降充也。第三。"又诗末注："《战武牢》十八句，其十六句句三字，二句句四字。" ② 毂觳：毂，待哺的幼鸟。觳，幼鹿。

泾水黄①

泾水黄，陇野茫。负太白，腾天狼。有鸟鸷立，羽翼张。钩喙决前,钜②趦傍。怒飞饥啸,翾不可当。老雄死,子复良。巢岐饮渭,肆翱翔。顿地纮③,提天纲。列缺掉帜,招摇耀铓④。鬼神来助,梦嘉祥。脑涂原野,魄飞扬。星辰复,恢一方。

① 郭茂倩解云:"《泾水黄》,言薛举据泾以死,其子仁杲尤勇以暴,师平之也。第四。"又诗末注:"《泾水黄》二十四句,其十五句句三字,九句句四字。"

② 钜:《乐府诗集》注"一作距"。　③ 纮:网索。　④ 铓:通"芒"。

奔鲸沛①

奔鲸沛,荡海垠。吐霓翳日,腥浮云。帝怒下顾,哀垫昏。授以神柄,推元臣。手援天矛,截修鳞。披攘蒙霿,开海门。地平水静,浮天根。羲和显耀,乘清氛。赫炎溥畅,融大钧。

① 郭茂倩解云:"《奔鲸沛》,言辅氏凭江淮,竟东海,命将平之也。第五。"又诗末注:"《奔鲸沛》十八句,其十句句三字,八句句四字。"

苞枿①

苞枿黮矣,惟根之蟠。弥巴蔽荆,负南极以安。曰我旧梁氏,缉绥艰难。江汉之阻,都邑固以完。圣人作,神武用。有臣勇智,奋不以众。投迹死地,谋猷纵。化敌为家,虑则中。浩浩海裔,不威而同。系缧降王,定厥功。澶漫万里,宣唐风。蛮夷九译②,咸来从。凯旋金奏,象形容。震赫万国,罔不龚③。

① 郭茂倩解云:"《苞枿》,言梁之余,保荆、衡、巴、巫,穷南越,良将取之,不以师也。第六。"又诗末注:"《苞枿》二十八句,其十六句句四字,三句句五字,九句句三字。"　② 九译:犹"重译"。《汉书·贾捐之传》:"越裳氏重九译而献。"颜师古注引晋灼曰:"远国使来,因九译言语乃通也。"这里指边远地区少数民族。

③ 龚:通"恭",恭敬。

河右平①

河右澶漫,顽为之魁。王师如雷震,昆仑以颓。上聋下聪,鸷不可回。助雠抗有德,惟人之灾。乃溃乃奋，执缚归厥命。万室蒙其仁，一夫则病。濡以鸿泽，皇之圣。威畏德怀，功以定。顺之于理，物咸遂厥性。

① 郭茂倩解云："《河右平》，言李轨保河右，师临之不克变，或执以降也。第七。"又诗末注："《河右平》十八句，其十一句句四字，五句句五字，二句句三字。"

铁山碎①

铁山碎，大漠舒。二虏劲，连穹庐。背北海，专坤隅。岁来侵边，或傅于都。天子命元帅，奋其雄图。破定襄，降魁渠。穷竟窟宅，斥余吾。百蛮破胆，边氓苏②。威武辉耀，明鬼区。利泽弥万祀，功不可逾。官臣拜首③，惟帝之谟。

① 郭茂倩解云："《铁山碎》，言突厥之大，古夷狄莫强焉。师大破之，降其国，告于庙也。第八。"又诗末注："《铁山碎》二十二句，其十一句句三字，九句句四字，二句句五字。" ② 苏：通"𩖌"。 ③ 首：《全唐诗》卷一七作"手"。

靖本邦①

本邦伊晋，惟时不靖。根柢之摇，枝叶攸病。守臣不任，勩②于神圣。惟越③之兴，翦焉则定。洪惟我理，式和以敬。群顽既夷，庶绩咸正。皇谟载大，惟人之庆。

① 郭茂倩解云："《靖本邦》，言刘武周败裴寂，咸有晋地，太宗灭之也。第九。"又诗末注："《靖本邦》十四句，句四字。" ② 勩：《诗·小雅·雨无正》："正大夫离居，莫知我勩。"毛传："勩，劳也。" ③ 越：《全唐诗》卷一七作"钺"。

吐谷浑①

吐谷浑盛强，背四海以夸。岁侵扰我疆，退匿险且遐。帝谓神武师，往征靖皇家。烈烈旆其旗，熊虎杂龙蛇。王旅千万人，衔枚默无哗。束刃逾山微，张翼纵漠沙。一举刘膻腥，尸骸积如麻。除恶务本根，况敢遗萌芽。洋洋西海水，威命穷天涯。系虏来王都，犒乐穷休嘉。登高望还师，竟野如春华。行者靡不归,亲戚欢要遮。凯旋献清庙,万国思无邪。

① 郭茂倩解云:"《吐谷浑》,言李靖灭吐谷浑于西海上也。第十。"又诗末注:"《吐谷浑》二十六句,句五字。"

高 昌①

麴氏雄西北,别绝臣外区。既恃远且险,纵傲不我虞。烈烈王者师,熊螭以为徒。龙旗翻海浪,驷骑驰坤隅。贲育博婴儿,一扫不复余。平沙际天极,但见黄云驱。臣靖②执长缨,智勇伏囚拘。文皇南面坐,夷狄千群趋。咸称天子神,往古不得俱。献号天可汗,以覆我国都。兵戎不交害,各保性与躯。

① 郭茂倩解云:"《高昌》,言李靖灭高昌也。第十一。"又诗末注:"《高昌》二十二句,句五字。" ② 靖:指李靖。唐初军事家。本名药师,京兆三原(今陕西三原)人。精熟兵法。太宗时,历任兵部尚书、尚书右仆射等,先后击败东突厥、吐谷浑,封卫国公。

东 蛮①

东蛮有谢氏②,冠带理海中。自言我异世,虽圣莫能通。王卒如飞翰,雕骞骇群龙。轰然自天坠,乃信神武功。系虏君臣人,累累来自东。无思不服从,唐业如山崇。百辟拜稽首,咸愿图形容。如周《王会》③书,永永传无穷。睢盱万状乖,咿嗢九译重。广轮抚四海,浩浩知皇风。歌诗铙鼓间,以壮我元戎。

① 郭茂倩解云:"《东蛮》,言既克东蛮,群臣请图蛮夷状,如《周书·王会》也。第十二。"又诗末注:"《东蛮》二十二句,句五字。" ② "东蛮"句:东蛮,指东谢蛮,古族名。唐代分布在今贵州东北境。《旧唐书·西南蛮传·东谢蛮》:"东谢蛮,其地在黔州之西几百里。南接守宫獠,西连夷子,北至白蛮……其首领谢元深,既世为酋长,其部落皆尊畏之。" ③《王会》:唐代画家阎立本所绘的四夷朝会图。

横吹曲辞

横吹曲，始于鼓吹也。北狄诸国，皆马上作乐，自汉已来，北狄乐总归鼓吹署。其后分为二部，有箫笳者为鼓吹，用之朝会、道路，亦以给赐；有鼓角者为横吹，用之军中，马上所奏者是也。

《乐府解题》曰："汉横吹曲，二十八解，李延年造。魏、晋已来，唯传十曲；一曰《黄鹄》，二曰《陇头》，三曰《出关》，四曰《入关》，五曰《出塞》，六曰《入塞》，七曰《折杨柳》，八曰《黄覃子》，九曰《赤之杨》，十曰《望行人》。后又有《关山月》、《洛阳道》、《长安道》、《梅花落》、《紫骝马》、《骢马》、《雨雪》、《刘生》八曲，合十八曲。"

《乐府诗集》所辑录唐五代横吹曲，尽在十八曲之内。

出 塞①

窦 威②

匈奴屡不平，汉将欲纵横。看云方结阵，却月始连营。潜军渡马邑③，扬旆掩龙城。会勒燕然石，方传车骑名。

① 此首录自《乐府诗集》卷二一。　② 窦威（生卒年不详）：字文蔚，扶风平陵（今陕西咸阳）人。太穆皇后从父兄，曾于唐高祖朝任职，朝章国典，多所订定。《新唐书·艺文志》有集十卷，已佚。《全唐诗》录其诗一首。　③ 马邑：古地名。今山西朔县境。

出 关①

魏 徵②

中原还③逐鹿，投笔事戎轩。纵横计不就，慷慨志犹存。策杖谒天子，驱马出关门。请缨系④南越，凭轼下东藩。郁纡陟高岫,出没望平原。古木吟寒鸟,空山啼夜猿。既伤千里目,还惊九折魂。岂不惮艰险,深怀国士恩。季布无二诺,侯嬴重一言。人生感意气,功名谁复论。

① 此首录自《乐府诗集》卷二一。 ② 魏徵(580—643):唐初政治家。字玄成,馆陶(今河北馆陶)人。太宗朝为谏议大夫,忠言极谏,又校订秘府图籍,封郑国公。著有史论多篇,主编《群书治要》。《全唐诗》录其诗一卷。 ③ 还:《全唐诗》卷一八注"集作初"。 ④ 系:《乐府诗集》作"羁",据《全唐诗》注改。

陇头水①

杨师道②

陇头秋月明,陇水带关城。笳添离别曲,风送断肠声。映雪峰犹暗,乘冰马屡惊。雾中寒雁至,沙上转蓬轻。天山传羽檄,汉地急征兵。阵开都护道,剑聚伏波③营。于兹觉无度,方共濯胡缨。

① 此首录自《乐府诗集》卷二一。 ② 杨师道(?—647):字景猷,弘农华阴(今陕西华阴)人,由隋入唐,尚桂阳公主,官职屡有升沉。其诗多应制咏物之作,有诗集,已佚,《全唐诗》录其诗二十一首。 ③ 伏波:即马援。字文渊,东汉扶风茂陵(今陕西兴平)人,号"伏波将军"。

陇头水①

卢照邻

陇坂高无极,征人一望乡②。关河别去水,沙塞断归肠。马系千年树,旌③悬九月霜。从来共④呜咽,皆是为勤王。

① 此首录自《乐府诗集》卷二一。 ② 一望乡:《文苑英华》卷一九八作"望故乡"。 ③ 旌:《文苑英华》作"旗"。 ④ 共:《文苑英华》作"苦"。

折 杨 柳①

卢照邻

倡楼启曙扉，园柳正依依。鸟鸣知岁隔，条变识春归。露叶疑啼脸②，风花乱舞衣。攀折聊将寄，军中书信稀。

① 此首录自《乐府诗集》卷二二。　② 啼脸：《全唐诗》卷一八注"集作愁黛"。

关 山 月①

卢照邻

塞垣通碣石，虏障抵祁连。相思在万里，明月正孤悬。影移金岫②北，光断玉门前。寄书谢中妇③，时看鸿雁天。

① 此首录自《乐府诗集》卷二三。　② 金岫：即阿尔泰山，在今新疆北部和蒙古西部。　③ 谢中妇：指谢道韫，为东晋王凝之的妻子。这里泛指思妇。

梅 花 落①

卢照邻

梅岭花初发，天山雪未开。雪②处疑花满，花边似雪回。因风入舞袖，杂粉向妆台。匈奴几万里，春至不知来。

① 此首录自《乐府诗集》卷二四。　② 雪：《乐府诗集》作"处"，据《全唐诗》卷一八改。

紫 骝 马①

卢照邻

骝马照金鞭，转战入皋兰。塞门风稍急，长城水正寒。雪暗鸣珂重，山长喷玉难。不辞横绝漠，流血几时干？

① 此首录自《乐府诗集》卷二四。

刘 生①

卢照邻

刘生气不平，抱剑欲专征。报恩为豪侠，死难在横行。翠羽装剑鞘，黄金饰马缨②。但令一顾重，不吝百身轻。

① 此首录自《乐府诗集》卷二四。　② 缨：《文苑英华》卷一九六作"铃"。

折 杨 柳①

韦承庆②

万里边城地，三春杨柳节。叶似镜中眉，花如关外雪。征人远乡思，倡妇高楼别。不忍掷年华，含情寄攀折。

① 此首录自《乐府诗集》卷二二。　② 韦承庆（640—706）：字延休，京兆杜陵（今陕西西安）人，一说阳武（今河南原阳）人。弱冠举进士，在朝廷和地方均任有官职，并参与国史修撰，又修《则天实录》。迁黄门侍郎，未拜而卒。其才思敏捷，下笔成文，有文集六十卷，已佚。《全唐诗》录其诗七首。

折 杨 柳①

乔知之

可怜濯濯春杨柳，攀折将来就纤手。妾容与此同盛衰，何必君恩独能久。

① 此首录自《乐府诗集》卷二二。

出　塞①

张易之②

侠客重恩光，骢马饰金装。瞥闻传羽檄，驰突救边荒。转战磨笄地，横行戴斗乡③。将军占太白，小妇怨流黄。骎骎④青丝骑，娉婷红粉妆。一春⑤莺度曲，八月雁成行。谁堪坐愁⑥思，罗袖拂空床。

① 此首录自《乐府诗集》卷二一。今按：《文苑英华》卷一九七、《全唐诗》卷九九有张柬之《出塞》，较本诗多八句，余同。首四句同，四句下接"歘野山川动，嚣天旌旆扬。吴钩明似月，楚剑利如霜。电断冲胡塞，风飞出洛阳。转战磨笄俗，横行戴斗乡。手擒郅支长，面缚谷蠡王"。下接"将军占太白"等八句，与本诗同。　② 张易之（？—705）：武则天宠臣，定州义丰（今河北安国）人，由弟昌宗引荐入侍武则天，颇得宠幸，历任显宦。则天晚年，更与其弟专朝政。中宗复位后被杀。　③ 戴斗乡：北方。方长《关于〈戴斗诸藩记〉》："又因北斗位于北方，因此'戴斗'又专指北方而言。"　④ 骎骎：又作"袅骎"，古代良马名。　⑤ 一春：《文苑英华》及《全唐诗》张柬之诗均作"三春"。　⑥ 愁：《乐府诗集》作"秋"，据《全唐诗》改。

入　塞①

刘希夷

将军陷虏围，边务息戎机。霜雪交河尽，旌旗入塞飞。晓光随马度，春色伴人归。课绩朝明主，临轩拜武威。

① 此首录自《乐府诗集》卷二二。

关 山 月①

崔　融②

月生西海上，气逐边风壮。万里度关山，苍茫非一状。汉兵开郡国，胡马窥亭障。夜夜闻悲笳，征人起南望。

① 此首录自《乐府诗集》卷二三。　② 崔融（653—706）：字安成，齐州全节（今山东章丘）人。上元间进士，崇文馆学士。武后时任知制诰等职。中宗朝贬袁州刺史，寻拜国子司业，兼修国史。与苏味道、李峤、杜审言齐名，合称"文章四友"。编有《珠英学士集》五卷，另有《文集》六十卷。《全唐诗》录其诗一卷。

出　塞①

沈佺期

十年通大漠，万里出长平。寒日生戈剑，阴云摇旆旌。饥乌啼旧垒，疲马恋空城。辛苦皋兰北，胡霜损汉兵。

① 此首录自《乐府诗集》卷二一。

折杨柳①

沈佺期

玉窗朝日映，罗帐春风吹。拭泪攀杨柳，长条宛地垂。白花飞历乱，黄鸟思参差。妾自肝肠断，傍人那得知？

① 此首录自《乐府诗集》卷二二。

梅花落①

沈佺期

铁骑几时回，金闺怨早梅。雪中②花已落，风暖叶应开。夕逐新春管，香迎小岁③杯。感时何足贵，书里报轮台。

① 此首录自《乐府诗集》卷二四。　② 中：《乐府诗集》注"一作寒"。
③ 小岁：古代于冬至后第三个戌日行腊祭，腊祭次日为小岁。后世则分别以元日、冬至夜为小岁。明谢肇淛《五杂俎·天部二》："腊月之次日为小岁。今俗以冬至夜为小岁。然卢照邻《元旦》诗云：'人歌小岁酒，花舞大唐春。'则元日亦可谓之小岁矣。"

关 山 月①

沈佺期

汉月生辽海，曈昽出半晖。合昏玄菟②郡，中夜白登围。晕落关山迥，光含霜霰微。将军听晓角，战马欲南归。

① 此首录自《乐府诗集》卷二三。　② 玄菟：古郡名。汉置，辖境相当于今辽宁东部至朝鲜咸镜道一带。

长 安 道①

沈佺期

秦地平如掌，层城出云汉。楼阁九衢春，车马千门旦。绿柳开复合，红尘聚还散。日晚斗鸡回，经过狭斜看。

① 此首录自《乐府诗集》卷二三。

折 杨 柳①

刘 宪②

沙塞三河道，金闺二月春。碧烟杨柳色，红粉绮罗人。露叶怜啼脸，风花思舞巾。攀持君不见，为听曲中新。

① 此首录自《乐府诗集》卷二二。　② 刘宪(？—711)：字元度，宋州宁陵(今河南宁陵)人。举进士，官职屡升沉，尝治来俊臣之狱，参与修撰国史。有集三十卷，已佚。《全唐诗》录其诗二十六首。

出　塞①

陈子昂②

忽闻天上将，关塞重横行。始返楼兰国，还向朔方城。黄金装战马，白羽集神兵。星月开天阵，山川列地营。晚风吹画角，春色耀飞旌。宁知班定远③，犹④是一书生。

① 此首录自《乐府诗集》卷二一。　② 陈子昂(661—702，一说 659—700)：字伯玉，梓州射洪(今四川射洪)人，少任侠，举光宅进士，武后朝敢于指陈时弊。也曾出塞讨边。解职回乡，被当地长官害死。是唐代诗歌革新的先驱者，影响深远。有《陈伯玉集》。　③ 班定远：即班超，东汉名将，封定远侯。　④ 犹：《乐府诗集》作"独"，据《全唐诗》卷一八改。

折杨柳①

崔湜

二月风光半，三边戍不还。年华妾自惜，杨柳为君攀。落絮缘②衫袖，垂条拂髻鬟。那堪音信断，流涕望阳关。

① 此首录自《乐府诗集》卷二二。　② 缘：《全唐诗》卷一八注"集作萦"。

折杨柳①

张九龄②

纤纤折杨柳，持此寄情人。一枝何足贵，怜是故

园春。迟景那能久？流芳不及新。更愁征戍客，鬓老
边城尘③。

　　① 此首录自《乐府诗集》卷二二。　② 张九龄(678—740)：字子寿，一名博
物，韶州曲江(今属广东)人。长安年间进士。任宰相，以不拘一格用人著称，为
唐代著名贤相，被李林甫谗毁罢相。其《感遇诗》感怀抒情，格调健劲。有《曲江
集》等著述传世。《全唐诗》录其诗三卷。　③ 鬓老边城尘：《全唐诗》卷四八作
"容鬓老边城"。

出　塞①

王之涣②

　　黄沙直③上白云间，一片孤城万仞山。羌笛何须
怨杨柳，春光④不度玉门关。

　　① 此首录自《乐府诗集》卷二二。今按：此诗作者《乐府诗集》作"王之奂"，
据《全唐诗》卷一八改。　② 王之涣(688—742)：字季陵，晋阳(今山西太原)人。
做过小官，性情豪放。诗作因乐工制曲歌唱而流传甚广，《全唐诗》录其诗六首。
③ 沙直：《全唐诗》作"河远"。　④ 光：一作"风"。

出　塞①（二首）

王昌龄

其　一

　　秦时明月汉时关，万里长征人未还。但使龙城飞
将在，不教胡马度阴山。

　　① 此二首录自《乐府诗集》卷二一。今按：此题《文苑英华》卷一九七作《塞
上曲》。

其　二

　　白花垣上望京师，黄河水流无尽时。穷秋旷野行
人绝，马首东来知是谁。

陇 头 吟①

王 维

长安少年游侠客,夜上戍楼看太白。陇头明月迥临关,陇上行人夜吹笛。关西老将不胜愁,驻马听之双泪流。身经大小百余战,麾下偏裨万户侯。苏武才为典属国,节旄空尽②海西头。

① 此首录自《乐府诗集》卷二一。 ② 空尽:《文苑英华》卷一二五注"一作零落"。空,《河岳英灵集》卷中及《全唐诗》卷一八注均作"落"。

出 塞①

王 维

居延城外猎天骄,白草连天野火烧。暮云空碛时驱马,秋日平原好射雕。护羌校尉朝乘障,破虏将军夜渡辽。玉靶角弓珠勒马,汉家将赐霍嫖姚。

① 此首录自《乐府诗集》卷二一。今按:此题《王右丞集》卷六下有"时为监察塞上作"。

折 杨 柳①

李 白

垂杨拂绿水,摇艳②东风年。花明玉关雪,叶暖金窗烟。美人结长恨③,相对心凄然。攀条折春色,远寄龙庭前④。

① 此首录自《乐府诗集》卷二二。 ② 摇艳:《乐府诗集》注"一作艳裔"。
③ 恨:《全唐诗》卷一八注"一作想"。 ④ 龙庭前:《乐府诗集》注"一作龙沙边"。

关 山 月①

李 白

　　明月出天山，苍茫云海间。长风几万里，吹度玉门关。汉下白登道，胡窥青海湾。由来征战地，不见有人还。戍客望边色②，思归多苦颜。高楼当此夜，叹息未应闲③。

　　① 此首录自《乐府诗集》卷二三。　② 色：《乐府诗集》注"一作邑"。
③ 闲：《乐府诗集》注"一作还"。

洛 阳 陌①

李 白

　　白玉谁家郎，回车渡天津。看花东陌上，惊动洛阳人。

　　① 此首录自《乐府诗集》卷二三。

紫 骝 马①

李 白

　　紫骝行且嘶，双翻碧玉蹄。临流不肯渡，似惜锦障泥。白雪关山②远，黄云海树③迷。挥鞭万里去，安得恋④春闺。

　　① 此首录自《乐府诗集》卷二四。　② 山：《乐府诗集》注"一作城"。
③ 树：《乐府诗集》注"一作成"。　④ 恋：《乐府诗集》作"念"，并注"一作变"。据《李太白文集》卷六王琦注改。

幽州胡马客歌①

李 白

　　幽州胡马客，绿眼虎皮冠。笑拂两支箭，万人不可干。弯弓若转月，白雁落云端。双双掉鞭行，游猎向楼兰。出门不顾后，报国死何难。天骄五单于，狼戾好凶残。牛马散北海，割鲜若虎餐。虽居燕支山，不道朔雪寒。妇女马上笑，颜如頳玉盘。翻飞射鸟兽，花月醉雕鞍。旄头四光芒，争战若蜂攒。白刃洒赤血，流沙为之丹。名将古谁是？疲兵良可叹。何时天狼灭，父子得安闲。

① 此首录自《乐府诗集》卷二五。

白 鼻 騧①

李 白

银鞍白鼻騧，绿地②障泥锦。细雨春风花落时③，挥鞭且④就胡姬饮。

① 此首录自《乐府诗集》卷二五。　② 地:《乐府诗集》作"池"，据萧士赟本《李太白诗》卷六及《全唐诗》卷一八改。　③ "细雨"句:《乐府诗集》注"一作春风细雨落花时"。　④ 且:《乐府诗集》注"一作直"。

折 杨 柳①

余延寿②

大③道连国门，东西种杨柳。葳蕤君不见，袅娜垂来久。缘枝栖暝禽，雄去雌独吟。余花怨春尽，微月起秋阴。坐望窗中蝶，起攀枝上叶。好风吹长条，婀娜何如妾。妾见柳园新，高楼四五春。莫吹胡塞④曲，愁杀陇头人。

① 此首录自《乐府诗集》卷二二。　② 余延寿(生卒年不详):润州(今江苏镇江)人，一作江宁(今江苏南京)人。开元间人。诗有名，其诗收入《丹阳集》。《全唐诗》录其诗三首。　③ 大:《乐府诗集》作"天"，据《全唐诗》卷一八改。

第
十
六
卷

唐
五
代
乐
府
（
五
）

全乐府

二
七
八

④ 塞:《乐府诗集》注"一作笳"。

梅 花 落^①

刘方平

新岁芳梅树,繁花^②四面同。春风吹渐落,一夜几枝空。小妇今如此,长城恨不穷。莫将辽海雪,来比后庭中。

① 此首录自《乐府诗集》卷二四。　② 花:《乐府诗集》作"苞",据《文苑英华》卷二〇八改。

前 出 塞^①（九首）

杜 甫

其 一

戚戚去故里,悠悠赴交河。公家有程期,亡命婴祸罗。君已富土境,开边一何多?弃绝父母恩,吞声行负戈。

① 题:此九首录自《乐府诗集》卷二二。

其 二

出门日已远,不受徒旅欺。骨肉恩岂断,男儿死无时。走马脱辔头,手中挑青丝。捷下万仞岗,俯身试搴旗。

其 三

磨刀呜咽水,水赤刃伤手。欲轻肠断声,心绪乱已久。丈夫誓许国,愤惋复何有?功名图麒麟,战骨当速朽。

其 四

送徒既有长,远戍亦有身。生死向前去,不劳吏怒嗔。路逢相识人,附书与六亲。哀哉两决绝,不复同苦辛。

其　五

迢迢万余里,领我赴三军。军中异苦乐,主将宁尽闻。隔河见胡骑,倏忽数百群。我始为奴仆,几时树功勋?

其　六

挽弓当挽强,用箭当用长。射人先射马,擒寇先擒王。杀人亦有限,列国自有疆。苟能制侵陵,岂在多杀伤!

其　七

驱马天雨雪,军行入高山。径危抱寒石,指落曾冰间。已去汉月远,何时筑城还。浮云暮南征,可望不可攀。

其　八

单于寇我垒,百里风尘昏。雄剑四五动,彼军为我奔。虏其名王归,系颈授辕门。潜身备行列,一胜何足论。

其　九

从军十年余,能无分寸功?众人贵苟得,欲语羞雷同。中原有斗争,况在狄与戎。丈夫四方志,安可辞固穷?

后　出　塞①(五首)

杜　甫

其　一

男儿生世间,及壮当封侯。战伐有功业,焉能守旧丘。召募赴蓟门，军动不可留。千金买马鞍②，百金装刀头。闾里送我行，亲戚拥道周。班白居上列，酒酎进庶羞。少年别有赠，含笑看吴钩。

① 此五首录自《乐府诗集》卷二二。　② 鞍：《乐府诗集》作"鞭"，据其注改。

其　二

朝进东门营，暮上河阳桥。落日照大旗，马鸣风萧萧。平沙列万幕，部伍各见招。中天悬明月，令严夜寂寥。悲笳数声动，壮士惨不骄。借问大将谁，恐是霍嫖姚。

其　三

古人重守边，今人重高勋。岂知英雄主，出师亘长云。六合已一家，四夷且孤军。遂使貔①虎士，奋身勇所闻。拔剑击大荒，日收胡马群。誓开玄冥北，持以奉吾君。

① 貔：古籍记载传说中的一种猛兽。后多比喻勇猛的士兵。

其　四

献凯日继踵，两蕃①静无虞。渔阳豪侠地，击鼓吹笙竽。云帆转辽海，粳稻来东吴。越罗与楚练，照耀舆台②躯。主将位益崇，气骄陵上都。边人不敢议，议者死路衢。

① 两番：指奚与契丹。据《旧唐书》记载，奚与契丹均为唐时东北地区游牧部族，常相联手，数为边患。　② 舆台：舆、台原为古代十等人中两个低微等级的名称。《左传·昭公七年》："人有十等……王臣公，公臣大夫，大夫臣士，士臣皂，皂臣舆，舆臣隶，隶臣僚，僚臣仆，仆臣台。"后泛指社会地位低下者。

其　五

我本良家子，出师亦多门。将骄益愁思，身贵不足论。跃马二十年，恐辜明主恩。坐见幽州骑，长驱河、洛昏。中夜间道归，故里但空村。恶名幸脱免，穷老无儿孙。

出　塞[①]
皇甫冉

吹角出塞门，前瞻即胡地。三军尽回首，皆洒望乡泪。转念关山长，行看风景异。由来征戍客，各负轻生义。

① 此首录自《乐府诗集》卷二二。

陇　头　水[①]（二首）
皎　然

其　一

陇头心欲绝，陇水不堪闻。碎影摇枪垒，寒声咽幔军。素从盐海积，绿带柳城分。日落天边望，逶迤入塞云。

① 此二首录自《乐府诗集》卷二一。

其　二

秦陇逼氐羌，征人去未央。如何幽咽水，并欲断君肠。西注悲穷漠，东分忆故乡。旅魂声搅乱，无梦到咸[①]阳。

① 咸：《乐府诗集》作"辽"，据《全唐诗》卷八二〇改。

出　塞　曲[①]
刘　湾[②]

将军在重围，音信绝不通。羽书如流星，飞入甘泉宫。倚是并州儿，少年心胆雄。一朝随召募，百战争王公。去年桑干北,今年桑干东。死是征人死,功是将军功。汗马牧③秋月,疲兵卧霜风。仍闻左贤王,更欲图④云中⑤。

① 此首录自《乐府诗集》卷二二。今按:此诗作者《乐府诗集》作"刘济",据《唐文粹》卷一二及《全唐诗》卷一九六改。　② 刘湾(生卒年不详):字灵源,彭城(今江苏徐州)人,一作蜀(今四川)人,天宝间进士,官侍御史。《全唐诗》录其诗六首。　③ 牧:《全唐诗》注"一作败"。　④ 图:《唐文粹》及《全唐诗》均作"围"。　⑤ 云中:古郡名,今山西大同一带。

关 山 月①(二首)

戴叔伦

其 一

月出照关山,秋风人未还。清光无远近,乡泪半②书③间。

① 此二首录自《乐府诗集》卷二三。　② 半:《乐府诗集》作"中",据《全唐诗》卷二七四改。　③ 书:《全唐诗》注"一作宵"。

其 二

一雁过连营,繁霜覆古城。胡笳在何处,半夜起边声。

入 塞 曲①

耿 湋

将军带十围②,重锦制戎衣。猿臂销弓力,虬鬓长剑威。首登平乐宴,新破大宛归。楼上姝姬笑,门前问客稀。暮烽玄菟急,秋草紫骝肥。未奉君王诏,高槐昼掩扉。

① 此首录自《乐府诗集》卷二二。今按:此首作者《乐府诗集》作"耿纬",

"纬"字误。　②十围:亦作"十韦",形容粗大。《文选·枚乘〈上书谏吴王〉》张铣注:"十围,言大也。"

关 山 月①

耿 湋

　　月明边微静,戍客望乡时。塞古柳衰尽,关寒榆发迟。苍苍万里道,戚戚十年悲。今夜青楼上,还应照所思。

　　① 此首录自《乐府诗集》卷二三。今按:此首作者《乐府诗集》作"耿纬","纬"字误。

出 塞①

耿 湋

　　汉家边事重,窦宪出临戎。绝漠秋山在,阳关旧路通。列营依茂草,吹角向高风。更就燕然石,看铭破虏功②。

　　① 此首录自《乐府诗集》卷二二。今按:此题《全唐诗》卷二六八作《送王将军出塞》。其作者《乐府诗集》作"耿纬",据《全唐诗》改。　②"看铭"句:《全唐诗》作"行看奏虏功"。

出 塞 曲①(二首)

于 鹄②

其 一

　　微雪③将军出,吹笳天未明。观兵登古戍,斩将对双旌④。分阵瞻山势,潜军制马鸣。如今新史上,已有灭胡名。

① 此首录自《乐府诗集》卷二二。　② 于鹄（生卒年不详）：大历、贞元间诗人。寓居长安，应试未举，后隐居山中。曾出为幕僚。《全唐诗》录其诗一卷。③ 雪：《文苑英华》卷一九七作"云"。　④ 双旌：唐代节度领刺使者出行时的仪仗。《新唐书·百官志四下》："节度使掌总军旅，颛诛杀。初授，具帑抹兵仗诣兵部辞见，观察使亦如之。辞日，赐双旌双节。"后泛指高官的仪仗。

其　二

单于骄爱猎，放火到军城。待月调新弩①，防秋置远营。空山朱戟影，寒碛铁衣声。逢着降胡说②，阴山③有伏兵。

① "待月"句：《文苑英华》作"乘月调新马"。　② "逢着"句：《全唐诗》卷一八作"渡水逢胡说"。　③ 阴山：《全唐诗》作"沙阴"。

长　安　道①

崔　颢

长安甲第高入云，谁家居住霍将军。日晚朝回拥宾从，路傍拜揖何纷纷！莫言炙手手可热，须臾火尽灰亦灭；莫言贫贱即可欺，人生富贵自有时。一朝天子赐颜色，世上悠悠应始知。

① 此首录自《乐府诗集》卷二三。

长　安　道①

孟　郊

胡风激秦树，贱子风中泣。家家朱门开，得见不可入。长安十二衢，投树鸟亦急。高阁何人家，笙簧正喧吸。

① 此首录自《乐府诗集》卷二三。

长 安 道①

顾 况

长安道，人无衣，马无草。何不归来山中老？

① 此首录自《乐府诗集》卷二三。

长 安 道①

聂夷中

此地无驻马，夜中犹走轮。所以路旁草，少于衣上尘。

① 此首录自《乐府诗集》卷二三。

长 安 道①

韦应物

汉家宫殿含云烟，两宫十里相连延。晨霞出没弄丹阙，春雨霏②微自甘泉。甘泉③依微春尚早，长安贵游爱芳草。宝马横来下建章，香车却转避驰道。贵游谁最贵？卫、霍世难比。何能蒙主恩，幸遇边尘起。归来甲第拱皇居，朱门峨峨临九衢。中有流苏合欢之宝帐，一百二十凤凰罗列含明珠。下有锦铺翠被之灿烂，博山吐香五云散。丽人绮阁情飘飖，头上鸳钗双翠翘。低鬟曳袖回春雪，聚黛一声愁碧霄。山珍海错④弃藩篱，烹犊炮羔如折葵。既请列侯封部曲，还将金印授庐儿。欢容若此何所苦，但苦白日西南驰。

① 此首录自《乐府诗集》卷二三。 ② 霏：《乐府诗集》作"依"，据《文苑英华》卷一九二改。 ③ 甘泉：《乐府诗集》作"春雨"，据《文苑英华》改。 ④ 海错：各种海味。《尚书·禹贡》："厥贡盐绨，海物惟错。"孔传："错杂非一种。"

长 安 道①

白居易

花枝缺处青楼开，艳歌一曲酒一杯。美人劝我急行乐，自古朱颜不再来。君不见外州客，长安道，一回来，一回老。

① 此首录自《乐府诗集》卷二三。

紫 骝 马①

李 益

争场看斗鸡，白鼻紫骝嘶。漳水春闱晚，丛台日向低。歇鞍珠作汗，试剑玉如泥。为谢红梁燕，年年妾独栖。

① 此首录自《乐府诗集》卷二四。

折 杨 柳①

李 端

东城攀柳叶，柳叶低着草。少壮莫轻年，轻年有衰②老。柳发遍川岗，登高堪断肠。雨烟轻漠漠，何树近君乡。赠君折杨柳，颜色岂能久？上客莫沾巾，佳人正回首。新柳送君行，古柳伤君情。突兀临荒渡，婆娑出旧营。隋家两岸尽，陶宅五株平③。日暮偏愁望，春山有鸟声。

① 此首录自《乐府诗集》卷二二。　② 衰：《乐府诗集》作"人"，据《全唐诗》卷一八注改。　③ 平：《全唐诗》注"集作荣"。

关 山 月[①]

李 端

露湿月苍苍,关头榆叶黄。回轮照海远,分彩上楼长。水冻频移幕,兵疲数望乡。只应城影外,万里共如霜。

① 此首录自《乐府诗集》卷二三。

雨 雪 曲[①]

李 端

天山一丈雪,杂雨夜霏霏。湿马胡歌乱,经烽汉火微。丁零[②]苏武别,疏勒范羌归。若著[③]关头过[④],长榆叶定稀。

① 此首录自《乐府诗集》卷二四。　② 丁零:古部族名,又称"丁令"、"丁灵"。汉时为匈奴属国,游牧于我国北部和西北广大地区。　③ 著:《全唐诗》卷一八注"集作看"。　④ 过:《全唐诗》注"集作下"。

折 杨 柳[①]（二首）

孟 郊

其 一

杨柳多短枝,短枝多别离。赠远累[②]攀折,柔条安得垂。青春有定节,离别无定时。但恐人别促,不怨来迟迟。莫言短枝条,中有长相思。朱颜与绿杨,并在别离期。

① 此二首录自《乐府诗集》卷二二。　② 累:《全唐诗》卷一八注"集作屡"。

其 二

楼上春风过,风前杨柳歌。枝疏缘别苦,曲怨为年多。花惊燕地雪,叶映楚池波。谁堪别离此,征戍在交河。

关 山 月[①]

长孙左辅

凄凄还切切，戍客多离别。何处最伤心，关山见
秋月。关月竟如何，由来远近过。始经玄菟塞，终绕
白狼河。忽忆秦楼妇，流光应共有。已得并蛾眉，还
知揽纤手。去岁照同行，比翼复连形。今宵照独立，
顾影自茕茕。余晖渐西落，夜夜看如昨。借问映旌
旗，何如鉴帷幕？拂晓朔风悲，蓬惊雁不飞。几时征
戍罢，还向月中归。

① 此首录自《乐府诗集》卷二三。

陇 头 水[①]

王 建

陇水何年陇头别，不在山中亦呜咽[②]。征人塞耳
马不行，未到陇头闻水声。谓是西流入蒲海，还闻北
去[③]绕龙城。陇东陇西多屈曲，野麋饮水长簇簇。胡
兵夜回水傍住，忆着来时磨剑处。向前无井复无泉，
放马回看陇头树。

① 此首录自《乐府诗集》卷二一。　② 亦呜咽：《乐府诗集》注"一作呜亦咽"。
③ 去：《乐府诗集》作"海"，据毛刻本注"一作去"及《全唐诗》卷二九八改。

望 行 人[①]

王 建

自从江树秋，日日望江楼。梦见离珠浦，书来在

桂州。不②同鱼比目③，终恨水分流。久不开明镜，多
应是白头。

① 此首录自《乐府诗集》卷二三。　② 不:《乐府诗集》注"一作愿"。
③ 鱼比目:《乐府诗集》作"比目鱼"，据《全唐诗》卷二九九及毛刻本改。

关 山 月①

王　建

　关山月营开，道白前军发。冻轮当碛光悠悠，照
见三堆两堆骨。边风割面天欲明，金莎②岭西看看没。

① 此首录自《乐府诗集》卷二三。　② 莎:《乐府诗集》注"一作沙"。

陇 头①

张　籍

　陇头已②断人不行，胡骑夜入凉州城。汉家③处处
格斗死，一朝尽没陇西地。驱我边人胡中去，散放牛
羊食禾黍。去年中国养子孙，今着毡裘学胡语。谁能
更使李轻车④，收⑤取凉州属⑥汉家。

① 此首录自《乐府诗集》卷二一。　② 已:《张司业诗集》卷七作"路"。
③ 家:《张司业诗集》作"兵"。　④ 李轻车:西汉名将李广从弟李蔡，武帝元朔中，封
轻车将军。　⑤ 收:《张司业诗集》作"重"。　⑥ 属:《全唐诗》卷一八注"集作入"。

出 塞①

张　籍

　秋塞初雪下，将军远出师。分营长记火，放马不
收旗。月冷边帐湿，沙昏夜探迟。征人皆白首，谁见
灭胡时？

① 此首录自《乐府诗集》卷二二。

望行人①

张　籍

秋风窗下起，旅雁向南飞。日日出门望，家家行客归。无因见边使，空待寄寒衣。独闭②青楼暮，烟深鸟雀稀。

① 此首录自《乐府诗集》卷二三。　② 闭：《张司业诗集》卷二作"倚"。

关山月①

张　籍

秋月朗朗关山上，山中行人马蹄响。关山秋来雨雪多，行人见月唱边歌。海边漠漠②天气白，胡儿夜渡黄龙碛。军中探骑暮出城，伏兵暗处低旌戟。溪水连地③霜草平，野驼寻水碛中鸣。陇头风急雁不下，沙场苦战多流星。可怜万国④关山道，年年战骨多秋草。

① 此首录自《乐府诗集》卷二三。　② 漠漠：《张司业诗集》卷一作"茫茫"。
③ 溪水连地：《张司业诗集》作"沙碛连天"。　④ 国：《张司业诗集》作"里"。

关山月①

鲍君徽②

高高秋月明，北照辽阳城。塞迥光初满，风多晕更生。征人望乡思，战马闻鞞声③。朔风悲边草，胡沙暗虏营。霜疑匣中剑，风惫原上旌。早晚谒金阙，不闻刁斗鸣④。

① 此首录自《乐府诗集》卷二三。今按：作者鲍君徽《乐府诗集》作"鲍氏君

微"，《文苑英华》卷一九八及《全唐诗》卷一八均作"女郎鲍君徽"，据改。 ② 鲍君徽(生卒年不详)：女诗人，有文名。贞元十四年召入宫中，充词臣之任。百日后乞归。《全唐诗》录其诗四首。 ③ 声：《文苑英华》及《全唐诗》均作"惊"。《乐府诗集》注"一作惊"。 ④ 鸣：《文苑英华》及《全唐诗》均作"声"。《乐府诗集》注"一作声"。

陇头水①

鲍溶

陇头水，千古不堪闻。生归苏属国②，死别李将军。细响风凋草，清哀雁落云。

① 此首录自《乐府诗集》卷二一。 ② 苏属国：即苏武，官任典属国。

入 关①

张祜

都城连百二②，雄险此回环。地势遥尊岳，河流侧让关。秦皇曾虎视，汉祖亦龙颜。何事枭凶辈，干戈自不闲。

① 此首录自《乐府诗集》卷二一。 ② 百二：以二敌百。一说百的一倍。《史记·高祖本纪》裴骃《集解》引苏林曰："二万人足当诸侯百万人也。"司马贞《索隐》引虞喜曰："言倍之也，盖言秦兵当二百万也。"《后汉书·隗嚣传》："陇坻虽隘，非有百二之势。"后形容地势险要。

折杨柳①

张祜

红粉青楼曙，垂杨仲月春。怀君重攀折，非妾妒腰身。舞带萦丝断，娇蛾向叶颦。横吹凡几曲，独自最愁人。

① 此首录自《乐府诗集》卷二二。

捉搦歌①

张　祜

门上关,墙上棘,窗中女子声唧唧。洛阳大道徒自直,女子心在婆舍侧。呜呜笼鸟触四隅,养男男娶妇,养女女嫁夫。阿婆六十翁七十,不知女子长日泣。从他嫁去无悒悒。

① 此首录自《乐府诗集》卷二五。

白鼻騧①

张　祜

为底胡姬酒,长来白鼻騧。摘莲抛水上,郎意在浮花。

① 此首录自《乐府诗集》卷二五。

骢　马①

李群玉

浮云何权奇,绝足世未知。长嘶清海风,躞蹀振云丝。由来渥洼种,本是苍龙儿。穆满②不再活,无人昆阆③骑。君识跃峤怯,宁劳耀金羁。青刍与白水,空笑鸳驽肥。伯乐傥一见,应惊耳长垂。当思八荒外,逐日向瑶池。

① 此首录自《乐府诗集》卷二四。　② 穆满:周穆王。《文选·王融〈三月三日曲水诗序〉》刘良注:"穆满,周穆王也。"　③ 昆阆:昆仑山上的阆苑,传说中神

仙居处。

雍台歌①
薛庭筠

太子池南楼百尺,入窗②新树疏帘隔。黄金铺首画钩陈,羽葆亭童③拂交戟。盘纡栏楯临高台,帐殿临流鸾扇开。早雁声鸣④细波起,映花卤簿龙飞回。

① 此首录自《乐府诗集》卷二五。　② 入窗:《乐府诗集》作"八窗",据《全唐诗》卷一八改。　③ 亭童:《全唐诗》注"一作停幢"。　④ 鸣:《全唐诗》注"集作惊"。

入 关①
贾 驰②

河上微风来,关头树初湿。今朝关城吏,又见孤客入。上国谁与期,西来徒自急。

① 此首录自《乐府诗集》卷二一。　② 贾驰(生卒年不详):早年不得志,后因赋诗为主司称赏。大和进士及第,然一生仕宦未显。诗文享誉当时,有集已佚。《全唐诗》录其诗二首。

长 安 道①
薛 能

汲汲复营营,东西连两京。关缥②古若在,山岳累应成。各自有身事,不相知姓名。交驰喧众类,分散入重城。此路去无尽,万方人旋③生。空余片言苦,来往觅刘桢④。

① 此首录自《乐府诗集》卷二三。　② 关缥:古时出入关隘的帛制凭证。《汉书·终军传》颜师古注引苏林曰:"缥,帛边也,旧关出入皆以传。"　③ 旋:

《乐府诗集》作"始"，据《全唐诗》卷一八注改。　④ 刘桢：东汉文学家，建安七子之一。字公干，东平（今属山东）人。

出　塞①

马　戴

金带连环束战袍，马头冲雪度临洮。卷旗夜劫单于帐，乱斫胡兵缺宝刀。

① 此首录自《乐府诗集》卷二一。

出　塞①

刘　驾

胡风不开花，四气多作雪。北人尚冻死，况我本南越。古来犬羊地，巡狩无遗辙。九土耕不尽，武皇犹征伐。中天有高阁，图画何时歇？坐恐塞上山，低于沙中骨。

① 此首录自《乐府诗集》卷二二。

洛 阳 道①

于武陵②

浮世若浮云，千回故复新。旋添青草冢，更有白头人。岁暮客将老，雪晴山欲春。行行车与马，不尽洛阳尘。

① 此首录自《乐府诗集》卷二三。　② 于武陵（生卒年不详）：名邺，杜曲（今陕西西安）人。大中时举进士不第，遂隐居自适。工诗，尤长于五律。当时有《于武陵诗》、《于邺诗》各一卷。《全唐诗》录其诗二卷。

骢 马 曲 ①

纪唐夫②

连钱出塞蹋沙蓬,岂比当时御史骢。逐北自谙深
碛路,连嘶谁念静边功。登山每与青云合,弄影因知
碧草同。今日虏平将换妾,不知罗袖舞春风。

① 此首录自《乐府诗集》卷二四。　② 纪唐夫(生卒年不详):里籍无考。唐
宣宗时举进士,有诗名,与温庭筠有交往。《全唐诗》录其诗三首。

陇 头 水 ①

罗　隐

借问陇头水,年年恨何事? 全疑呜咽声,中有征
人泪。自古无长策,况我非深智。何计谢潺湲,一宵
空不寐。

① 此首录自《乐府诗集》卷二一。

出 塞 曲 ①(三首)

贯　休

其 一

扫尽狂胡迹,回戈②望故关。相逢唯死斗,岂易得
生还。纵宴参胡乐,收兵过雪山。不封十万户,此事
亦应闲。

① 此三首录自《乐府诗集》卷二二。今按:此题《全唐诗》卷八三〇作《古出
塞曲》。　② 戈:《全唐诗》作"头"。

其 二

玉帐将军意,殷勤把酒论。功高宁在我,阵没与
招魂。塞色干戈束,军容喜气屯。男儿今始是,敢出
玉关门。

其　三

回首陇山头，连天草木秋。圣君应入梦，半路遣封侯。水不担阴雪，柴令倒戍楼。归来麟阁上，春色满皇州。

入塞曲①（三首）

贯　休

其　一

单于烽火动，都护去天涯。别赐黄金甲，亲临白玉墀。塞垣须静谧，师旅审安危。定远条支宠，如今胜古时。

① 此三首录自《乐府诗集》卷二二。今按：此题《全唐诗》卷八三〇作《古塞曲》。

其　二

方见将军贵，分明对冕旒。圣恩如远被，狂虏不难收。臣节唯期死，功勋敢望侯。终辞修里第，从此出皇州。

其　三

百里精兵动，参差便渡辽。如何好白日，亦照此天骄。远树深疑贼，惊蓬迥似雕。凯歌何日唱，碛路共天遥。

长安道①

贯　休

憧憧合合，八表一辙。黄尘雾合，车马火爇。名汤风雨，利辗霜雪。千车万驮，半宿关月。上有尧、禹，下有夔、禼②。紫气银轮兮常覆金阙③，仙掌捧日兮浊河澄澈。愚将草木兮有言,与华封人兮不别。

①此首录自《乐府诗集》卷二三。 ②夔、禼:帝舜的二位贤臣,夔典乐,禼为司徒。禼又作契,商的始祖。 ③阙:《乐府诗集》作"关",据《全唐诗》卷八二六改。

陇头水①
于濆

借问陇头水,终年恨何事? 深疑呜咽声,中有征人泪②。昨日上山下③,达曙不能寐。何处接长波,东流入清渭。

①此首录自《乐府诗集》卷二一。今按:此题《全唐诗》卷五九九作《陇头吟》。 ②上四句与罗隐《陇头水》一首前四句近同。下四句《全唐诗》作"自古蕴长策,况我非才智。无计谢潺湲,一宵空不寐"。下注"后四句一作'昨日上山下'。" ③下:似当作"去"。

陇头吟①
翁绶

陇水潺湲陇树黄,征人陇上尽思乡。马嘶斜日②朔风急,雁过寒云边思长。残月出林明剑戟,平沙隔水见牛羊。横行俱是③封侯者,谁斩楼兰献未央。

①此首录自《乐府诗集》卷二一。 ②日:《乐府诗集》作"月",据《全唐诗》卷一八改。 ③是:《乐府诗集》作"足",据《全唐诗》改。

折杨柳①
翁绶

紫陌金堤映绮罗,游人处处动离歌。阴移古戍迷荒草，花带残阳落远波。台上少年吹《白雪》，楼中思妇敛青蛾。殷勤攀折赠行客，此去关山雨雪多。

① 此首录自《乐府诗集》卷二二。

关 山 月①

翁 绶

徘徊汉月满边州，照尽天涯到陇头。影转银河寰海静，光分玉塞古今愁。笳吹远戍孤烽灭，雁下平沙万里秋。况是故园摇落夜，那堪少妇独登楼。

① 此首录自《乐府诗集》卷二三。

雨 雪 曲①

翁 绶

边声四合殷河流，雨雪飞来遍陇头。铁岭探人迷鸟道，阴山飞将湿貂裘。斜飘旌旆过戎帐，半杂风沙入戍楼。一自塞垣无李蔡，何人为解北门忧。

① 此首录自《乐府诗集》卷二四。

入 塞 曲①（二首）

沈 彬

其 一

欲为皇王服远戎，万人金甲鼓鼙中。阵云黯塞三边黑，兵血愁天一片红。半夜翻营旗搅月，深秋防戍剑磨风。谤书未及明君爇，卧骨将军已殁功。

① 此首录自《乐府诗集》卷二二。

其 二

苦战沙间卧箭痕,戍楼闲上望星文。生希国泽分偏将,死夺河源答圣君。鸢觑败兵眠白草,马惊边鬼哭阴云。功多地远无人纪,汉阁笙歌日又曛。

洛 阳 道[1]

郑 渥[2]

客亭门外路东西,多少喧腾事不齐。杨柳惹鞭公子醉,苎麻掩泪鲁人迷。通宵尘土飞山月,是处经营夹御堤。须刻知音几存殁,半回依约认轮蹄。

[1] 此首录自《乐府诗集》卷二三。　[2] 郑渥(生卒年不详):大约为晚唐诗人。《全唐诗》录其诗二首。

折 杨 柳[1]

欧阳瑾[2]

垂柳拂妆台,葳蕤叶半开。年华枝上见,边思曲中来。嫩色宜新雨,轻花伴落梅。朝朝倦攀折,征戍几时回。

[1] 此首录自《乐府诗集》卷二二。　[2] 欧阳瑾(生卒年不详):生平无考。《全唐诗》录其诗一首。

紫 骝 马[1]

秦韬玉[2]

渥洼奇骨本难求,况是豪家重紫骝。膘大宜悬银压胯,力浑欺却玉衔头。生狞弄影风随起,躞蹀冲尘汗满沟。若遇大夫皆调御,任从驱取觅封侯。

① 此首录自《乐府诗集》卷二四。　② 秦韬玉（生卒年不详）：字中明，一作仲明，京兆（今陕西西安）人，或云郃阳（今陕西合阳）人。出身寒素，累举不第。中和二年（882）特赐进士及第。有《投知小录》三卷，已佚。《全唐诗》录其诗一卷。

舞曲歌辞

乐府之舞曲歌辞,有用之于雅舞和杂舞之分。雅舞用于郊庙、朝飨,杂舞用于宴会。

《乐府诗集》辑录之唐舞曲歌辞,皆为杂舞曲辞。其中包括白纻舞辞、鼙舞歌、拂舞歌、公莫舞歌、俞儿舞歌等,相当丰富。又,唐之后,五代十国之后晋有四首舞歌,《乐府诗集》录入,属于雅舞。

杂舞

唐功成庆善乐舞辞①

李世民

寿丘唯旧迹,酆邑乃前基。粤余承累圣,悬弧②亦在兹。弱龄逢运改,提剑郁匡时。指麾八荒定,怀柔万国夷。梯山盛③入款,驾海亦来思。单于陪武帐,日逐卫文楹。端扆朝四岳,无为任百司。霜节明秋景,轻冰结水湄。芸黄遍原隰,禾颖积京坻④。共乐还乡⑤宴,欢比⑥《大风》诗。

① 此首录自《乐府诗集》卷五六。郭茂倩解云,一曰《九功舞》,殿庭朝会所奏文舞也。《新唐书·礼乐志》曰:"太宗生于武功之庆善宫,贞观六年幸之。宴从臣,赏赐闾里,同汉沛、宛。帝欢甚,赋诗,吕才被之管弦,名曰《功成庆善乐》。以童儿六十四人,冠进德冠,紫袴褶,长袖,漆髻,屣履而舞。"《旧书·乐志》曰:"《庆善乐》,太宗所造也,名《九功之舞》。舞蹈安徐,以象文德洽而天下安乐也。冬正享谦及国有大庆,与《七德舞》偕奏于庭。"今按:此题《全唐诗》卷一作《幸武功庆善宫》。 ② 悬弧:出生。古俗,生子门左悬弧。 ③ 盛:《全唐诗》卷一作"咸"。 ④ 坻:《全唐诗》作"畿"。 ⑤ 乡:《乐府诗集》作"谯",据《全唐诗》改。

⑥ 比：《乐府诗集》作"此"，据《全唐诗》改。

白纻舞辞

白 纻 辞①（二首）

崔国辅

其 一

洛阳梨花落②如霰，河阳桃叶生复齐。坐恐③玉楼春欲尽，红绵④粉絮裹妆啼。

　　① 此二首录自《乐府诗集》卷五五。今按：《全唐诗》卷一一九第一首注"此首一作《香风词》"。　② 落：《全唐诗》注"一作白"。　③ 恐：《全唐诗》作"惜"，注"一作怨"。　④ 绵：《乐府诗集》作"锦"，据《全唐诗》改。

其 二

董贤女弟在椒风，窈窕繁华贵后宫。璧带金钉皆翡翠，一朝零落变成空。

鞞① 舞 歌

东海有勇妇②

李 白

梁山感杞妻，恸哭③为之倾。金石忽暂开，都由激深情。东海有勇妇，何惭苏子卿④。学剑越处子⑤，超腾⑥若流星。捐躯报夫仇，万死不顾生。白刃耀素雪，苍天感精诚。十步两躩⑦跃，三呼一交兵。斩首掉国门，蹴踏五藏行。割此仇俪愤，粲然大义明。北海李使⑧君，飞章奏天庭。舍罪警风俗，流芳播沧瀛。志⑨在列女籍，竹帛已光荣。淳于免诏狱，汉主为缇萦。津妾一棹歌，脱父于严刑。十子若不肖，不如一女英。豫让斩空衣，有心竟无成。要离杀庆忌，壮夫素所轻。

妻子亦何辜，焚之买虚名⑩。岂如东海妇，事立独
扬名。

① 鼙：《乐府诗集》作"鼓"，据《晋书》及《乐府诗集》目录改。　② 此首录自
《乐府诗集》卷五三。郭茂倩解云："魏《鼙舞》五曲。李白作此篇以代《关中有贤
女》。"　③ 恸哭：萧士赟本《李太白诗》卷五作"痛苦"。二句源于曹植《鞞舞歌·
精微篇》："杞妻哭死夫，梁山为之倾。"　④ 苏子卿：《李太白文集》卷五王琦注：
"是知苏子卿乃苏来卿之误。曹植《精微篇》：'关东有贤妇，自字苏来卿。壮年报
父仇，身没垂功名。'"　⑤ 越处子：即越女。　⑥ 腾：王琦本《李太白文集》作
"然"。　⑦ �：王琦本《李太白文集》作"跳"。　⑧ 使：《乐府诗集》作"史"，据王
琦本《李太白文集》改。李使君，指李邕，字泰和，江都（今江苏扬州）人。曾任北
海太守，人称李北海。工文善书，名动一时，被李林甫所害。　⑨ 志：王琦本《李
太白文集》作"名"。　⑩ 名：王琦本《李太白文集》作"声"。

拂 舞 歌①

白 鸠 辞

李　白

　　铿鸣钟，考朗鼓，歌《白鸠》，引拂舞。白鸠之白谁
与邻，霜衣雪襟诚可珍。含哺七子能平均②，食不咽③，
性安驯，首农政，鸣阳春。天子刻玉杖，镂形赐耆人。
白鹭④亦⑤白非纯真，外洁其色心匪仁。阙五德，无司
晨，胡为啄我葭下之紫鳞。鹰鹯雕鹗，贪而好杀，凤皇
虽大圣，不愿以为臣。

① 此二首录自《乐府诗集》卷五五。郭茂倩解引《古今乐录》曰："鞞、铎、巾、
拂四舞，梁并夷则格，钟磬鸠拂和，故白拟之，为《夷则格上白鸠拂舞辞》云。"今
按：《白鸠辞》，《全唐诗》卷一六二注"一作《夷则格上白鸠拂舞辞》"。　② "含
哺"句：语出《诗经·曹风·鸤鸠》："鸤鸠在桑，其子七兮。"陆玑《毛诗草木鸟兽虫
鱼疏》：鸤鸠有均一之德，饲其子，旦从上而下，暮从下而上，平均如一。"　③ 咽：
《全唐诗》作"噎"。　④ 鹭：《乐府诗集》注"一作鹰"。　⑤ 亦：《全唐诗》作"之"。

独漉篇

李 白

独漉水中泥,水浊不见月。不见月尚可,水深行人没。越鸟从南来,胡鹰①亦北度。我欲弯弓向天射,惜其中道失归路。落叶别树,飘零随风,客无所托,悲与此同。罗帏舒卷,似有人开。明月直入,无心可猜。雄剑挂壁,时时龙鸣。不断犀象,绣涩苔生。国耻未雪,何由成名。神鹰梦泽,不顾鸱鸢。为君一击,搏鹏②九天。

① 鹰:王琦本《李太白文集》卷四作"雁"。　② 鹏:王琦本《李太白文集》作"雁"。

白纻舞辞

白纻辞①(三首)

李 白

其 一

扬清歌②,发皓齿,北方佳人东邻子。且③吟《白纻》停《渌水》,长袖拂面为君起。寒云夜卷霜海空,胡风吹天飘塞鸿。玉颜满堂乐未终,馆娃日落歌吹濛④。

① 此三首录自《乐府诗集》卷五五。　② 歌:《乐府诗集》注"一作音。"③ 且:《乐府诗集》作"旦",据《全唐诗》卷一六三改。　④ 歌吹濛:《全唐诗》注"一作歌吹中"。王琦本《李太白文集》卷四作"歌吟深",并以此句为下一首第一句。

其 二

月寒江清夜沉沉,美人一笑千黄金。垂罗舞縠扬哀音,郢中《白雪》且莫吟。《子夜》①吴歌动君心。动君心,冀君赏,愿作天池双鸳鸯,一朝飞去青云上。

①《子夜》:乐府曲名。《宋书·乐志一》:"《子夜歌》者,有女子名子夜,造此声。"

其　三

吴刀翦彩[①]缝舞衣,明妆丽服夺春辉。扬眉转袖若雪飞,倾城独立世所稀。《激楚》《结风》[②]醉忘归,高堂月落烛已微,玉钗挂缨君莫违。

① 彩:《乐府诗集》注"一作绮"。　②《激楚》《结风》:皆曲名。

唐中和乐舞辞[①]

李　适[②]

芳岁肇佳节,物华当仲春。乾坤既昭泰,烟景含氤氲。德浅荷玄贶,乐成思治[③]人。前庭列钟鼓,广殿延群臣。八卦随舞意,五音转曲新。顾非《咸池》奏,庶协南风熏。式宴礼所重,浃欢情必均。同和谅在兹,万国希可亲。

① 此首录自《乐府诗集》卷五六。郭茂倩解引《唐会要》曰:"贞元十四年,德宗以中和节自制《中和舞》,舞中成八卦。"并说明"又叙其舞曰:'朕以中春之首,纪为令节,象中和之容,作《中和》之舞。'"按此曲盖因继《天诞圣乐》而作也。今按:此题《全唐诗》卷一作"《中春麟德殿会百僚观新乐诗》一章,章十六句。"又,此诗作者,《乐府诗集》署"德宗",即李适也。　② 李适(742—805):即唐德宗皇帝,代宗长子。即位后思革旧弊,成效甚微。后任用奸邪,成为昏聩皇帝,使政局更加腐败。其善属文,尤工诗,常与朝臣、宫人唱和。《全唐诗》收其诗十五首。③ 思治:《全唐诗》作"恩洽"。

白纻舞辞

白　纻　辞[①](二首)

杨　衡[②]

其　一

玉缨翠珮杂轻罗,香汗微渍朱颜酡。为君起唱

《白纻歌》，清声袅云思繁多③，凝筝哀琴④时相和。金壶半倾芳夜促，梁尘霏霏暗红烛。令君安坐听终曲，坠叶飘花难再复。

　　①此二首录自《乐府诗集》卷五五。今按：此题《全唐诗》卷四六五作《白纻歌》。　②杨衡（生卒年不详）：约大历前后在世，天宝年间，曾隐于庐山，为"山中四友"之一。贞元进士，颇以诗作富古调自负。《全唐诗》录其诗一卷。③思繁多：《全唐诗》作"繁思多"。　④琴：《全唐诗》作"瑟"。

其　二

　　蹑珠履，步琼筵，轻身起舞红烛前。芳姿艳态妖且妍，回眸转袖暗催弦。凉风萧萧流①水急，月华泛艳红莲湿，牵裙览带翻成泣。

　　①流：《全唐诗》作"漏"。

拂 舞 歌

独 漉 歌①

王　建

　　独独漉漉②，鼠食猫肉。乌日中，鹤③露宿，黄河水直人心曲。

　　①此首录自《乐府诗集》卷五五。　②独独漉漉：《全唐诗》卷二九八注"一作独漉独漉"。　③鹤：《全唐诗》注"一作雀"。

白纻舞辞

白 纻 歌①（二首）

王　建

其　一

　　天河漫漫北斗粲②，宫中乌啼知夜半。新缝白纻舞衣成，来迟邀得吴王迎。低鬟转面掩双袖。玉钗浮动秋风生。酒多夜长夜未晓③，月明灯光两相照，后庭歌舞④更窈窕。

① 此二首录自《乐府诗集》卷五五。　② 粲:《全唐诗》卷二九八作"璨"。
③ 夜未晓:《全唐诗》作"天不晓"。　④ 舞:《乐府诗集》作"声"，据《全唐诗》改。

其　二

馆娃宫中春日暮，荔枝木瓜花满树。城头乌栖休击鼓，青蛾弹瑟白纻舞。夜天煌煌①不见星，宫中火照西江明。美人醉起无次第，堕钗遗珮满中庭。此时但愿可君意，回昼为宵亦不寐，年年奉君君莫弃。

① 煌煌:《全唐诗》作"曈曈"。

霓裳辞①（十首）

王　建

其　一

弟子部中留一色，听风听水②作《霓裳》。散声未足重来授，直到床前见上皇。

① 此十首录自《乐府诗集》卷五六。郭茂倩解云:一曰《霓裳羽衣曲》。《唐逸史》曰:"罗公远多秘术，尝与玄宗至月宫。初以拄杖向空掷之，化为大桥。自桥行十余里，精光夺目，寒气侵人。至一大城，公远曰:'此月宫也。'仙女数百，皆素练霓衣，舞于广庭。问其曲，曰《霓裳羽衣》。帝晓音律，因默记其音调而还。回顾桥梁，随步而没。明日，召乐工，依其音调，作《霓裳羽衣曲》。一说曰:开元二十九年中秋夜，帝与术士叶法善游月宫，听诸仙奏曲。后数日，东西两川驰骑奏，其夕有天乐自西南来，过东北去。帝曰:'偶游月宫听仙曲，遂以玉笛接之，非天乐也。'曲名《霓裳羽衣》，后传于乐部。"《乐苑》曰:"《霓裳羽衣曲》，开元中西凉府节度杨敬述进。郑愚曰:'玄宗至月宫，闻仙乐，及归，但记其半。会敬述进《婆罗门曲》，声调相符，遂以月中所闻为散序，敬述所进为曲，而名《霓裳羽衣》也。'白居易曰:'《霓裳》法曲也。其曲十二遍，起于开元，盛于天宝。'凡曲将终，声拍皆促，唯《霓裳》之末，长引一声。故其歌云'繁音急节十二遍，跳鹤曲终长引声'

是也。按王建辞云：'弟子部中留一色，听风听水作《霓裳》。'刘禹锡诗云：'三乡陌上望仙山，归作《霓裳羽衣曲》。'然则非月中所闻矣。" ② 水：《全唐诗》卷三〇一注"一作雨"。

其 二

中管五弦初半曲，遥教合上隔帘听。一声声向天头落，效①得仙人夜唱经。

① 效：《全唐诗》注"一作学"。

其 三

自直①梨园②得出稀，更番上曲不教归。一时跪拜《霓裳》彻，立地阶前赐紫③衣。

① 直：《全唐诗》注"一作入"。 ② 梨园：唐玄宗时于梨园教习宫廷歌舞艺人，后成为戏班或演艺场所的代称。 ③ 紫：《全唐诗》注"一作彩"。

其 四

旋翻新①谱声初足②，除却③梨园未教人。宣与④书家分手写，中官走马赐功臣。

① 旋翻新：《全唐诗》注"一作自修曲"。 ② 足：《全唐诗》注"一作起"。
③ 却：《全唐诗》注"一作在"。 ④ 与：《全唐诗》注"一作示"。

其 五

伴教《霓裳》有贵妃，从初直到曲成时。日长耳里闻声熟，拍数分毫错总知。

其 六

弦索拟拟隔彩云，五更初发一山①闻。武皇自②送西王母，新换③霓裳月色裙。

① 一山：《乐府诗集》注"一作满宫"。 ② 自：《全唐诗》注"一作目"。
③ 换：《全唐诗》注"一作染"。

其 七

敕赐宫人澡浴回，遥看美女院门开。一山星月《霓裳》动，好字先从殿里①来。

① 里:《全唐诗》注"一作后"。

其 八

传呼法部按《霓裳》,新得承恩别作行。应是①贵妃楼上看,内人舁下②彩罗箱。

① 应是:《乐府诗集》注"一作日晚"。 ② 下:《全唐诗》注"一作出"。

其 九

朝元阁上山风起①,夜听《霓裳》玉露②寒。宫女月中③更替④立,黄金梯滑并行难。

① 山风起:《乐府诗集》注"一作风初起"。 ② 玉露:《全唐诗》注"一作露坐"。 ③ 中:《全唐诗》注"一作明"。 ④ 替:《全唐诗》注"一作潜"。

其 十

知向①华清年②月满,山头山底种长生。去时留下《霓裳曲》,总③是离宫别馆声。

① 向:《乐府诗集》注"一作在"。 ② 年:《全唐诗》注"一作秋"。 ③ 总:《乐府诗集》注"一作半"。

白纻舞辞

白 纻 歌①

张 籍

皎皎白纻白且鲜,将作春衫称少年。裁缝长短不能定,自持刀尺向姑前。复恐兰膏污纤指,常遣傍人收堕珥。衣裳著时寒食下,还把玉鞭鞭白马。

① 此首录自《乐府诗集》卷五五。

白 纻 歌①

柳宗元

翠帷双卷出倾城,龙剑破匣霜月明。朱唇掩抑悄无声,金簧玉磬宫中生。下沉秋水激太清,天高地迥凝日晶。羽觞荡漾何事倾。

① 此首录自《乐府诗集》卷五五。今按：此题《全唐诗》卷三五二作《浑鸿胪宅闻歌效白纻》。

四时白纻歌

冬白纻歌①

元　稹

吴宫夜长宫漏款，帘幕四垂灯焰暖。西施自舞王自管，雪纻翻翻鹤翎散②，促节牵繁舞腰懒。舞腰懒③，王罢饮，盖覆西施凤花锦。身作匡④床臂为枕，朝珮拟拟⑤王晏寝。酒醒阁报门⑥无事，子胥死后言为讳，近王之臣谕王意。共笑越王穷惴惴，夜夜抱冰寒不睡。

① 此首录自《乐府诗集》卷五六。　② 散：《唐文粹》卷一三注"上声"。③ 懒：《唐文粹》作"软"，上句"懒"字亦作"软"。　④ 匡：《唐文粹》无此字。⑤ 拟拟：《全唐诗》卷四一八作"拟玉"。　⑥ 酒醒阁报门：《唐文粹》作"醒来阁门报"。酒醒，《全唐诗》作"寝醒"。

鼙　舞　歌

章和二年中①

李　贺

云萧索②，风拂拂③，麦芒如篲黍如粟。关中父老百领襦，关东吏人乏诟租。健犊春耕土膏黑，菖莆丛丛沿水脉。殷勤为我下田租④，百钱携赏⑤丝桐客。游春漫光坞花白，野林散香神降席。拜神得寿献天子，七星贯断姮娥死。

① 此首录自《乐府诗集》卷五三。今按：《晋书·乐志》："《章和二年中》乃古鼙舞曲第二章，魏改为《太和有圣帝》，晋改为《天命》。章和，汉章帝（刘烜）年号也。"　② 云萧索：《乐府诗集》注"一作正云萧索"。　③ 风拂拂：《乐府诗集》注

"一作田风拂排"。风,《李长吉歌诗汇解》卷三作"田风"。　④ 租:《乐府诗集》作"鉏",据《李长吉歌诗汇解》改。　⑤ 赏:《李长吉歌诗汇解》作"偿"。

公莫舞歌①

李贺

方花古②础排九楹,刺豹淋血盛银罂。华③莚鼓吹无桐竹,长刀直立割鸣筝。横楣粗锦生红纬,日炙锦嫣王未醉。腰下三看宝玦光,项庄掉箾栏④前起。材官小臣公莫舞,座上真人赤龙子。芒砀云瑞抱天回,咸阳王气清如水。铁枢铁楗重束关,大旗五丈撞双镮。汉王今日须秦印,绝膑刳肠臣不论。

① 此首录自《乐府诗集》卷五四。今按:此题《乐府诗集》作《公莫辞歌》。《李长吉歌诗汇解》卷二作《公莫舞歌》,并序:"《公莫舞歌》者,咏项伯翼蔽刘沛公也。会中壮士,灼灼于人,故无复书。且南北乐府率有歌引,贺陋诸家,今重作《公莫舞歌》云。"据此,改题中"辞"为"舞"。　② 古:《乐府诗集》注"一作石"。③ 华莚:《乐府诗集》注"一作军莚"。　④ 栏:《李长吉歌诗汇解》作"拦"。

拂 舞 歌

拂 舞 辞①

李贺

吴娥声绝天,空云闲徘徊。门外满车马,亦须生绿苔。樽有乌程酒,劝君千万寿。全胜汉武②锦楼上,晓望晴寒③饮花露。东方日不破,天光无老时。丹成作蛇乘白雾,千年重化玉井龟④。从蛇作龟二千载⑤,吴堤绿草年年在。背有⑥八卦称神仙,邪鳞顽甲滑腥涎。

① 此首录自《乐府诗集》卷五五。　② 武:《文苑英华》卷三三五作"舞"。

③ 晴寒:《全唐诗》卷三九三作"寒空"。　④ 龟:《全唐诗》作"土"。　⑤ 二千载:《李长吉歌诗汇解》注"一作一千载"。　⑥ 有:《文苑英华》作"文"。

屈柘词①

温庭筠

杨柳萦桥绿，玫瑰拂地红。绣衫金腰褭，花髻玉珑璁。宿雨香潜润，春流水暗通。画楼初梦断，晴②日照湘风。

① 此首录自《乐府诗集》卷五六。今按:屈柘，《全唐诗》卷五八一作"握柘"。
② 晴:《全唐诗》作"晓"。《乐府诗集》亦注"一作晓"。

柘枝词①

将军奉命即须行，塞外强领兵。闻道烽烟动，腰间宝剑匣中鸣。

① 此首录自《乐府诗集》卷五六。郭茂倩解引《乐府杂录》曰:"健舞曲有《柘枝》，软舞曲有《屈柘》。"《乐苑》曰:"羽调有《柘枝曲》，商调有《屈柘枝》。此舞因曲为名，用二女童，帽施金铃，抃转有声。其来也，于二莲花中藏花坼而后见，对舞相占，实舞中雅妙者也。"《教坊记》曰:"凡棚车上击鼓非《柘枝》，则《阿辽破》也。"《羯鼓录》曰:"凡曲有意尽声不尽者，须以他曲解之，如《耶婆色鸡》用《屈柘急遍》解，《屈柘》用《浑脱》解之类是也。一说曰:《柘枝》，本《柘枝舞》也。其后字讹为柘枝。"沈亚之赋云:"昔神祖之克戎，宾杂舞以混会。柘枝信其多妍（《沈下贤文集》卷一'妍'下有'兮'字）。命佳人以继态。"然则似是戎夷之舞。按今舞人衣冠类蛮服，疑出南蛮诸国也。今按:《乐府诗集》将此首列在唐王建《霓裳辞》十首之后，唐薛能《柘枝词》之前，未有作者姓名，其体制风调承袭汉魏，当属北朝，而按体例可列入唐代待考。

柘枝词①（三首）

薛　能

其　一

同营三十万，震鼓伐西羌。战血黏秋草，征尘搅夕阳。归来人不识，帝里独戎装。

① 此三首录自《乐府诗集》卷五六。今按：《乐府诗集》作《柘枝调》，中华书局本校记据毛本及《全唐诗》卷五五八改作"柘枝词"。

其　二

悬军征拓羯，内地隔萧关。日色昆仑上，风声朔漠间。何当千万骑，飒飒贰师还。

其　三

意气成功日，春风起絮天。楼台新邸第，歌舞小婵娟。急破催摇曳，罗衫半脱肩。

吴俞儿舞歌①（三首）

陆龟蒙

剑　俞

枝月喉，棹霜脊，北斗离离在②寒碧。龙魂清，虎尾白，秋照海心同一色。纛影咤沙干③影侧，神豪发直。四睨之人股佶栗，欲定不定定不得。春牍残，儿且止，狄胡有胆大如山，怖亦死。

① 此三首录自《乐府诗集》卷五三。《宋书·乐志》曰："魏《俞儿舞歌》四篇，魏国初建所用，使王粲改创其辞，为《矛俞》、《弩俞》、《安台》、《行辞新福歌》曲，行辞以述魏德。"《唐书·乐志》："俞，美也。魏、晋改其名，梁复号巴渝，隋文帝以非正典，罢之。"　② 在：《乐府诗集》作"仕"，据《全唐诗》卷二二及毛刻本改。③ 干：《全唐诗》作"千"。

矛 俞

手盘风，头背分。电光战扇，欲刺敲心留半线。缠肩绕胫，襜合眩旋。卓植赴列，夺避中节。前冲函礼穴，上指字彗灭，与君一用来有截。

弩 俞

牛来开弦，人为置镞。揿机关，迸山谷，鹿骇涩，隼击迟。析毫中睫，洞腋分龟。达坚垒，残雄师，可以冠猛乐壮曲。抑扬蹈厉，有裂犀兕之气者，非公与？

雅舞

晋昭德成功舞歌①

昭德舞歌（二首）

其 一

圣代修文德，明庭举旧章。两阶陈羽籥，万舞合宫商。剑佩森鸳鸯，《箫韶》下凤凰。我朝青史上，千古有辉光。

① 此二首录自《乐府诗集》卷五二。郭茂倩解引《唐余录》曰："晋天福五年，诏有司复修正至朝会二舞之制，以文武为《昭德》之舞，武舞为《成功》之舞。十一月冬至，遂奏之。于时二舞久废，众喜于复兴，而乐工舞员，杂取教坊以满之。声节靡曼，缀兆合节，而无远促迟速之累。及明年正旦再奏，而蹈历进退无列，议者非之。"《五代史·乐志》曰："文舞六十四人，左手执籥，右手执翟。冠进贤冠，服黄纱袍，白纱中单，皂领襟，白练襜裆，白布大口袴，革带，乌皮履，白布袜。武舞六十四人，左手执干，右手执戚。服弁，平巾帻，金支绯丝布大袖，绯丝布裲裆，甲金饰，白练襜裆，锦腾蛇起梁带，豹文大口布袴，乌皮靴。"今按：题中"晋"为五代十国之后晋。

其 二

寰①海干戈戢,朝廷礼乐施。白驹皆就絷,丹凤复来仪。德备三苗格,风行万国随。小臣同百兽,率舞贺昌期。

① 寰:《全唐诗》卷一六作"淮"。

成功舞歌(二首)

其 一

拨乱资英主,开基自晋阳。一戎成大业,七德焕前王。炎汉提封远,姬周世祚长。朱干将玉戚,全象武功扬。

其 二

睿算超前古,神功格上圆。百川留禹迹,万国戴尧天。既已囊弓矢,诚宜播管弦。跄跄随鸟兽,共乐太平年。

新乐府辞（一）

　　郭茂倩解云：乐府之名，起于汉魏。自孝惠帝时，夏侯宽为乐府令，始以名官。至武帝，乃立乐府，采诗夜诵，有赵、代、秦、楚之讴。则采歌谣，被声乐，其来盖亦远矣。凡乐府歌辞，有因声而作歌者，若魏之三调歌诗，因弦管金石，造歌以被之是也。有因歌而造声者，若清商、吴声诸曲，始皆徒歌，既而被之弦管是也。有有声有辞者，若郊庙、相和、铙歌、横吹等曲是也。有有辞无声者，若后人之所述作，未必尽被于金石是也。

　　又云：新乐府者，皆唐世之新歌也。以其辞实乐府，而未常被于声，故曰新乐府也。元微之病后人沿袭古题，唱和重复，谓不如寓意古题，刺美见事，犹有诗人引古以讽之义。近代唯杜甫《悲陈陶》《哀江头》《兵车》《丽人》等歌行，率皆即事名篇，无复倚旁。乃与白乐天、李公垂辈，谓是为当，遂不复更拟古题。因刘猛、李余赋乐府诗，咸有新意，乃作《出门》等行十余篇。其有虽用古题，全无古义，则《出门行》不言离别，《将进酒》特书列女。其或颇同古义，全创新词，则《田家》止述军输，《捉捕》请先蝼蚁。如此之类，皆名乐府。由是观之，自风雅之作，以至于今，莫非讽兴当时之事，以贻后世之审音者。傥采歌谣以被声乐，则新乐府其庶几焉。

乐府杂题（一）

新　曲①

谢　偃②

　　青楼绮阁已含春，凝妆艳粉复如神。细细轻裾③全漏影，离离薄扇讵障尘。樽中酒色恒宜满，曲里歌声不厌新。紫燕欲飞先绕栋，黄莺始呀即娇人。撩乱丝垂昏柳陌，参差浓叶暗桑津。上客莫畏斜光晚，自有西园明月轮。

① 此首录自《乐府诗集》卷九〇。今按:此题《全唐诗》卷三八作《乐府新歌应教》。　② 谢偃(? —643):本姓直勒氏,祖仕北齐,改姓谢。卫州(今河南淇县)人。仕隋为散从正员外郎。唐贞观初,为弘文馆直学士,迁魏王府功曹。工辞赋,为初唐著名辞赋家。　③ 裾:《全唐诗》作“裙”。

新　曲^①(二首)

长孙无忌^②

其　一

家住朝歌下,早传名^③。结伴来游淇水上,旧长情。玉珮金钿随步动^④,云罗雾縠逐风轻。转目机心悬自许,何须更待听琴声。

① 此二首录自《乐府诗集》卷九〇。　② 长孙无忌(? —659):唐初大臣。字辅机,河南洛阳人。太宗长孙后之兄。武德九年(626)决策玄武门之变,助太宗夺取帝位。历任尚书右仆射、司空、司徒等职。曾与房玄龄等修定唐律,与律学之士对唐律逐条解释,成《唐律疏义》三十卷。《全唐诗》录其诗四首。
③ 早传名:《全唐诗》卷三〇作“伭阿早传名”。并注“伭阿:一本无此二字”。
④ 动:《全唐诗》作“远”。

其　二

回雪凌波游洛浦,遇陈王。婉约娉婷工语笑,侍兰房。芙蓉绮帐还开揵,翡翠珠被烂齐光。长愿今宵奉颜色,不爱闻^①箫逐凤皇。

① 闻:《全唐诗》作“吹”。

湘川新曲^①(二首)

杜易简^②

其　一

昭潭深无底,橘洲浅而浮。本欲凌波去,翻为目成③留。愿君稍弭楫,无令贱妾羞。

① 此二首录自《乐府诗集》卷九〇。今按:湘川,即湘江。 ② 杜易简(生卒年不详):祖籍襄阳(今属湖北)。杜审言从祖兄。博学,登进士第,历任殿中侍御史、开州司马等职。《全唐诗》录其诗三首。 ③ 成:《全唐诗》作"挑"。

其 二

二八相招携,采菱渡前溪。弱腕随桡起,纤腰向舸低。自解看花笑,憎闻染竹啼。

塞 下 曲①

郭 震②

塞外虏尘飞,频年出武威。死生随玉剑,辛苦向金微。久戍人将老,长征马不肥。仍闻酒泉郡,已合数重围。

① 此首录自《乐府诗集》卷九二。今按:此题《全唐诗》卷六六作《塞上》。 ② 郭震:《乐府诗集》作"郭元振",据《全唐诗》改。郭震,字元振。

邺 都 引①

张 说

君不见魏武草创争天禄,群雄睚眦相驰逐。昼携壮士破坚阵,夜接词人赋华屋。都邑缭绕西山阳,桑榆漫漫漳河曲。城郭为墟人改代,但有②西园明月在。邺傍高冢多贵臣,蛾眉曼睩共灰尘。试上铜台歌舞处,唯有秋风愁杀人。

① 此首录自《乐府诗集》卷九一。 ② 有:《唐文粹》卷一二作"见"。

中 流 曲①

崔国辅

归时②日尚早,更欲向芳洲。渡口水流急,回船不自由。

① 此首录自《乐府诗集》卷九一。今按:此题《全唐诗》卷一一九注"一作《古意》"。　② 时:《全唐诗》注"一作来"。

春 女 行①

王 翰

紫台穹跨连绿波,红轩铃匝垂纤罗。中有一人金作面,隔幌玲珑遥可见。忽闻黄鸟鸣且悲,镜边含笑着春衣。罗袖婵娟似无力,行拾落花比容色。落花一度无再春,人生作乐须及辰。君不见楚王台上红颜子,今日皆成狐兔尘。

① 此首录自《乐府诗集》卷九〇。

情人玉清歌①

毕 耀②

洛阳城中有一人名玉清③,可怜玉清如其名。善踏④斜柯能独立,婵娟花艳无人及。珠为裙,玉为缨。临春风,吹玉笙,悠悠满天星。黄⑤金阁上晚妆成,云和曲中为曼⑥声。玉梯不得踏⑦,摇袂两盈盈,城头之日复何情。

① 此首录自《乐府诗集》卷九一。今按:《全唐诗》卷二五五此题下注"一作张南容诗"。　② 毕耀(生卒年不详):又作"毕曜",东平(今属山东)人。开元末,曾为太常寺太祝。乾元二年,擢监察御史,后迁侍御史。有诗才,善为小诗,与孟浩然、杜甫友善。《全唐诗》录其诗三首。　③ "洛阳"句:《全唐诗》作"洛阳

有人名玉清"。　④ 踏:《乐府诗集》阙,据《全唐诗》补。　⑤ 黄:《乐府诗集》作
"万",据《全唐诗》改。　⑥ 曼:《乐府诗集》作"慢",据《全唐诗》改。　⑦ 踏:《全
唐诗》作"蹈"。

公 子 行①

刘希夷

天津桥下阳春水,天津桥上繁华子。马声回合青
云外,人影摇扬绿波里②。绿波清迥③玉为砂,青云离
披锦作霞。可怜杨柳伤心树,可怜桃李断肠花。此日
遨④游邀美女,此时歌舞入倡家。倡家美女郁金香,飞
去飞来⑤公子傍。的的⑥珠帘白日映,娥娥玉颜⑦红粉
妆。花际徘徊双蛱蝶,池边顾步两鸳鸯。倾国倾城汉
武帝,为云为雨楚襄王。古来容光人所羡,况复今日
遥相见。愿作轻罗着细腰,愿为明镜分娇面。与君相
向转相亲,与君双⑧栖共一身。愿作⑨贞松千岁古,谁
论芳槿一朝新。百年同谢西山日,千秋万古北邙尘。

① 此首录自《乐府诗集》卷九〇。　② 摇扬绿波里:《文苑英华》卷一九四作
"摇空绿杨里"。摇扬,《全唐诗》卷八二作"动摇"。　③ 清迥:《全唐诗》作"荡
漾"。　④ 遨:《文苑英华》作"看"。　⑤ 飞去飞来:《文苑英华》作"飞来飞去"。
⑥ 的的:《文苑英华》作"灼灼"。　⑦ 颜:《文苑英华》作"貌"。　⑧ 双:《文苑英
华》作"相"。　⑨ 作:《文苑英华》作"言"。

将 军 行①

刘希夷

将军辟辕门,耿介当风立。诸将欲言事,逡巡不
敢入。剑气射云天,鼓声振②原隰。黄尘塞路起,走马
追兵急。弯弓从此去,飞箭如雨集。截③围一百里④,

斩首五千级。代马流血死，胡人抱鞍泣。古来养甲
兵，有事常讨袭。乘我庙堂运，坐使干戈戢。献凯归
京都⑤，军容何翕习。

　　① 此首录自《乐府诗集》卷九〇。　　② 振：《唐文粹》卷一二、《文苑英华》卷
一九六作"破"。　　③ 截：《文苑英华》作"突"。　　④ 里：《乐府诗集》作"重"，据
《唐文粹》改。　　⑤ 归京都：《唐文粹》作"归帝京"。《全唐诗》作"归京师"，并注
"一作还帝京"。《文苑英华》作"帝东劳"。

春 女 行①

刘希夷

　　春女颜如玉，怨歌阳春曲。巫山春树红，沅江②春
草绿。自怜妖艳姿，妆成独见时。愁心伴杨柳，春尽
乱如丝。目极千里余，悠悠春江水。遥③想玉关人，愁
卧金闺里。尚言春花落，不知秋风起。娇爱犹未终，
悲凉从此始。忆昔楚王宫，玉楼妆粉红。纤腰弄明
月，长袖拂④春风。容华委西⑤山，光阴不可还⑥。桑林
变⑦东海，富贵今何在！寄言桃李容，胡为闺阁重。但
见楚王墓，唯有数株松。

　　① 此首录自《乐府诗集》卷九〇。　　② 沅江：《全唐诗》卷八二作"沅湘"，并
注"一作江"。　　③ 遥：《全唐诗》作"频"。　　④ 拂：《全唐诗》作"舞"，并注"一作
拂"。　　⑤ 西：《乐府诗集》作"曲"，据《全唐诗》改。　　⑥ 还：《全唐诗》注"一作
再"。　　⑦ 变：《全唐诗》注"一作没"。

青 楼 曲①（二首）

王昌龄

其 一

白马金鞍从武皇，旌旗十万宿长杨。楼头小妇鸣

筝坐，遥见飞尘入建章。

① 此二首录自《乐府诗集》卷九一。

其　二

驰道杨花满御沟，红妆缦绾上青楼。金章紫绶千余骑，夫婿朝回初拜侯。

塞　上　曲^①（四首）

王昌龄

其　一

蝉鸣桑树间^②，八月萧关道。出塞复入塞^③，处处黄芦草。从来幽并客，皆向沙场^④老。莫学游侠儿，矜夸紫骝好。

① 此四首录自《乐府诗集》卷九二。今按：此题《全唐诗》卷一四〇作《塞下曲》四首，《乐府诗集》卷九二作"塞上曲二首"（其"二首"为"四首"之第一、四首），兹将其四首全部收录之。　② 桑树间：《全唐诗》作"空桑林"。　③ 复入塞：《乐府诗集》作"入塞云"。《全唐诗》作"入塞寒"，并注"一作复入塞"，据此改。④ 向沙场：《全唐诗》作"共尘沙"。

其　二^①

饮马渡秋水，水寒风似刀。平沙日未没，黯黯见临洮。昔^②日长^③城战，咸言意气高。黄尘足^④今古，白骨乱蓬蒿。

①《全唐诗》注："此首一本题作《望临洮》。"　② 昔：《全唐诗》注"一作当"。③ 长：《全唐诗》注"一作龙"。　④ 足：《全唐诗》注"一作漏。一作是"。

其　三

奉诏甘泉宫，急征天下兵。朝廷备礼出，郡国豫郊迎。纷纷几万人，去者无全生。臣愿节宫厩，分以赐边城。

其 四

边头何惨惨，已葬霍将军。部曲皆相吊，燕南代
北闻。功勋多被黜，兵马亦寻分。更遣黄龙戍，唯当
哭塞云。

塞 下 曲①（二首）

王昌龄

其 一

饮马渡秋水，水寒风似刀。平沙日未没，黯黯见
临洮。当日龙城战②，咸言意气高。黄沙满③今古，白
骨乱蓬蒿。

① 此二首录自《乐府诗集》卷九二。今按：《全唐诗》卷一四〇第一首下注：
"此首一本题作《望临洮》。"又以第二首为《塞下曲》。第一首与其《塞上曲》四首
的第二首基本相同待考。 ② "当日"句：《乐府诗集》作"昔日长城战"，据其注
"一作当日龙城战"改。 ③ 黄沙满：《乐府诗集》作"黄尘是"，据其注"一作黄沙
满今古"改。满，《全唐诗》作"足"。

其 二

秋风夜渡河，吹却雁门桑。遥见胡地猎，鞴马宿
严霜。五道分兵去，孤军百战场。功多翻下狱，士卒
但心伤。

笑 歌 行①

李 白

笑矣乎，笑矣乎。君不见曲如钩，古人知尔封公
侯。君不见直如弦，古人知尔死道边。张仪所以只掉
三寸舌，苏秦所以不垦二顷田。笑矣乎，笑矣乎。君
不见沧浪老人歌一曲，还道沧浪濯吾足。平生不解谋

此身，虚作《离骚》遣人读。笑矣乎，笑矣乎。赵有豫
让楚屈平，卖身买得千年名。巢由洗耳有何益，夷齐
饿死终无成。君爱身后名，我爱眼前酒。饮酒眼前
乐，虚名何处有！男儿穷通当有时，曲腰向君君不知。
猛虎不看机上肉，洪炉不铸囊中锥。笑矣乎，笑矣乎。
宁武子，朱买臣，叩角行歌皆负薪。今日逢君君不识，
岂得不如伴狂人。

① 此首录自《乐府诗集》卷九〇。

江　夏　行①

李　白

忆昔娇小姿，春心亦自持。为言嫁夫婿，得免长
相思。谁知嫁商贾，令人却愁苦。自从为夫妻，何曾
在乡土。去年下扬州，相送黄鹤楼。眼看帆去远，心
逐江水流。只言期一载，谁为历三秋。使妾肠欲断，
恨君情悠悠。东家西舍同时发，北去南来不逾月。未
知行李游何方，作个音书能断绝。适来往南浦，欲问
西江船。正见当垆女，红妆二八年。一种为人妻，独
自多悲凄。对镜便垂泪，逢人只欲啼。不如轻薄儿，
旦暮长追②随。悔作商人妇，青春长别离。如今正好
同欢乐，君去容华谁得知。

① 此首录自《乐府诗集》卷九〇。　② 追：《李太白集》卷八作"相"。

横　江　词①（六首）

李　白

其　一

人言②横江好，侬③道横江恶。一风二日吹倒山④，

白浪高于瓦官阁。

① 此六首录自《乐府诗集》卷九〇。今按：横江，即横江浦，在今安徽和县东南，位于长江北岸，与南岸采石矶隔江相对。　② 言：《李太白文集》卷七作"道"。　③ 侬："我"。古代吴人自称。　④ "一风"句：《乐府诗集》注"一作猛风吹倒天门山"。二日，《全唐诗》卷一六六作"三日"。

其 二

海潮南去过浔阳，牛渚由来险马当。横江欲渡风波恶，一水牵愁万里长。

其 三

横江西望阻西秦，汉水东流①杨子津。白浪如山那可渡，狂风愁杀峭帆人。

① 汉水东流：《乐府诗集》注"一作楚水东连"。东流，《全唐诗》作"东连"。

其 四

海神东①过恶风回，浪打天门石壁开。浙江八月何如此，涛似连山喷雪来。

① 东：《全唐诗》作"来"。《乐府诗集》注"一作来"。

其 五

横江馆前津吏迎，向余东指海云生。郎今欲渡缘何事？如此风波不可行。

其 六

月①晕天风雾不开，海鲸东蹙百川回。惊波一起三山动，公无渡河②归去来！

① 月：《乐府诗集》作"日"，据《全唐诗》改。　② 公无渡河：乐府歌辞有《公无渡河》。四言四句，以歌辞首句"公无渡河"而名。

静 夜 思①

李 白

床前看月光②，疑是地上霜。举头望山月③，低头思故乡。

① 此首录自《乐府诗集》卷九〇。今按：胡震亨曰："思归之辞也，太白自制名。" ② 看月光：《李白集校注》云："各本《李集》均作看月光，《唐人万首》亦作看月光。王士禛《唐人万首绝句选》及《唐诗别裁》均作明月光，疑为士禛所臆改。" ③ 山月：《李白集校注》云："萧注引古诗'明月何皎皎'，再引魏文帝，诗'仰看明月光'，似萧氏以山月为明月。但刊本仍作山月。《唐宋诗醇》作明月。"

黄 葛 篇①

李 白

黄葛生洛溪，黄花自绵幂。青烟蔓长条，缭绕几百尺。闺人费素手，彩缉作缔绤。缝为绝国衣，远寄日南客。苍梧大火落，暑服莫轻掷。此物虽过时，是妾手中迹。

① 此首录自《乐府诗集》卷九〇。

塞 上 曲①

李 白

大汉无中策，匈奴犯渭桥。五原秋草绿，胡马一何骄。命将征西极，横行阴山侧。燕支落汉家，妇女无花色。转战渡黄河，休兵乐事多。萧条清万里，瀚海寂无波。

① 此首录自《乐府诗集》九二。

塞 下 曲①（六首）

李 白

其 一

五月天山雪，无花只有寒。笛中闻《折柳》，春色未曾看。晓战随金鼓，宵眠抱玉鞍。愿将腰下剑，直为斩楼兰。

① 此六首录自《乐府诗集》卷九二。

其 二

天兵下北荒，胡马欲南饮。横戈从百战，直为衔恩甚。握雪海上餐，拂沙陇头寝。何当破月氏，然后方高枕。

其 三

骏马如①风飙，鸣鞭出渭桥。弯弓辞汉月，插羽破天骄。阵解星芒尽，营空海雾销。功成画麟阁，独有霍嫖姚。

① 如：《李太白文集》卷五作"似"。

其 四

白马黄金塞，云砂绕梦思。那堪愁苦节，远忆边城儿。萤飞秋窗满，月度霜闺迟。摧残梧桐叶，萧飒沙棠枝。无时独不见，泪流空自知。

其 五

塞虏乘秋下，天兵出汉家。将军分虎竹，战士卧龙沙。边月随弓影，胡霜拂剑花。玉关殊未入，少妇莫长嗟。

其 六

烽火动沙漠，连照甘泉云。汉皇按剑起，还召李将军。兵气天上合，鼓声陇底闻。横行负勇气，一战静妖氛。

九曲词①（三首）

高 适

其 一

铁骑横行铁岭头，西看罗逤②取封侯。青海只今将饮马，黄河不用更防秋。

① 此三首录自《乐府诗集》卷九一。郭茂倩解引《河图》曰："黄河出昆仑山，东北流千里，折西而行，至于蒲山。南流千里，至于华山之阴。东流千里，至于桓雍。北流千里，至于下津。河水九曲，长九千里，入于渤海。"《新唐书》曰："天宝中，哥舒翰攻破吐蕃洪齐、大莫等城，收黄河九曲，以其地置洮阳郡。"适由是作《九曲词》。今按：九曲，指黄河。此三首顺序，"铁骑"首，《高常侍集》卷八作第三首，"许国"首作第一首。 ② 罗逤：藏文译音，亦作"罗娑"、"罗些"，唐时吐蕃都城，即今之拉萨。

其 二

许国从来彻庙堂，连年不为在疆①场。将军天上封侯印，御史台中异姓王。

① 疆：《高常侍集》作"坛"。

其 三

万骑争歌杨柳春，千场对舞绣骐驎。到处尽逢欢洽事，相看总是太平人。

塞 上①

高 适

东出卢龙塞，浩然客思孤。亭堠列万里，汉兵犹备胡。边尘满②北溟，虏骑正南驱。转斗岂长策，和亲非远图。惟昔李将军，按节出皇都③。总戎扫大漠，一战擒单于。常怀感激心，愿效纵横谟。倚剑欲谁语，关河④空郁纡。

① 此首录自《乐府诗集》卷九二。 ② 满：《文苑英华》卷一九七及《全唐诗》

卷二一一作"涨"。　③ 出皇都：《全唐诗》作"临此都"。　④ 关河：《全唐诗》作
"山河"。《文苑英华》作"关山"。

老 将 行①

王 维

　　少年十五二十时，步行夺得②胡马骑。射杀山中③
白额虎，肯数邺下黄须儿④。一身转战三千里，一剑曾
当百万师。汉兵奋迅如霹雳，虏骑崩腾畏蒺藜。卫青
不败由天幸，李广无功缘数奇。自从弃置便衰朽，世
事蹉跎成白首。昔时飞箭无全目，今日垂扬生左肘。
路傍时卖故侯瓜，门前学种先生柳。茫茫古木连穷
巷，寥落寒山对虚牖。誓令疏勒出飞泉，不似颍川空
使酒。贺兰山下阵如云，羽檄交驰日夕闻。节使三河
募年少，诏书五道出将军。试拂铁衣如雪色，聊持宝
剑动星文。愿得燕弓射大将，耻令越甲鸣吾⑤军。莫
嫌旧日云中守，犹堪一战取⑥功勋。

　　① 此首录自《乐府诗集》卷九〇。　② 得：《王右丞集》卷一、《唐文粹》卷一
二作"取"。　③ 山中：《唐文粹》作"中山"。　④ 黄须儿：指曹操次子曹彰。
⑤ 吾：《乐府诗集》作"吴"，据《文苑英华》卷三三三及《唐文粹》改。　⑥ 取：《王
右丞集》作"立"。

燕 支 行①

王 维

　　汉家天②将才且雄，时来③谒帝明光宫。万乘亲推
双阙下，千官出饯五陵东。誓辞甲第金门里，身作长
城玉塞中。卫霍才④堪一骑将，朝廷莫⑤数贰师功。
赵、魏、燕、韩多劲卒，关西侠少何咆勃。报仇只是闻

尝胆,饮酒不曾妨刮骨。画戟琱戈白日寒,连旗大旆黄尘没。叠鼓遥翻瀚海波,鸣笳乱动关⑥山月。麒麟锦带配吴钩,飒沓青骊跃紫骝。拔剑已断天骄臂,归鞍共饮月支头。汉军⑦大呼一当百,虏骑相看哭且愁。教战虽令赴汤火,终知上将伐谋猷⑧。

① 此首录自《乐府诗集》卷九〇。　② 天:《全唐诗》卷一二五注"一作大"。③ 时来:《乐府诗集》作"来时",《全唐诗》注"一作时来",据改。　④ 才:《唐文粹》卷一二作"逸"。　⑤ 莫:《王右丞集》卷一、《全唐诗》作"不"。　⑥ 关:《全唐诗》、《王右丞集》作"天"。　⑦ 军:《唐文粹》作"兵"。　⑧ 伐谋猷:《王右丞集》与《全唐诗》均作"先伐谋"。

桃 源 行①

王 维

渔舟逐水爱山春,两岸桃花夹古②津。坐看红树不知远,行尽清③溪不见④人。山口潜行始隈隩,山开旷望旋平陆。遥看一处攒云树,近入千家散花竹。樵客初传汉姓名,居人未改秦衣服。居人共住武陵源,还从物外起田园。月明松下房栊静⑤,日出云中鸡犬喧。惊⑥闻俗客争来集,竞引还家问都邑。平明闾巷扫花开,薄暮渔樵乘水入。初因避地去人间,更问神仙遂不还⑦。峡里谁知有人事,世中⑧遥望空云山。不疑灵境难闻见,尘心未尽思乡县。出洞无论隔山水,辞家终拟长游衍。自谓经过旧不迷,安知峰⑨壑今来变。常时只记入山深,清⑩溪几度到云林。春来遍是桃花水,不辨仙源何处寻。

① 此首录自《乐府诗集》卷九〇。郭茂倩解引陶潜《桃花源记》曰:"晋太元中,武陵人沿溪捕鱼,忽逢桃花林。夹岸数百步,中无杂树,芳华鲜美,落英缤纷。渔人甚异之。复前行,林尽水源,得一山,山有小口,仿佛有光。乃舍船而入,初

才通人,行数十步,豁然开朗,土地平旷,屋舍俨然,有良田美池桑竹之属。阡陌交通,鸡犬相闻。其中往来种作,男女衣著悉如外人,黄发垂髫,怡然自乐。见渔人,大惊,问所从来。邀还家,为设酒杀鸡。自云先世避秦乱,率妻子邑人来此,不复出,遂与外人隔绝。问今何世,乃不知有汉,无论魏晋。渔人为具言,皆叹惋。停数日辞去,此中人语云'不足为外人道也'。既出得船,复由向路,处处志之。其后欲往,迷不复得路云。"今按:桃源,在湖南省。汉为临沅县地,属武陵郡,隋唐为武陵县地。宋乾德中析置桃源县,以其地有桃花源而名。参见《寰宇通志》卷五七《常德府》。　②古:《王右丞集》卷一、《文苑英华》卷三三二作"去"。　③清:《乐府诗集》作"青",据《文苑英华》改。　④不见:《乐府诗集》作"忽值",据《王右丞集》改。　⑤静:《文苑英华》作"净"。　⑥惊:《文苑英华》作"忽"。　⑦"更问"句:《文苑英华》及《唐文粹》卷一二作"及至成仙去不还"。⑧中:《文苑英华》作"上"。　⑨峰:《文苑英华》作"岑"。　⑩清:《文苑英华》作"青"。

洛阳女儿行①

王　维

　　洛阳女儿对门居,才可颜容十五余。良人玉勒乘骢马,侍女金盘脍鲤鱼。画阁朱楼尽相望,红桃绿柳垂檐向。罗帏送上七香车,宝扇迎归九华帐。狂夫富贵在青春,意气骄奢剧季伦②。自怜碧玉亲教舞,不惜珊瑚持与人。春窗曙灭九微火,九微片片飞花琐。戏罢曾无理曲时,妆成只是薰香坐。城中相识尽繁华,日夜经过赵、李家。谁怜越女颜如玉,贫贱江头自浣纱。

　　① 此首录自《乐府诗集》卷九〇。　② 季伦:指西晋石崇,字季伦。

三三四

扶 南 曲 ①（五首）

王 维

其 一

翠羽流苏帐，春眠曙不开。羞从面色起，娇逐语声来。早向昭阳殿，君王中使催。

① 此五首录自《乐府诗集》卷九〇。今按：此题《全唐诗》卷一二五作《扶南曲歌辞》。

其 二

堂上清弦动，堂前绮席陈。齐歌卢女曲，双舞洛阳人。倾国徒相看，宁知心所亲。

其 三

香气传空满，妆华影箔通。歌闻天仗外，舞出御筵①中。日暮归何处，花间长乐宫。

① 筵：《王右丞集》作"楼"。

其 四

宫女还金屋，将眠复畏明。入春轻衣好，半夜薄妆成。拂曙朝前殿，玉除①多珮声。

① 玉除：《全唐诗》作"玉墀"。

其 五

朝日照绮窗，佳人坐临镜。散黛恨犹轻，插钗嫌未正。同心勿遽游，幸得春妆竟。

孟 门 行 ①

崔 颢

黄雀衔黄花②，翩翩傍檐隙。本拟③报君恩，如何反弹射。金罍美酒满座春，平原爱才④多众宾。满堂尽是忠义士，何意得有谗谀人。谗人⑤翻覆那可道，能令君心不自保。北园新栽桃李枝，根株未固何转移。成阴结子⑥君自取，若⑦问傍人那得知。

① 此首录自《乐府诗集》卷九一。　② 黄花:《乐府诗集》注"一作苹花"。
③ 拟:《全唐诗》卷一三〇注"一作欲"。　④ 才:《乐府诗集》作"财",据《全唐诗》改。　⑤ 人:《全唐诗》作"言",并注"一作人"。　⑥ 子:《全唐诗》作"实",并注"一作子"。　⑦ 若:《全唐诗》注"一作借"。

邯郸宫人怨①

崔　颢

邯郸陌上三月春，暮行逢见一妇人。自言乡里本燕赵，少小随家西入秦。母兄怜爱无俦侣，五岁名为阿娇女。七岁丰茸好颜色，八岁黠惠能言语。十三兄弟教诗书，十五青楼学歌舞。我家青楼临道傍，纱窗绮幔暗闻香。日暮笙歌君驻马，春日妆梳妾断肠。不用城南使君婿，本求三十侍中郎。何知汉帝好容色，玉辇携归登建章。建章宫殿不知数，万户千门深且长。百堵椒涂②接青琐，九华阁道连洞房。水精帘箔云母扇，琉璃窗牖玳瑁床。岁岁年年奉欢宴，娇贵荣华谁不羡。恩情莫比陈皇后，宠爱全胜赵飞燕。瑶房侍寝世莫知，金屋更衣人不见。谁言一朝复一日，君王弃世市朝变。宫车出葬茂陵田，贱妾独留长信殿。一朝太子升至尊，两宫③人事如掌翻。同时侍女见谗毁，后来新人莫敢言。兄弟印绶皆被夺，昔年赏赐不复存。一旦放归旧乡里，乘车垂泪还入门。父母愍我曾富贵，嫁与西舍金王孙。念此翻覆复何道，百年盛衰谁能保。忆昨尚如春日花，悲今已作秋时草。少年去去莫停鞭，人生万事由上天。非我今日独如此，古今歇薄皆共然。

① 此首录自《乐府诗集》卷九一。　② 椒涂:《全唐诗》卷一三〇作"涂椒"。
③ 两宫:《全唐诗》作"宫中"。

平蕃曲①（三首）

刘长卿

其　一

吹角报蕃营,回军欲洗兵。已教青海外,自筑汉
家城。

① 此三首录自《乐府诗集》卷九一。

其　二

渺渺戍烟孤,茫茫塞草枯。陇关何①用闭,万里不
防胡。

① 何:《刘随州集》卷四作"那"。

其　三

绝漠大军还,平沙独戍闲。空留一片石,万古在
燕山。

塞下曲①

陶翰②

进军飞狐③北,穷寇势将变。落日沙尘昏,背河更
一战。骍④马黄金勒,雕弓白羽箭。射杀左贤王,归奏
未央殿。欲言塞下事,天子不召见。东⑤出咸阳门,哀
哀泪如霰。

① 此首录自《乐府诗集》卷九二。　② 陶翰(生卒年不详):润州丹阳(今属
江苏)人。约唐玄宗开元前后人,开元间进士,擢博学宏词科,授华阴丞。天宝中
为大理评事、礼部员外郎。诗多古意苍劲,与高适、岑参、王之涣等诗风相近。
③ 飞狐:古地名,今河北涞源县,境北有飞狐口,古为关隘,为中原通往塞北的必

经地之一。　④骏:《又玄集》卷上及《全唐诗》卷一四六注均作"骏"。　⑤东:
《又玄集》作"西"。

悲 陈 陶①

杜 甫

孟冬十郡良家子,血作陈陶泽中水。野旷天清无
战声,四万义军同日死。群胡归来血洗箭,仍唱胡歌
饮都市。都人回面向北啼,日夜更望官军至。

① 此首录自《乐府诗集》卷九一。

悲 青 坂①

杜 甫

我军青坂在东门,天寒饮马太白窟。黄头奚儿日
向西,数骑弯弓敢驰突。山雪河冰野萧飋,青是峰烟
白人骨。焉得附书与我军,忍待明年莫仓卒。

① 此首录自《乐府诗集》卷九一。

哀 江 头①

杜 甫

少陵野老吞声哭,春日潜行曲江曲。江头宫殿锁
千门,细柳新蒲为谁绿?忆昔霓旌下南苑,苑中万物生
颜色。昭阳殿里第一人,同辇随君侍君侧。辇前才人带
弓箭,白马嚼啮黄金勒。翻身向天仰射云,一箭正坠双
飞翼。明眸皓齿今何在,血污游魂归不得。清渭东流剑
阁深,去住彼此无消息。人生有情泪沾臆,江水江花岂
终极。黄昏胡骑尘满城,欲望城南望城北②。

① 此首录自《乐府诗集》卷九一。　② 望城北:《乐府诗集》注"一作望南北"。《分门集注杜工部诗》卷三作"忘南北"。

哀 王 孙①

杜 甫

长安城头头白乌,夜飞延秋门上呼。又向人家啄大屋,屋底达官走避胡。金鞭断折九马死,骨肉不待同驰驱。腰下宝玦青珊瑚,可怜王孙泣路隅。问之不肯道姓名,但道困苦乞为奴。已经百日窜荆棘,身上无有完肌肤。高帝子孙尽高准,龙种自与常人殊。豺狼在邑龙在野,王孙善保千金躯。不敢长语临交衢,且为王孙立斯须。昨夜东风吹血腥,东来橐驼满旧都。朔方健儿好身手,昔何勇锐今何愚。窃闻天子已传位,圣德北服南单于。花门剺面请雪耻,慎勿出口他人狙。哀哉王孙慎勿疏,五陵佳气无时无。

① 此首录自《乐府诗集》卷九一。

兵 车 行①

杜 甫

车辚辚,马萧萧,行人弓箭各在腰。爷娘妻子走相送,尘埃不见咸阳桥。牵衣顿足拦道哭,哭声直上干云霄。道傍过者问行人,行人但云点行频。或从十五北防河,便至四十西营田。去时里正与裹头,归来头白还戍边。边亭流血成海水,武皇开边意未已。君不闻汉家山东二百州,千村万落生荆杞。纵有健妇把锄犁,禾生陇亩无东西。况复秦兵耐苦战,被驱不异犬与鸡。长者虽有问,役夫敢申恨?且如今年冬,未休关西卒②。县官急索租,租税从何出。信知生男恶,反是生女好。生女犹是嫁比邻,生男埋没随百草。君不见青海头,古来白骨无人收。新鬼烦冤旧鬼哭,天阴雨湿声啾啾。

① 此首录自《乐府诗集》卷九一。　② "役夫"以下三句:《乐府诗集》注"一云:役夫心益愤。如今纵得休,还为陇西卒"。

忆 长 安①(二首)

岑 参

其 一

东望望长安,正值日初出。长安不可见,但②见长安日。

① 此二首录自《乐府诗集》卷九一。今按:《岑嘉州诗》卷五此题下有注"寄庞澐"。　② 但:《岑嘉州诗》作"喜"。

其 二

长安何处在,只在马蹄下。明日归长安,为君急走马。

塞 上 曲①

司空曙

塞柳接胡桑,军门向大荒。幕营随月②魄,兵气长星芒。横吹催春酒,重裘隔夜霜。冰开不防虏,青草满辽阳。

① 此首录自《乐府诗集》卷九二。今按:此题《全唐诗》卷二九三作"塞下曲"。　② 月:《文苑英华》作"日"。

公 子 行①

顾 况

轻薄儿,白②如玉,紫陌春风缠马足。双镫悬金缕
鹘飞,长衫刺雪生犀束。绿槐夹道阴初成,珊瑚几节
敌流星。红肌拂拂酒光狞③,当街背拉金吾行。朝游
冬冬鼓声发,暮游冬冬鼓声绝。入门不肯自升堂,美
人扶踏金阶月。

① 此首录自《乐府诗集》卷九〇。　② 白:《全唐诗》卷二六五作"面"。
③ 狞:《全唐诗》注"一作凝"。

公 子 行①

陈 羽

金羁白面郎,何处踏青来。马娇郎半醉,蹑蹀望
楼台。似见楼上人,玲珑窗户开。隔花闻一笑,落日
不知回。

① 此首录自《乐府诗集》卷九〇。

吴 宫 怨①

卫 万②

君不见吴王宫阁临江起,不卷珠帘见江水。晓气
晴来双阙间,潮声夜落千门里。勾践城中非旧春,姑
苏台下③起黄尘。只今唯有西江月,曾照吴王宫里人。

① 此首录自《乐府诗集》卷九一。　② 卫万(生卒年不详):天宝以前人,里
籍无考。《全唐诗》录其诗一首。　③ 下:《全唐诗》卷七七三注"一作上"。

塞 上 曲①（二首）

戎 昱

其 一

汉将归来虏塞空，旌旗初入②玉关东。高蹄战马三千匹，落日平原秋草中。

① 此二首录自《乐府诗集》卷九二。今按：第一首《全唐诗》卷二七〇作"塞下曲"，第二首作"塞上曲"。 ② 入：《全唐诗》作"下"。

其 二

胡风略地烧连山，碎叶孤城未下关。山头烽子声①声叫，知是将军夜猎还。

① 声：《全唐诗》注"一作齐"。

公 子 行①

于 鹄

少年初拜大长②秋，半醉垂鞭见列侯。马上抱鸡三市③斗，袖中携剑五陵游。玉箫金管迎归院，锦袖红妆拥上楼。更向苑东④新买宅，碧波⑤清水入门流。

① 此首录自《乐府诗集》卷九〇。 ② 大长：《乐府诗集》作"太常"，据《全唐诗》卷三一〇改。 ③ 三市：大市、朝市、夕市。李善注引《周礼》："大市，日仄而市；朝市，朝时而市；夕市，夕时而市。"也泛指闹市。 ④ 苑东：《全唐诗》作"院西"。西，注"一作东"。 ⑤ 碧波：《全唐诗》作"月波"，注"一作月陂"。

塞 上 曲①

耿 湋

惯习干戈事鞍马，初从少小在边城。身微久属千夫长，家远多亲五郡兵②。懒说疆场曾大获，且悲年鬓老长征。塞鸿过尽残阳里，楼上凄凄③暮角声。

① 此首录自《乐府诗集》卷九二。今按：此诗作者《乐府诗集》作"耿纬"，据《全唐诗》卷二六九改。　② 兵：《乐府诗集》作"兄"，据《全唐诗》改。　③ 凄凄：《全唐诗》注"一作呜呜"。

来从窦车骑①

李　益

束发逢世屯，怀恩抱明义。读书良不武②，学剑惭非智。遂别鲁诸生，来从窦车骑。追兵赴边急，络马黄金辔。出入燕南陲，由来重意气。自经皋兰战，又③破楼烦地。西北护三边，东南留一尉。时过如云雨④，参差不自⑤意。将军失恩泽，万事从此异。置酒高台⑥上，薄暮秋风起⑦。长戟与我归，归来同弃置。自酌还自饮，非名又非利。歌出易水寒，琴下雍门泪。出逢平乐旧，言在天阶侍。问我从军苦，自陈少年贵。丈夫交四海，徒⑧论身自致。汉将不封侯，苏卿来⑨远使。今⑩我终此曲，此曲诚⑪不易。贵人难识心，何由知忌讳。

① 此首录自《乐府诗集》卷九一。今按：《全唐诗》卷二八二此题下有"行"字，注"自朔方行作"。窦车骑，指窦宪，东汉平陵人，字伯度，和帝母窦太后之胞兄，拜车骑大将军。　② 不武：《全唐诗》作"有感"。　③ 又：《全唐诗》注"一作入"。　④ 如云雨：《全唐诗》作"欻如云"。　⑤ 不自：《全唐诗》注"一作自不"。　⑥ 台：《乐府诗集》作"楼"，据《全唐诗》改。　⑦ 起：《全唐诗》作"至"。　⑧ 徒：《乐府诗集》作"从"，据《全唐诗》改。　⑨ 来：《全唐诗》作"劳"。　⑩ 今：《乐府诗集》作"令"，据《全唐诗》改。　⑪ 诚：《乐府诗集》作"成"，据《全唐诗》改。

促　促　曲①

李　益

促促何促促，黄河九回曲。嫁与棹船郎，空床将影宿。不道君心不如石,那教^②妾貌长如玉。

① 此首录自《乐府诗集》卷九一。今按:《全唐诗》卷二八二作"效古促促曲为河上思妇作"。　② 教:《全唐诗》注"一作令"。

塞 下 曲^①(二首)

李 益

其 一

蕃州部落能结束,朝驰暮猎^②黄河曲。燕歌未断塞鸿飞,牧马群嘶边草绿。秦筑长城城已摧,汉武北上单于台。古来征战虏不尽,今日还复天兵来。黄河东流流九折,沙场埋恨何时绝。蔡琰没处造胡笳,苏武归来持汉节。为报如今都护雄,匈奴旦莫下云中。请书塞北阴山石,愿勒燕然车骑功。

① 此二首录自《乐府诗集》卷九二。今按:第二首《全唐诗》卷二八三题作《登长城》。　② 朝驰暮猎:《全唐诗》作"朝暮驰猎"。又"暮"注"一作朝"。

其 二

汉家今上郡,秦塞古长城。有日云长惨,无风沙自惊。当今圣天子,不战四夷平。

塞 上^①

李 端

二十在边城,军中得勇名。卷旗收败马,断^②碛拥残兵。覆阵乌鸢起,烧山野火^③明。塞闲思远猎,师老厌分营。雪岭无人迹,冰河足雁声。李陵甘没此,惆怅汉公卿。

① 此首录自《乐府诗集》卷九二。今按:《全唐诗》卷二八六注:"一本作卢纶诗,题作《从军行》。"　② 断:《全唐诗》作"占"。　③ 野火:《全唐诗》作"草木"。

湘 弦 怨①

孟 郊

昧者理芳草②,蒿③兰同一锄。狂④飙怒⑤秋林,曲直⑥同一枯。嘉木⑦忌深蠹,哲⑧人悲巧诬。灵均入回流,靳尚为良谟。我愿分众泉,清浊各异⑨渠。我愿分众巢,枭鸾相远居。此志谅难保,此情竟⑩何如。湘弦少知意,孤响空踟蹰⑪。

① 此首录自《乐府诗集》卷九一。 ② 理芳草:《唐文粹》卷一二作"治春草"。 ③ 蒿:《唐文粹》及《全唐诗》卷三七二注"一作萧"。 ④ 狂:《唐文粹》、《全唐诗》注及《孟东野诗集》卷一均作"盲"。 ⑤ 怒:《唐文粹》、《全唐诗》注及《孟东野诗集》作"怨"。 ⑥ 直:《乐府诗集》作"植",据《唐文粹》改。 ⑦ 木:《唐文粹》作"禾"。 ⑧ 哲:《唐文粹》作"直"。 ⑨ 异:《唐文粹》作"有"。 ⑩ 情竟:《唐文粹》作"意诚"。 ⑪ "湘弦"二句:《唐文粹》阙。意,《全唐诗》作"音"。

塞 上 行①

欧阳詹

闻说胡兵欲利秋,昨来投笔到营州。骁雄已许将军用,边塞无劳天子忧。

① 此首录自《乐府诗集》卷九二。

公 子 行①(二首)

张 祜

其 一

玉堂前后画帘②垂,立却花骢待出时。红粉美人擎酒劝,锦③衣年少④臂鹰随。轻将玉杖敲花片,旋把金鞭约柳丝⑤。晴日⑥独游三五骑,等闲行傍曲江池。

① 此二首录自《乐府诗集》卷九〇。　② 玉堂前后画帘:《全唐诗》卷五一一作"锦堂昼永绣帘"。　③ 锦:《全唐诗》作"青"。　④ 年少:《全唐诗》注"一作健仆"。　⑤ 丝:《全唐诗》作"枝"。　⑥ 晴日:《全唐诗》作"近地"。

其　二

春色满城池，杯盘看①处移。镫金斜雁子，鞍帕嫩鹅儿。买笑敧桃李，寻歌折柳枝。可怜明月夜，长是管弦随。

① 看:《全唐诗》作"著"。

塞　上　曲①

张　祜

边风卷地时，日暮帐初移。碛迥三通角，山寒一点旗。连收拓索马，引满射雕儿。莫道勋功②细，将军昔戍师。

① 此首录自《乐府诗集》卷九二。　② 勋功:《全唐诗》卷五一〇作"功勋"。

圣寿无疆词①（十首）

杨巨源②

其　一

文物京华盛，讴歌国步康。瑶池供寿酒，银汉丽宸章。雨露涵双阙，雷霆肃万方。代推仙祚远，春共圣恩长。凤扆临花暖，龙炉傍日香。遥知千万岁，天意奉君王。

① 此十首录自《乐府诗集》卷九一。今按:《全唐诗》卷三三三题上有"春日奉献"四字。　② 杨巨源(755—?):字景山，河中(今山西永济)人。贞元间进士。累拜秘书郎、太常博士、虞部员外郎、凤翔少尹、国子司业。《全唐诗》录其诗一卷。

其 二

鹓鹭彤庭际，轩车绮陌前。九城多好色^①，万井半祥烟^②。人醉逢尧酒，莺歌答舜弦。花明御沟水，香暖禁城天。锡^③宴文逾盛，征歌^④物更妍。无穷艳阳月，长照太平年。

① 色：《全唐诗》注"一作乐"。　② 祥：《乐府诗集》作"禋"，据《全唐诗》改。

③ 锡：《全唐诗》作"赐"。　④ 征歌：《乐府诗集》作"微欢"，据《全唐诗》改。

其 三

云陛临黄道，天门在碧虚。大明含睿藻，元气抱宸居。戈偃征苗后，诗传宴镐初。年华富仙苑，时哲满公车。化入缊缊大，恩垂涣汗余。悠然万方静，风俗揖华胥。

其 四

玉漏飘青琐，金铺丽紫宸。云山九门曙，天地一家春。瑞霭方呈赏，暄风本配仁。岩廊开凤翼，水殿压鳌身。文雅逢明代，欢娱及贱臣。年年未央阙，恩共物华新。

其 五

垂拱乾坤正，欢心品类同。紫烟含北极，玄泽付东风。珠缀留晴景，金茎直晓空。发生资盛德，交泰让全功。间气登三事，祥光启四聪。遐荒似川水，天外亦^①朝宗。

① 亦：《全唐诗》注"一作一"。

其 六

代是文明昼，春当宴喜时。炉烟添柳重，宫漏出花迟。汉典方宽律，周官正采诗。碧霄传凤吹，红旭在龙旗。造化膺神契，阳和沃圣思。无^①因随百兽，率舞奉丹墀。

① 无:《全唐诗》注"一作每。"

其 七

睿德符玄化,芳情翊太和。日轮皇鉴远,天仗圣朝多。曙色含金榜,晴光转玉珂。中宫陈广乐,元老进赓歌。莲叶看龟上,桐花识凤过。小臣空击壤,沧海是恩波。

其 八

物象朝高殿,簪裾溢上京。春当九衢好,天向万方明。乐报箫韶①发,杯②看沆瀣生。芙蓉丹阙暖,杨柳玉楼晴。阊阖开中禁,衣裳俨太清。南山同圣寿,长对③凤皇城。

① 箫韶:舜乐名。《书·益稷》:"《箫韶》九成,凤皇来仪。"亦泛指美妙的仙乐。　② 杯:《乐府诗集》作"林",据《全唐诗》改。　③ 对:《乐府诗集》作"献",据《全唐诗》改。

其 九

日上苍龙阙,香含紫禁林。晴光五云叠,春色九天①深。赏协元和德,文垂雅颂音。景云随御辇,颢气在宸襟。永保无疆寿,长怀不战心。圣朝多庆赐,琼树粉墙阴。

① 天:《全唐诗》作"重"。

其 十

化洽生成遂,功宣动植知。瑞凝三秀草,春入万年枝。风掖嘉言进,鹓行喜气随。仗临丹地近,衣对碧山垂。渥泽方柔远,聪明本听卑。愿同东观士①,长睹②汉威仪。

① 士:《乐府诗集》作"事",据《全唐诗》改。　② 睹:《全唐诗》作"对"。

将 军 行①

张 籍

弹筝峡东有胡尘,天子择日拜将军。蓬莱殿前赐六纛,还领禁兵为部曲。当朝受诏不辞家,夜向咸阳原上宿。战车彭彭旌旗动,三十六军齐②上陇。陇头战胜夜亦行,分兵处处收旧城。胡儿杀尽阴碛暮,扰扰唯有牛羊声。边人亲戚曾战殁,今逐官军收旧骨。碛西行见万里空,乐府③独奏将军功。

① 此首录自《乐府诗集》卷九〇。　② 齐:《唐文粹》卷一二作"声"。
③ 乐府:《张司业诗集》卷一作"幕府"。

吴 宫 怨①

张 籍

吴宫四面秋江水,江清露白芙蓉死。吴王醉后欲更衣,座上美人娇不起。宫中千门复万户,君恩反覆谁能数。君心与妾既不同,徒向君前作歌舞。茱萸满宫红实垂,秋风袅袅生繁枝。姑苏台上夕燕罢,他人侍寝还独归。白日在天光在地,君今讵②得长相弃。

① 此首录自《乐府诗集》卷九一。　② 讵:《张司业集》卷一作"那"。

促 促 词①

张 籍

促促复促促,家贫夫妇欢不足。今年为人送租船,去年捕鱼在江边。家中姑老子复小,自执吴绡输税钱。家家桑麻满地黑,念君一身空努力。乍②教牛蹄团团羊角直,君身长在应不得。

① 此首录自《乐府诗集》卷九一。今按:《促促词》同《促促曲》。　② 乍:《张

司业集》卷一作"愿"。

塞 下 曲①

张　籍

边州八月修城堡，候骑先烧碛中②草。胡风吹沙度陇飞，陇头林木无北枝。将军阅兵青塞下，鸣鼓逢逢③促猎围。天寒山路石断裂，白日不销帐上雪。乌孙国乱多降胡，诏使名王持汉节。年年征战不得闲，边人杀尽唯空山。

① 此首录自《乐府诗集》卷九二。今按：此题《张司业集》卷七作《塞上曲》。
② 中：《张司业集》作"上"。　③ 逢逢：《张司业集》作"鼕鼕"。

青青水中蒲①（三首）

韩　愈

其　一

青青水中蒲，下有一双鱼。君今上陇去，我在与谁居？

① 此三首录自《乐府诗集》卷九一。

其　二

青青水中蒲，长在水中居。寄语浮萍草，相随我不如。

其　三

青青水中蒲，叶短不出水。妇人不下堂，行子在万里。

塞 上 曲①（二首）

王 涯

其 一

天骄远塞行，鞘里②宝刀鸣。定是酬恩日，今朝觉命轻。

① 此二首录自《乐府诗集》卷九二。今按：此诗作者《乐府诗集》作"王维"，据《全唐诗》卷三四六改。 ② 鞘里：《全唐诗》作"出鞘"。

其 二

塞虏常为敌，边风已报秋。平生多志①气，箭底觅封侯。

① 志：《全唐诗》注"一作意"。

促 促 词①

王 建

促促复刺刺②，水中无鱼山无石。少年虽嫁不将③归，白头④犹著父母衣。四边田宅⑤非所⑥有，我身不及逐鸡飞。出门若有归死处，猛虎当衢⑦向前去。百年不遣踏君门，在家谁唤为新妇。岂不见他邻舍娘，嫁来长在舅姑傍。

① 此首录自《乐府诗集》卷九一。今按：此题《全唐诗》卷二九八作"促刺词"，并注"一作促促行"。 ② "促促"句：《全唐诗》作"促刺复促刺"。 ③ 将：《全唐诗》作"得"。 ④ 白头：《全唐诗》作"头白"。 ⑤ 四边田宅：《全唐诗》作"田边旧宅"。 ⑥ 所：《全唐诗》注"一作我"。 ⑦ 衢：《全唐诗》注"一作途"。

塞 上①

王 建

漫漫复凄凄，黄沙暮渐迷。人当故乡立，马过旧营嘶。断雁逢冰②碛，回军占雪溪。夜来山下哭，应是送降奚。

① 此首录自《乐府诗集》卷九二。　② 冰：《乐府诗集》作"水"，据《全唐诗》卷二九九改。

小曲新辞①（二首）

白居易

其 一

霁色鲜宫殿，秋声脆管弦。圣明千载乐，岁岁似今年。

① 此二首录自《乐府诗集》卷九○。

其 二

红裾明月夜，碧簟早秋时。好向昭阳宿，天凉①玉漏迟。

① 凉：《乐府诗集》作"源"，据《白氏长庆集》卷一八改。

楼上女儿曲①

卢 仝

谁家女儿楼上头，指麾婢子挂帘钩。林花撩乱心之愁，卷却罗袖弹箜篌。箜篌历乱五六弦，罗袖掩面啼向天。相思弦断情不断，落花纷纷心欲穿。心欲穿，凭栏干。相忆柳条绿，相思锦帐寒。直缘感君恩爱一回顾，使我双泪长珊珊。我有娇靥待君笑，我有娇娥待君扫。莺花烂熳君不来，及至君来花已老。心肠寸断谁得知，玉阶羃房生青草。

① 此首录自《乐府诗集》卷九一。

桃 源 行①

刘禹锡

　　渔舟何招招,浮在武陵水。拖纶掷饵信流去,误入桃源②行数里。清源寻尽花绵绵,踏花觅径至洞前。洞前苍黑③烟雾生,暗行数步逢虚明。俗人毛骨惊仙子,争来致词何至此。须臾皆破冰雪颜,笑语④委曲问世间。因嗟隐身来种玉,不知人世如风烛。筵羞石髓劝客餐,铛爇松脂留客宿。鸡声犬声遥相闻,晓光葱笼开五云。渔人振衣起出户,满庭无路花纷纷。翻然恐迷乡县处,一息不肯桃源住。桃花⑤满溪水似境,尘心如垢洗不去。仙家一出寻无踪,至今水流⑥山重重。

①　此首录自《乐府诗集》卷九〇。　②　桃源:《唐文粹》卷一六作"花源"。③　黑:《唐文粹》作"暗"。　④　语:《唐文粹》及《刘梦得文集》卷八作"言"。《乐府诗集》注"一作言"。　⑤　花:《唐文粹》及《刘梦得文集》作"源"。　⑥　水流:《唐文粹》作"流水"。

湘 弦 曲①

庄南杰

　　楚琴铮铮戛秋露,巫云两脚②飞朝暮。古磬高敲百尺楼,孤猿夜哭千丈树。云轩碾火声珑珑,连山卷尽长江空。莺啼寂寞花枝雨,鬼啸荒郊松柏风。满堂怨咽悲相续,苦③调中含古离曲。繁弦响绝楚魂遥,湘江④水碧湘⑤山绿。

①　此首录自《乐府诗集》卷九一。　②　两脚:《全唐诗》卷四七〇作"峡雨"。③　苦:《乐府诗集》作"具",据《全唐诗》改。　④　江:《乐府诗集》作"山",据《全唐诗》改。　⑤　湘:《乐府诗集》作"天",据《全唐诗》改。

采葛行①

鲍 溶

　　春溪几回葛花黄，黄麝引子山山香。蛮女不惜手足损，钩刀一一牵柔长。葛丝茸茸春雪体，深涧择泉清处洗。殷勤十指蚕吐丝，当窗袅娜②声高机。织成一尺无一两，供进天子五月衣。水精夏殿开凉户，冰山绕座犹难御。衣亲玉体又何如，杳然独对秋风曙。镜湖女儿嫁鲛人，鲛绡逼肖③色④不分。吴中角簟泛清水，摇曳胜被三素云。自兹贡荐无人惜，那敢更争龙手迹。蛮女将来海市头，卖与岭南贫估客。

　　① 此首录自《乐府诗集》卷九〇。　② 袅娜：《全唐诗》卷四八七作“袅袅”。
③ 肖：《乐府诗集》作“穴”，据《全唐诗》改。　④ 色：《全唐诗》作“也”。

塞上行①

鲍 溶

　　西风应时筋角坚，承露牧马水草冷。可怜黄河九曲尽，毡馆牢落胡②无影。

　　① 此首录自《乐府诗集》卷九二。　② 胡：《全唐诗》卷四八七注“一作树”。

塞 上①

鲍 溶

　　朔②风号蓟门，杀气日夜兴。咸阳三千里，铁③马如饥鹰。行子久去乡，见④山不敢登。寒日惨大野，虏云若飞鹏。西北防秋军，麾幢宿层冰。匈奴天未丧，战鼓长腾腾⑤。汉卒马上老，樊缨空丝绳。诚知天所骄，欲罢又不能。

　　① 此首录自《乐府诗集》卷九二。今按：此题《全唐诗》卷四八五作“塞下”。

② 朔:《全唐诗》作"北"。　③ 铁:《全唐诗》作"驿"。　④ 见:《全唐诗》作"逢"。
⑤ 腾腾:《全唐诗》作"登登"。

塞　上①

姚　合②

碛路三千里,黄云覆草平③。战须移死地,军讳杀
降兵。印④马秋遮虏,蒸砂夜筑城。故⑤乡归未⑥得,都
尉欠⑦功名。

　① 此首录自《乐府诗集》卷九二。今按:此题《全唐诗》卷五〇二作"塞下
曲"。　② 姚合(781?—846):祖籍吴兴(今浙江湖州)。姚崇之曾侄孙。早年
随父宦游,寄家邺城(今河南安阳),又曾隐居嵩山。元和十一年(816)登进士第,
历官监察御史、侍御史及刑、户二部郎中,杭州刺史、谏议大夫,陕、虢观察使,秘
书少监、秘书监等。其诗笔致清峭曲折,为世所称。《全唐诗》录其诗七卷。
③ "碛路"二句:《全唐诗》作"碛露黄云下,凝寒鼓不鸣"。　④ 印:《全唐诗》注
"一作邛"。　⑤ 故:《全唐诗》作"旧"。　⑥ 未:《全唐诗》作"不"。　⑦ 欠:《全
唐诗》作"负"。

祖　龙　行①

韦楚老②

黑云兵气射天裂,壮士朝眠梦冤结。祖龙一夜死
沙丘,胡亥空随鲍鱼辙。腐肉偷生二③千里,伪书先赐
扶苏死。墓接骊山土未干,瑞光已向芒砀起。陈胜城
中鼓三下,秦家天地如崩瓦。龙蛇撩乱入咸阳,少帝
空随汉家马。

　① 此首录自《乐府诗集》卷九一。郭茂倩解引《汉书·五行志》曰:"秦始皇
三十六年,郑客从关东来,至华阴,望见素车白马从华山上下,知其非人,道住,止
而待之。遂至,持璧与客曰:'为我遗镐池君。'因言'今年祖龙死',忽不见。郑客

奉璧，即秦始皇二十八年过江所湛璧也。是岁始皇死，后三年而秦灭。"颜师古曰："此直江神告镐池之神，以始皇将死尔。"苏林曰："祖，始也。龙，人君象，谓始皇也。"应劭曰："祖，人之先。龙，君之象。"《祖龙行》盖出于此。　② 韦楚老（803—?）：一作常楚老，误。字寿朋。长庆四年（824）登进士第，官拾遗。开成二年（837）后辞官，游金陵、襄阳等地，卒于大中六年（852）前。有诗名，《全唐诗》录其诗二首。　③ 二：《全唐诗》卷五〇八作"三"。

公 子 行①

韩　琮

紫袖长衫色，银蟾②半臂花。带装③盘水玉，鞍绣坐云霞。别殿承恩泽，飞龙赐渥洼。控罗青袅辔，镂象碧重葩。意气催④歌舞，阑珊走钿车。袖障⑤云缥渺，钗转凤欹斜。珠卷迎归箔，红笼晃醉纱。唯无难夜日，不得似仙家。

① 此首录自《乐府诗集》卷九〇。　② 蟾：《才调集》卷八及《全唐诗》卷五六五作"蝉"。　③ 装：《全唐诗》注"一作长"。　④ 催：《全唐诗》及《才调集》作"倾"。　⑤ 障：《乐府诗集》作"彰"，据《文苑英华》卷一九四改。

公 子 行①

雍　陶

公子风流轻②锦绣，新裁白纻作春衣。金鞭留当谁家酒，拂柳穿花信马归。

① 此首录自《乐府诗集》卷九〇。　② 轻：《全唐诗》卷五一八作"嫌"。

朝 元 引①（四首）

陈 陶

其 一

帝烛荧煌下九天，蓬莱宫晓玉炉烟。无央②鸾凤随金母，来贺薰风一万年。

① 此四首录自《乐府诗集》卷九一。　② 央：《全唐诗》卷七四六注"一作穷"。

其 二

玉①殿云开露冕旒，下方珠翠压鳌头。天鸡唱罢南山曙②，春色光辉③十二楼。

① 玉：《全唐诗》作"正"。　② 曙：《全唐诗》作"晓"，注"一作曙"。③ 光辉：《全唐诗》注"一作先归"。

其 三

万宇灵祥拥帝居，东华元老荐屠苏。龙池遥望非烟拜，五色瞳眬在玉壶。

其 四

宝祚河宫一向清，龟鱼天篆益分明。近臣谁献登封草，五岳齐呼万岁声。

塞 上 曲①

周 朴②

一坠风来一坠砂③，有人行处没人家。黄河九曲冰先合，紫塞三春不见花。

① 此首录自《乐府诗集》卷九二。　② 周朴（？—879）：字见素（一作太朴），睦州桐庐（今属浙江）人，旧说吴兴人。其初避居福州僧寺，乾符六年（879）为黄巢所杀。《全唐诗》录其诗一卷。　③ "一坠"句：《全唐诗》卷六七三作"一阵风来一阵沙"。

塞上行^①

周　朴

秦筑长城在，连云碛气侵。风吹边草急，角绝塞鸿沉。世世征人往，年年战骨深。辽天望乡者，回首尽沾襟。

① 此首录自《乐府诗集》卷九二。

塞　上^①（二首）

周　朴

其　一

柳色正^②沉沉，风吹秋更深。山河空远道，乡国自鸣砧。巷有千家月，人无万里心。长城哭崩后，寂寞^③至如今。

① 此二首录自《乐府诗集》卷九二。今按：《全唐诗》卷六七三此第一首作《深秋》，并注"一作《塞上行》"。　② 正：《全唐诗》作"尚"。　③ 寞：《全唐诗》作"绝"。

其　二

受降城必破，回落陇头移。蕃道北海北，谋生今始知。

塞　下　曲^①（二首）

马　戴

其　一

旌旗倒北风，霜霰逐南鸿。夜救龙城急，朝焚虏帐空。骨销金镞在，鬓改玉关中。却想羲皇氏^②，无人说^③战功。

① 此二首录自《乐府诗集》卷九二。　② 氏：《乐府诗集》作"代"，据《全唐

诗》卷五五五改。　③ 说:《全唐诗》作"尚"。

其　二

广漠云凝惨,日斜飞霰生。烧山搜猛兽,伏道击回兵。风折旗竿曲,沙埋树杪①平。黄云飞旦夕②,偏奏苦寒声。

① 树杪:《乐府诗集》注"一作塞路"。　② "黄云"句:《全唐诗》注"一作云飞日一夕"。

塞　上　曲①(九首)

贯休

其　一

幽并儿百万,百战未曾输。蕃界已深入,将军仍远图。月明风拔帐,碛暗鬼骑狐。但有东归日,甘从筋力枯。

① 此九首录自《乐府诗集》卷九二。今按:此题《全唐诗》卷八三〇作"《塞上曲》二首",即此九首之第八、九首。又有《古塞上曲》七首,即九首之前七首。

其　二

中军杀白马,白日祭苍苍。号变旗幡乱,鏖①干草木黄。朔云含冻雨,枯骨放妖光。故国今何处? 参差近鬼方。

① 鏖:《全唐诗》注"一作沙"。

其　三

白雁兼羌笛,几年垂泪听。阴风吹杀气,永日在青冥。远戍秋添将,边烽夜杂星。嫖姚头半白,犹自看兵经。

其　四

大①雨始无尘,边声四散闻。浸河荒寨柱,吹角白头军。牛马蕀腥草,乌鸢识阵云。征人心力尽,枯骨更遭焚。

① 大:《全唐诗》作“久”。

其　五

帐幕侵奚界,凭陵未可涯。擒生行别路,寻箭向平沙。赤落蒲桃叶,香微甘草花。不堪登陇望,白日又西斜。

其　六

地角天涯外,人号鬼哭边。大河流败卒,寒日下苍烟。杀气诸蕃动,军书一箭传。将军莫惆怅,高处是燕然。

其　七

山接胡奴水,河连勃勃城。数州今已伏,此命岂堪轻。碛吼旄头落,风干刁斗清。因嗟李陵苦,只得没蕃名。

其　八

锦袷胡儿黑如漆,骑羊上冰[1]如箭疾。蒲桃酒白雕腊红,苜蓿根甜沙鼠出。单于右臂何须断,天子昭昭本如日。一握鼹髯一握丝,须知只为平戎术。

① 冰:《乐府诗集》作“水”,据《全唐诗》改。

其　九

去年转斗阴山脚,生得单于却放却。今年深入于不毛,胡兵拔帐遗弓刀。男儿[1]贵[2]展平生志,为国输忠合天地。甲穿虽则失黄金,剑缺犹能生紫气。塞草萋萋兵士苦,胡虏如今勿胡虏。封侯十万始无心,玉关生[3]入君看取。

① 男儿:《乐府诗集》作“儿男”,据《全唐诗》改。　② 贵:《全唐诗》作“须”。
③ 生:《全唐诗》作“凯”。

塞 下 曲①

于 濆

紫塞晓屯兵，黄沙披甲卧②。战鼓声未齐，乌鸢已相贺。燕然山上云，半是离乡魂。卫霍待③富贵，不知谁与论④。

① 此首录自《乐府诗集》卷九二。　② "紫塞"二句：《乐府诗集》作"赤子别父母，犬戎围逻娑"，据《全唐诗》卷五九九改。　③ 待：《全唐诗》注"一作徒"。④ "不知"句：《全唐诗》作"岂能无乾坤"，并"无"下注"一作清"。

青 楼 曲①

于 濆

青楼临大道，一上一回老。所思终不来，极目伤春草。

① 此首录自《乐府诗集》卷九一。

公 子 行①（二首）

聂夷中

其 一

汉代多豪族，恩深益娇逸。走马踏杀人，街吏不敢诘。红楼宴青春，数里望云蔚。金釭焰胜昼，不畏落晖疾。美人尽如月，南威不敢②匹。芙蓉自天来，不向水中出。绮席戛③云和，碧箫吹凤质。唯恨④鲁阳死，无人驻白日。

① 此二首录自《乐府诗集》卷九〇。　② 不敢：《文苑英华》卷一九四及《全唐诗》卷六三六作"莫能"。　③ 绮席戛：《文苑英华》及《全唐诗》作"飞琼奏"。④ 恨：《乐府诗集》作"限"，据《文苑英华》及《全唐诗》改。

其 二

花树出墙头,花里谁家楼。一行书不读,身封万户侯。美人楼上歌,不是古凉州。

塞 上 行①

李昌符②

莽苍③庐关北,孤城帐幕多。客军甘入阵,老将望回戈。树尽禽栖草,冰坚路在河。汾阳④寻下世,羌虏肯先和?

① 此首录自《乐府诗集》卷九二。今按:此题《全唐诗》卷六〇一作"《书边事》",并注"一作《边行书事》"。 ② 李昌符(生卒年不详):里籍无考。屡举进士不第,乃作《婢仆》诗五十首,诗篇皆中婢仆之讳,浃句盛传于京师,遂于咸通四年(863)登进士第。累迁膳部员外郎、郎中。有诗名,与郑谷、许棠等人齐名,为"咸通十哲"之一。《全唐诗》录其诗一卷。 ③ "莽苍"以下四句:《全唐诗》作"朔野烟尘起,天军又举戈。阴风向晚急,杀气入秋多"。并注"一作莽苍庐关北",下三句同《乐府诗集》。苍,《乐府诗集》作"仓",据《又玄集》改。 ④ 汾阳:指郭子仪。玄宗时为朔方节度使,平安史之乱,与回纥合军破吐蕃,以一身系时局安危达二十年,封汾阳郡王。

塞 上①

张 乔②

勒兵辽水边,风急卷旌旄。绝塞寒③无树④,平沙势盖⑤天。雪晴⑥回探骑,月落控鸣弦。永定山河誓,南归改汉年。

① 此首录自《乐府诗集》卷九二。 ② 张乔(生卒年不详):字伯迁,池州(今属安徽)人。尝隐居九华山苦学,与许棠、张蠙、周繇号为"九华四俊"。又与许棠、喻坦之等人被誉为"咸通十哲"。诗句清雅,为时人推崇。《全唐诗》录其诗二

卷。　③ 寒：《全唐诗》卷六三八注"一作阴"。　④ 树：《全唐诗》注"一作草"。
⑤ 势盖：《全唐诗》作"势尽"，并注"一作去盖"。　⑥ "雪晴"以下四句：《全唐诗》
注："一作下营看斗建，传号信狼烟。圣代青史垂，当书破虏年。"

塞　上[①]（二首）

杜荀鹤[②]

其　一

旌旗猎猎汉将军，间[③]出巡边[④]帝命新。沙塞旋收
饶帐幕，犬戎时杀少烟尘。冰河夜渡偷来马，雪岭朝
飞猎去人。独作书生疑不稳，软弓轻剑也随身。

① 此二首录自《乐府诗集》卷九二。　② 杜荀鹤（846—904）：字彦之，号九
华山人，池州石埭（今安徽石台）人。大顺二年（891）中进士。曾为主客员外郎、
知制诰，充翰林学士。《全唐诗》录其诗三卷。　③ 间：《乐府诗集》作"闲"，据
《全唐诗》卷六九二改。　④ 边：《乐府诗集》作"游"，据《全唐诗》改。

其　二

草白河冰合，蕃戎出掠频。戍楼三号火[①]，探骑一
条尘。战士风霜老，将军雨露新。封侯不由此，何以
慰征人。

① 三号火：《全唐诗》注"一作三急号"。

塞　上[①]

郑　渥

出门何处问西东，指画翻为语论同。到此客头潜
觉白，未秋山叶已飘红。帐前影落传书雁，日下声交
失马翁。早晚回鞭复南去，大衣高盖汉乡风。

① 此首录自《乐府诗集》卷九二。

塞　上①

秦韬玉

到处人皆著战袍，麾旗②风紧马蹄③劳。黑山霜重弓添硬，青冢砂平月更高。大野几重开④雪岭，长河无限旧风⑤涛。凤林关外皆唐土，犹尚搜兵数似毛⑥。

① 此首录自《乐府诗集》卷九二。今按：此题《全唐诗》卷六七〇作"塞下"。② 麾旗：《全唐诗》注"一作席箕"。　③ 蹄：《全唐诗》注"一作骖"。　④ 开：《乐府诗集》作"闲"，据《全唐诗》改。　⑤ 风：《全唐诗》作"云"。　⑥ "犹尚"句：《全唐诗》作"何日陈兵戍不毛"。

湘 中 弦①（二首）

崔　涂

其　一

烟愁雨细云冥冥，杜兰香老三湘清。故山望断不知处，鹈鴂②隔花啼③一声。

① 此二首录自《乐府诗集》卷九一。今按：弦，《全唐诗》卷六七九注"一作谣"。　② 鹈鴂：杜鹃鸟。《全唐诗》作"鹈鴂"。　③ 啼：《全唐诗》作"时"。

其　二

苍山遥遥江潾潾，路傍老尽无闲①人。王孙不见草空绿，惆怅渡头春复春。

① 无闲：《全唐诗》注"一作一问"。无，《全唐诗》作"没"。

塞　上①

戴司颜②

空碛昼苍茫，沙腥古战场。逢春多霰雪，生计在牛羊。冷角吹乡泪，乾榆落梦床。从来山水客，谁谓到渔阳。

① 此首录自《乐府诗集》卷九二。　② 戴司颜(生卒年不详)：里籍无考。《乐府诗集》作"戴师颜"，据《全唐诗》卷六九〇改。又，一作戴思颜。大顺元年(890)登进士第，景福中任太常博士。《全唐诗》录其诗二首。

塞　上①
曹　松②

边寒③来处④阔，今日复明朝。河凌坚通马，朝⑤云缺见雕。沙中程独泣，乡外隐谁招。回首若⑥经岁，灵州生⑦柳条。

① 此首录自《乐府诗集》卷九二。　② 曹松(约830—约902)：字梦征，舒州(今安徽潜山)人，早年避居洪都西山，后往依建州刺史李频。七十余岁中进士，特敕授秘书省正字。《全唐诗》录其诗二卷。　③ 寒：《乐府诗集》作"塞"，据《全唐诗》卷七一六改。　④ 处：《全唐诗》作"所"。　⑤ 朝：《全唐诗》作"胡"。　⑥ 若：《全唐诗》注"一作苦"。　⑦ 生：《全唐诗》注"一作在"。

塞　上①（二首）
谭用之②
其　一

秋风漠北雁飞天，单骑那堪绕贺兰。碛暗更无岩树影，地平时有野烧瘢。貂披寒色和衣冷，剑佩胡霜隔匣寒。早晚横戈似飞尉，拥旄深入异田单。

① 此二首录自《乐府诗集》卷九二。　② 谭用之(生卒年不详)：五代宋初诗人。字藏用，里籍无考。仕途不达，长年流寓各地。擅七律，尤工写景，《全唐诗》录其诗一卷。

其　二

钵略城边日欲西，游人却忆旧山归。牛羊集水烟黏步，雕鹗盘空雪满围。猎骑静逢边气薄，戍楼寒对暮烟微。横行总是男儿事,早晚重来似翰飞。

塞　上①

江　为②

万里黄云冻不飞,碛烟烽火夜深微。胡儿移帐寒
笳绝,雪路时闻探马归。

① 此首录自《乐府诗集》卷九二。　② 江为(生卒年不详):建阳(今属福建)
人。初游庐山白鹿洞,师事处士陈贶。酷好诗句,学诗二十余年,有风雅清丽之
态。南唐中主时,屡赴试不第。后与人谋奔吴越,为同谋者所发,被杀。《全唐
诗》录其诗八首。

公 子 行①

孟宾于②

锦衣红夺彩霞明,侵晓春游向野庭。不识农夫辛
苦力,骄骢踏烂麦青青。

① 此首录自《乐府诗集》卷九〇。　② 孟宾于(生卒年不详):后晋诗人。字
国仪,连州(今属广东连州市)人。后晋天福九年(944)登进士第,因世乱还乡。
后辟为永州军事判官,历阳山县令。后归南唐,授水部员外郎。《全唐诗》录其诗
八首。

乐府杂题(二)

汾 阴 行①

李　峤②

君不见昔日西京全盛时,汾阴后土亲祭祠。斋宫
宿寝设厨③供,撞钟鸣鼓树羽旗。汉家五世④才且雄,

宾延万灵服九戎⑤。柏梁赋诗高宴罢，诏书法驾幸河东。河东太守亲扫除，奉迎至尊导銮舆。五营将校⑥列容卫，三河纵观空里闾。回旌驻跸降灵场，焚香奠醑邀百祥。金鼎发食⑦正焜煌，灵祇炜烨擥景光。埋玉陈牲礼神毕，举麾上马乘舆出。彼汾之曲嘉可游，木兰为楫桂为舟。棹歌微吟彩鹢浮，箫鼓哀鸣白云秋。欢娱宴洽赐群后，家家复除户牛酒。声明动天乐无有，千秋万岁南山寿。自从天子向秦关，玉辇金车不复还。珠帘羽帐⑧长寂寞，鼎湖龙髯安可⑨攀。千龄人事一朝空，四海为家此路穷。雄豪⑩意气今何在，坛场宫馆⑪尽蒿蓬。路逢故⑫老常叹息，世事回环不可测。昔时青楼对歌舞，今日黄埃聚荆棘。山川满目泪沾衣，富贵荣华能几时？不见只今汾水上，唯有年年秋雁飞。

① 此首录自《乐府诗集》卷九三。　② 李峤(644—713)：字巨山，赵州赞皇(今属河北)人。二十岁时举进士，历仕高宗、武后、中宗、玄宗四朝，官至中书令。善诗文，与同乡苏味道齐名，人称"苏李"。又与苏味道、崔融、杜审言合称"文章四友"。现存明人所辑《李峤集》。《全唐诗》录其诗五卷。　③ 厨：《全唐诗》卷五七作"储"。　④ 五世：《全唐诗》作"五叶"，注："一作四世。"　⑤ 服九戎：《全唐诗》作"朝九戎"。　⑥ 将校：《全唐诗》作"夹道"。　⑦ 食：《全唐诗》作"色"。⑧ 帐：《全唐诗》作"扇"。又"扇"下注："一作盖。"　⑨ 安可：《全唐诗》注"一作何处"。　⑩ 雄豪：《全唐诗》作"豪雄"。　⑪ 馆：《全唐诗》作"观"。　⑫ 故：《乐府诗集》作"古"，据《全唐诗》改。

大　梁　行①

唐尧客②

客有成都来，为我弹鸣琴。前弹《别鹤操》③，后奏《大梁吟》。大梁伤客情，荒台对古城。版筑有陈迹，

歌吹无遗声。雄哉魏公子，畴日好罗英。秀士三千
人，煌煌象列④星。金椎夺晋鄙，白刃刎侯嬴。邯郸救
赵北，函谷走秦兵。君子荣且昧，忠信莫之明。间谍
忽来及，雄图靡克成。千龄万化尽，但见汴水清⑤。旧
国多狐兔⑥，夷门荆棘生。苍梧彩云没，汲⑦浦绿池平。
闻有东山去，萧萧班马鸣。河洲搴宿莽，日夕泪沾缨。
因之唁公子，慷慨此歌行。

　　① 此首录自《乐府诗集》卷九三。　　② 唐尧客（生卒年不详）：生平里籍不
详。《全唐诗》录其诗一首。　　③《别鹤操》：乐府琴曲名。晋崔豹《古今注》卷
中："别鹤操，商陵牧子所作也。"　　④ 象列：《全唐诗》卷七七七作"列众"。
⑤ 汴水清：《乐府诗集》作"荣与清"，据《全唐诗》改。　　⑥ 狐兔：《全唐诗》作"狐
垒"。　　⑦ 汲：《全唐诗》作"湘"。

大　梁　行①

高　适

　　古城莽苍饶荆榛，驱马荒城愁杀人。魏王宫观②
尽禾黍，信陵宾客随灰尘。忆昔③雄都旧朝市，轩车照
曜歌钟起。军容带甲三十万，国步连衡④一⑤千里。全
盛须臾那可论，高台曲池无复存。遗墟但见狐狸迹⑥，
古地空多⑦草木根。暮天摇落伤怀抱，抚⑧剑悲歌对秋
草。侠客犹传朱亥名，行人尚识夷门道。白璧黄金万
户侯，宝刀骏马填山丘。年代凄凉不可问，往来唯见⑨
水东流。

　　① 此首录自《乐府诗集》卷九三。今按：此题《高常侍集》卷五作"《古大梁
行》"。　　② 观：《全唐诗》注"一作馆，一作殿。"　　③ 昔：《高常侍集》作"昨"。
④ 衡：《全唐诗》作"营"。　　⑤ 一：《高常侍集》作"五"。《全唐诗》注："一作五。"
⑥ 迹：《全唐诗》注"一作窟"。　　⑦ 多：《全唐诗》及《高常侍集》作"余"。《乐府诗
集》注"一作余"。　　⑧ 抚：《全唐诗》作"倚"。　　⑨ 见：《全唐诗》作"有"。

塞 下 曲①(六首)

戎　昱

其　一

惨惨寒日没,北风卷蓬根。将军领疲兵,却入古塞门。回头指阴山,杀气成黄云。

① 此六首录自《乐府诗集》卷九三。

其　二

上山望胡兵,胡马驰骤速。黄河冰已合,意又向南牧。嫖姚夜出军,霜雪割人肉。

其　三

塞北无草木,乌鸢巢僵尸。泱漭沙漠空,终日胡风吹。战卒多苦辛,苦辛无四时。

其　四

晚渡西海西,向东看日没。傍岸沙砾堆,半和战兵骨。单于竟未灭,阴气常勃勃。

其　五

城上画角哀,则①知兵心②苦。试问左右人,无言泪如雨。何意休明时,终年事鼙鼓。

① 则:《全唐诗》卷二七〇作"即"。　② 心:《乐府诗集》作"辛",据《全唐诗》改。

其　六

北风凋白草,胡马日骎骎。夜后戍楼月,秋来边将心。铁衣霜露①重,战马岁年深。自有卢龙塞,烟尘飞至今。

① 露:《全唐诗》注"一作雪"。

塞 下 曲①（二首）

皎 然

其 一

寒塞无因见落梅，胡人吹入笛声来。劳劳亭上春
应度，夜夜城南战未回。

① 此二首录自《乐府诗集》卷九三。

其 二

都护今年破武威，胡沙万里鸟空飞。旄竿瀚海扫
云出，毡骑天山踏雪归。

野 田 行①

李 益

日没出古城，野田何茫茫。寒狐上孤冢②，鬼火烧
白杨。昔人未为泉下客，行到此中曾断肠。

① 此首录自《乐府诗集》卷九四。 ② 上孤冢：《全唐诗》卷二八二作"啸青
冢"。

野 田 行①

张 碧②

风昏昼色飞斜雨，冤骨千堆髑髅语。八纮③牢落
人物悲④，是个⑤田园荒废主。悲嗟自古争天下⑥，几度
乾坤复如此。秦皇矻矻筑长城，汉祖区区白蛇死。野
田之骨兮又成尘，楼阁风烟兮还复新。愿得华山之下
长归马，野田无复堆冤者。

① 此首录自《乐府诗集》卷九四。 ② 张碧（生卒年不详）：字太碧，一说符
离（今安徽宿州）人。诗学李白，抨击黑暗现实，反映人民疾苦，较为突出。原有
集，已佚。《全唐诗》录其诗十六首。 ③ 纮：《乐府诗集》作"弦"，据《全唐诗》卷

四六九改。　　④ 悲:《全唐诗》注"一作稀"。　　⑤ 是个:《全唐诗》注"一作尽是"。
⑥ 下:《全唐诗》注"一作子"。

结　爱①

孟　郊

心心复心心,结爱务在深。一度欲离②别,千回结
衣襟。结妾独守志,结君早归意。始知结衣裳,不如
结心肠。坐结行亦结,结尽百年月。

① 此首录自《乐府诗集》卷九五。　　② 离:《孟东野诗集》卷一注"一作言"。

征　妇　怨①（四首）

孟　郊

其　一

良人昨日去,明月又不圆。别时各有泪,零落青
楼前。

① 此四首录自《乐府诗集》卷九四。今按:《全唐诗》卷三七二作二首,以第
一、第二合成一首,第三、第四合成一首（第四首在前,第三首在后）。两首下皆
注:"前四句,一本别作一首。"兹仍依《乐府诗集》"四首"录之。

其　二

君泪濡罗巾,妾泪满路尘。罗巾长①在手,今得随
妾身。路尘如因风,得上君车轮。

① 长:《乐府诗集》作"去",据《全唐诗》及《孟东野诗集》卷一改。

其　三

生在丝萝①下,不识渔阳道。良人自戍来,夜夜梦
中到。

① 丝萝:《乐府诗集》作"丝罗",《全唐诗》作"绿罗",注"一作丝萝",据改。

其　四

渔阳千里道，近如中门限。中门逾有时，渔阳长在眼。

织 妇 词①

孟　郊

夫是田中郎，妾是田中女。当年嫁得君，为君秉机杼。筋力日已疲，不息窗下机。如何织纨素，自著蓝缕衣。官家榜村路，更索栽桑树。

① 此首录自《乐府诗集》卷九四。

长安羁旅行①

孟　郊

十日一理发，每梳飞旅尘。三旬九过饮，每食唯旧贫。万物皆及时，独余不觉春。失名谁肯访，得意争相亲。直木有恬翼，静流无躁鳞。始知喧竞场，莫处君子身。野策藤竹轻，山蔬薇蕨新。潜歌归去来，事外风景真。

① 此首录自《乐府诗集》卷九五。

求 仙 曲①

孟　郊

仙教生为门，仙宗静为根。持心苦②妄求，服食安足论。铲惑有灵药，饵真成本源。自当出尘网，驭凤升昆仑。

① 此首录自《乐府诗集》卷九五。　② 苦：《孟东野诗集》卷一作"若"。

望 远 曲①

孟 郊

朝朝候归信,日日登高台。行人未去植庭梅,别来三见庭花开。庭花开尽复几时,春光骀荡阻佳期。愁来望远烟尘隔,空怜绿鬓风吹白,何当归见远行客。

① 此首录自《乐府诗集》卷九三。

塞 下 曲①（二首）

张 祜

其 一

二十逐嫖姚,分兵远戍辽。雪迷经塞夜,冰壮渡河朝。促放雕难下,生骑马未调。小儒何足问,看取剑横腰。

① 此二首录自《乐府诗集》卷九三。

其 二

万里配长征①,连所惯野营。入群来拣马,抛伴去擒生。箭插雕翎阔,弓盘鹊角轻。间看行远近②,西去受降城。

① 征:《乐府诗集》作"陉",据《全唐诗》卷五一〇改。 ② 远近:《全唐诗》作"近远"。

寄 远 曲①

王 建

美人别来无处所,巫山月明湘江雨。千回想见不分明,井底看星梦中语。两心相对尚难知,何况万里不相疑②。

① 此首录自《乐府诗集》卷九四。 ② "两心"二句:《全唐诗》卷二九八注

"一本无后二句"。

织 锦 曲①

王 建

大②女身为织锦户,名在县家供进簿。长头起样呈作官,闻道官家中苦难。回花侧叶与人别,唯恐③秋天丝线干。红缕葳蕤紫茸软,蝶飞参差花宛转。一梭声尽重一梭,玉腕不停罗袖卷。窗中夜久睡髻偏,横钗欲堕垂著肩。合衣卧时参没后,停灯起在鸡鸣前。一匹千金亦不卖,限日未成官里怪。锦江水涸贡转多,宫中尽著单丝罗。莫言山积无尽日,百尺高楼一曲歌。

① 此首录自《乐府诗集》卷九四。　② 大:《全唐诗》卷二九八注"一作一"。③ 恐:《全唐诗》注"一作愁"。

当 窗 织①

王 建

叹息复叹息,园中有枣行人食。贫家女为②富家织③,父④母隔墙不得力。水寒手涩丝脆断,续来续去心肠烂⑤。草虫促促⑥机下啼⑦,两日催成一匹半。输官上头⑧有零落,姑未得衣身不著。当窗却羡青楼倡,十指不动衣盈箱。

① 此首录自《乐府诗集》卷九四。郭茂倩解引梁横吹曲《折杨柳》曰:"门前一株枣,岁岁不知老。阿婆不嫁女,那得孙儿抱。唧唧复唧唧,女子临窗织。不闻机杼声,只闻女叹息。"《当窗织》其取诸此。　② 为:《乐府诗集》作"大",据《全唐诗》卷二九八改。　③ 女为富家织:《全唐诗》注"一作女大当窗织"。④ 父:《全唐诗》作"翁"。　⑤ 烂:《全唐诗》注"一作急"。　⑥ 促:《全唐诗》注

"一作织"。　⑦啼:《全唐诗》注"一作鸣"。　⑧头:《全唐诗》作"顶"。

捣 衣 曲①

王 建②

　　月明中庭捣衣石,掩帷下堂来捣帛。妇姑相对初③力生,双揎白腕调杵声。高楼敲玉节会成,家家不睡皆起听。秋天丁丁复冻冻,玉钗低昂衣带动。夜深月落冷如刀,湿著一双纤手痛。回编易裂看生熟,鸳鸯纹成水波曲。重烧熨斗帖两头,与郎裁作迎寒裘。

　　① 此首录自《乐府诗集》卷九四。郭茂倩解引班婕妤《捣素赋》:"广储(今按:当为除)县月,晖木(今按:《全唐文》卷一一作'水')流清。桂露朝满,凉衿夕轻。改容饰而相命,卷霜帛而下庭。于是投香杵,加(今按:《全唐文》作'扣')纹砧,择鸾声,争凤音。"又曰:"调无定(今按:《全唐文》无定作'非常')律,声无定本。任落手之参差,从风飘之远近(今按:《乐府诗集》作'近远',据《全唐文》改)。或连跃而更投,或暂舒而长卷。"盖言捣素裁衣,缄封寄远也。今按:此题《全唐诗》卷二九八注"一作《送衣曲》"。　② 此首作者,《乐府诗集》作无名民,今按《全唐诗》补。　③ 初:《全唐诗》作"神"。

送 衣 曲①

王 建

　　去秋送衣渡黄河,今秋送衣上陇坂。妇人不知道径处,但闻②新移军近远。半年著道经雨湿,开笼见风衣领急。旧来十月初点衣,与郎著向营中集。絮时厚厚绵纂纂,贵欲征人身上暖。愿郎莫著裹尸归,愿妾不死长送衣。

　　① 此首录自《乐府诗集》卷九四。　② 闻:《全唐诗》卷二九八作"问"。

北邙行①

王 建

北邙山头少闲土，尽是洛阳人旧墓。旧墓②人家归葬多，堆著黄金无置③处。天涯悠悠葬日促，岗坂崎岖不停毂。高张素幕绕铭旌，夜唱挽歌山下宿。洛阳城北复城东④，魂车祖马长相逢。车辙广若长安路，蒿草少于松柏树。山头涧底⑤石渐稀，尽向坟前作羊虎。谁家石碑文字灭，后人重取书年月。朝朝车马送葬回，还起大宅与高台。

① 此首录自《乐府诗集》卷九四。郭茂倩解引晋张协《登北邙赋》曰："陟峦丘之巆陀，升逶迤之修坂。回余车于峻岭，聊送目于四远。伊洛混而东流，帝居赫以崇显。于是徘徊绝岭，踟蹰步趾。前瞻狼山，却窥大坯，东眺虎牢，西睨熊耳。邪亘天际，旁极万里。莽眩眼以芒昧，谅群形之维纪。尔乃地势宛隆，丘墟陂陀。坟陇崛叠（今按：疑当为'垒'），棋布星罗。松林摻映以攒列，玄木搜寥而振柯。壮汉氏之所营，望五陵之嵬峨。"《后汉书》曰："光武葬于原陵。"《帝王世纪》曰："原陵在临平亭东，去洛阳十五里。"朱超石《与兄书》曰："登北邙远眺，众美都尽。"且言光武坟边杏甚美，即原陵盖在北邙也。《魏志》曰："明帝欲平北邙，令登台观见孟津。廷尉辛毗谏止之。"按《北邙行》，言人死葬北邙，与《梁甫吟》、《泰山吟》、《蒿里行》同意。　② 旧墓：《全唐诗》卷二九八注"一作洛阳"。③ 置：《全唐诗》作"买"。　④ 城北复城东：《乐府诗集》注"一作城西并城东"。⑤ 山头涧底：《全唐诗》作"涧底盘陀"。

斜 路 行①

王 建

世间娶容非②娶妇，中庭牡丹胜松树。九衢大道人不行，走马奔车逐斜路。斜路行熟直路荒，东西岂是③横太行。南楼弹弦北户舞，行人到此多徊④徨。头白如丝面如茧，亦学少年行不返。纵令自解思故乡，轮折蹄穿白日晚。谁将古曲换斜音,回取行人斜路心。

① 此首录自《乐府诗集》卷九四。郭茂倩解引《长安有狭斜行》曰:"长安有狭斜,道隘不容车。"《斜路行》其义亦同。　② 非:《乐府诗集》注"一作不"。
③ 是:《乐府诗集》注"一作不"。　④ 徊:《乐府诗集》注"一作彷"。

雊 将 雏①

王　建

雊咿喔,雏出鷇。毛斑斑,嘴啄啄。学飞未②得一尺高,还逐母行旋母脚。麦垄浅浅虽③蔽身,远去恋雏低怕人。时时土中鼓两翅,引雏拾虫不相离。

① 此首录自《乐府诗集》卷九四。　② 未:《全唐诗》卷二九八注"一作不"。
③ 虽:《全唐诗》作"难"。

田 家 行①

王　建

男声欣欣女颜悦,人家不怨言语别。五月虽热麦风清,檐头索索缲车鸣。野蚕作茧人不取,叶间扑扑秋蛾生。麦收上场绢在轴,的知输得官家足。不愿②入口复上身,且免向城卖黄犊。田家衣食无厚薄,不见县门身即乐。

① 此首录自《乐府诗集》卷九三。　② 愿:《全唐诗》卷二九八作"望"。《乐府诗集》注"一作望"。

思 远 人①

王　建

妾思常悬悬,君行复绵绵。征途向何处,碧海与

青天。岁久②自有念，谁令长在边。少年若不归，兰③
室如黄泉。

① 此首录自《乐府诗集》卷九三。　② 岁久:《全唐诗》卷二九七注"一作羁
人"。　③ 兰:《乐府诗集》作"萧"，据《全唐诗》改。